争先界

쟁선계 3

2017년 5월 12일 초판 1쇄 인쇄
2017년 5월 17일 초판 1쇄 발행

지은이 이재일
발행인 이종주

기획 팀 이기헌 송윤성 왕소현
책임 편집 백승미

발행처 (주)로크미디어
출판등록 2003년 3월 24일
주소 서울시 마포구 성암로 330 DMC첨단산업센터 3층 314호
Tel (02)3273-5135 **Fax** (02)3273-5134
홈페이지 rokmedia.com **E-mail** rokmedia@empas.com

ⓒ 이재일, 2013

값 11,000원

ISBN 979-11-6048-603-2 (3권)
ISBN 978-89-257-3094-3 04810 (세트)

爭先果

쟁선계

3

| 이재일 장편소설 |

ROK
MEDIA

로크미디어

차례

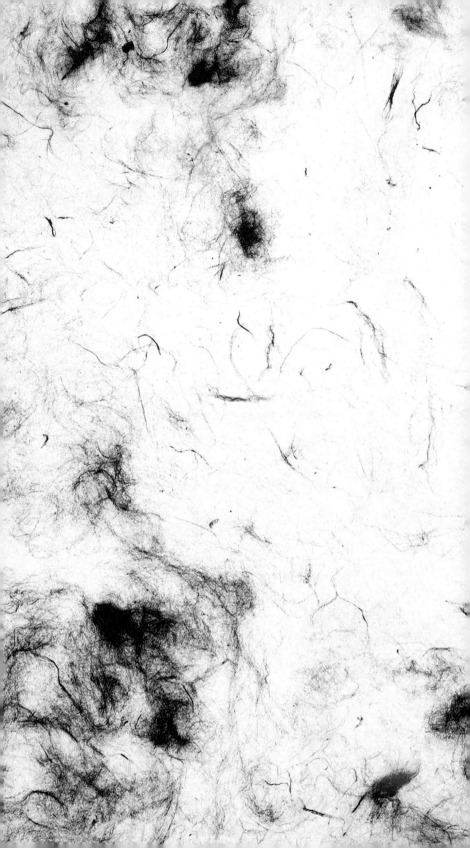

철포결鐵布結

(1)

그 남자가 허리에 감고 있는 철포鐵布는 대단히 진귀한 물건이다. 재료를 구하기도 어렵거니와 만드는 공정이 매우 까다롭기 때문이다.

우선 명검의 산지로 유명한 곤오崑吾의 현철을 남만의 순강과 알맞은 배합으로 섞어 가는 철사를 뽑는다. 이렇게 만들어진 철사는 현철의 굳셈과 순강의 질김을 동시에 지니게 된다.

이 철사를 세 가닥 꼬아 젓가락 굵기로 만든 후, 종으로 한 푼, 횡으로 두 푼 간격으로 촘촘히 늘어놓아 폭 한 자에 길이 일곱 자의 철망을 만든다. 이로써 틀이 완성되는 것이다.

틀이 완성되면 그 위에 천을 덮는데, 천의 재료로는 잠업의 명지인 가흥嘉興에서도 극소수 잠가에서만 생산되는 잠사가 쓰인다. 천자의 곤룡포를 짓는 데 사용된다 하여 천잠사라 불리기도 하는 이 실은 내구성이 뛰어나 다른 잠사와는 비교할 수 없이 오랜 수명을 지닌다.

이 천잠사에 쇠가죽에서 뽑은 아교로 풀을 먹인 뒤 통풍이 좋은 곳에서 건조하고, 미리 준비된 틀에 육십 승升(1승은 80가닥) 꼬아 입힌 다음, 다시 쇳물에 아교를 푼 교금膠金을 부어 석 달 열흘을 건조, 표면에 얇고 강인한 피막을 형성시킨다.

그 남자의 철포는 이런 까다로운 공정을 거쳐 탄생한 것이다. 무게도 무려 마흔여덟 근. 기운 센 장정이 큰 칼로 힘껏 내리쳐도 끊어지지 않는다.

만일 이 철포를 구부릴 수 있다면 그 사람은 대단한 힘을 지닌 장사일 것이다. 만일 이 철포를 허리에 둘러 감고 돌아다닐 수 있다면 그 사람은 대단한 내공을 지닌 내가고수일 것이다. 그런데 만일 이 철포를 두 겹으로 포개어 허리에 빙 둘러 감은 채로 십 년이 넘는 세월을 천하가 좁다며 활보하는 사람이 있다면?

그 남자가 바로 그런 사람이었다. 그래서 세인들은 그 남자를 가리켜 철포를 묶고 다니는 자, 철포결鐵布結이라 부른다.

─◆─

남쪽 지방이 북쪽 지방보다 덥다는 사실이야 일곱 살만 먹으면 알 수 있는 일이지만, 그래도 흑룡강黑龍江의 싸늘한 강바람 속에서 잔뼈가 굵은 왕풍王豊에겐 강소 땅의 늦더위가 고역일 수밖에 없었다. 말복이 지난 지도 한 달이 넘건만 가만히 앉아 있기만 해도 땀방울이 줄줄 흐르는 데에는 질려 버리지 않을 수 없었다.

왕풍은 허리춤에 끼워 놓았던 수건을 꺼내어 이마와 목덜미를 벅벅 문지른 뒤 하늘을 바라보았다. 태양은 아직 중천에 오르지 않았으니 기껏해야 사시巳時(오전 열 시 전후) 말. 그런데도 이렇게 숨이 턱턱 막히는 것이다. 참으로 빌어먹을 일이었다.

마음 같아선 가게 문 닫아걸고 그늘진 계곡이라도 찾아가고 싶지만, 코딱지만 한 식당 하나에 일곱 식구 명줄을 걸고 사는 신세가 어디 마음 내키는 대로 움직일 수 있다던가. 계곡은 고사하고 눈앞의 태호太湖 호변의 시원한 물 기운도 그림의 떡일 수밖에 없는 게 왕풍의 처지였다.

오늘 하루 어떻게 속 좀 덜 끓고 보낼 수 있을까 고민하던 차에 저 아래로 배가 들어오는 모습이 보였다. 먼발치서 보기에도 선객이 바글거리고 있었다. 그 모습을 본 왕풍의 시선은 과히 곱지 못했다.

"염병……."

그럴 수밖에 없었다. 인근 갑부 하나가 나흘 전 모친상을 당했다는데 눈도장이라도 받으려는 놈들로 이른 시각부터 저 지랄인 것이다. 여느 때라면 저 선객들 모두가 돈으로 보이련만 사흘을 연달아 속고 나니 이젠 욕부터 나왔다. 상갓집 앞에 두고 제 돈으로 밥 사 먹는 등신은 드문 탓이다.

"몽땅 상문살喪門煞이나 맞아라."

마른 먼지 풀풀 피워 올리며 가게 앞을 지나치는 인파를 향해 왕풍은 악담을 퍼부었다. 물론 귀에 들어갔다간 사달 날 일이기에 고개를 외로 꼬아 웅얼거린 것에 불과했다.

그런데 세상엔 고양이처럼 귀 밝은 인간이 있었다. 그 인간은 심지어 발걸음도 고양이처럼 가벼웠다.

"생면부지의 행인에게 다짜고짜 저주를 퍼붓다니 참으로 몹쓸 위인이로다!"

화들짝 놀란 왕풍은 외로 꼬아 두었던 시선을 앞으로 돌렸다. 어느새 다가온 것일까? 그의 머리 위에는 햇빛을 등져 더욱 근엄해 보이는 두 눈이 정광을 번뜩이고 있었다.

"제, 제가 언제 저주를 했다고 그러십니까?"

"이젠 식언까지? 아무래도 혼쭐이 나야 정신을 차릴 위인이로고!"

처음엔 놀란 마음에, 다음엔 두려운 마음에 자신도 모르게 앉아 있던 나무 의자에서 엉거주춤 엉덩이를 떼던 왕풍은 어느 순간 인상을 와락 구기고 말았다.

"어…… 방금 씨불인 게 너…… 맞니?"

"여기 자네와 나 말고 또 누가 있는가?"

"자, 자네? 하!"

너무 기가 막히면 말도 잘 나오지 않는 법이다. 지금의 왕풍이 그랬다.

앉아 있을 때엔 미처 몰랐다. 아니, 켕기는 구석이 있는지라 차분히 살필 경황이 없었다는 게 옳은 표현일 것이다. 하지만 지금 보니 이건 숫제 난쟁이 똥자루였다. 보통 사람 어깨에나 미칠까 말까 한 키로 한껏 버티고 서서 고개를 발딱 세운 채 노려보는 품이 근엄해 보이기는커녕 콧방귀도 나오지 않았다.

거기에 행색은 또 어떻고? 덕지덕지 기운 낡은 단삼은 접어 둔다 쳐도, 정체를 알 수 없는 얼룩으로 누렇게 변색한 바지는 뉘 집 개에게 물어뜯기기라도 한 듯 두 종아리가 모두 너덜너덜했다. 어디 그뿐이랴. 봉두난발을 질끈 묶은 것은 짚신 삼는 데나 쓰면 딱 알맞을 새끼줄인데, 목욕은 연례행사로 아는지 드러난 살갗마다 땟물이 켜켜이 쌓여 있었다.

왕풍은 이런 행색으로 나다니는 종자들을 뭐라고 부르는지 잘 알고 있었다. 그런 것도 모른다면 애당초 밥장사할 생각 따위는 품지도 않았을 것이다.

"요, 요 거지 새끼가 감히 누구 앞에서!"

말과 동시에 번쩍 치켜진 것은 주먹, 지금이야 그렇고 그런 밥집 주인이지만 한창 때엔 뒷골목 칼부림도 마다 않던 왕풍의 억센 주먹이었다. 이쯤 되면 꼬리를 말고 웅크리는 게 거지란 종자들의 본령일진대, 그런 면으로 본다면 이 땅딸보 거지에게는 뭔가 다른 구석이 있었다.

"어허! 그래도 제 잘못을 뉘우치지 못하고!"

땅딸보 거지는 목소리를 더욱 높이며 때릴 테면 때려 보라는 식으로 얼굴을 들이대는 것이었다. 그러니 왕풍의 두 눈에 어찌 쌍심지가 돋지 않겠는가. 바야흐로 왕풍이 대성일갈, 호통을 내지르며 주먹을 휘두르려는 찰나…….

"요기할 곳을 알아보라고 먼저 보냈더니만 여기서 또 시빈가?"

탁주라도 한 사발 들이켠 것처럼 걸걸한 목소리가 왕풍의 주먹을 멈추게 만들었다. 왕풍은 '이건 또 뭐야?'라는 표정으로 목소리의 주인을 돌아보았다.

"마음에 안 드는 게 있더라도 한 번 더 생각하고 행동하라고 몇 번이나 말해야 알아듣겠는가? 쯧, 그 꼬장꼬장한 성질은 언제쯤이나 고치려는지."

심히 못마땅한 듯 혀까지 차며 처음의 땅딸보 거지를 책망하는 사람은, 짙은 눈썹에 부리부리한 두 눈이 딴에는 엄정한 분위기를 풍기지만 남루한 옷차림이나 전신에 흐르는 궁기만큼은 앞선 땅딸보 거지에 비해 하등 나을 게 없어 보이는 중년인, 아니 중년 거지였다.

"하지만 이 위인이……."

"어허, 이게 누구 탓을 할 문제인가? 자네가 문제 삼지 않았던들 왜 이런 일이 생기는데!"

앙앙불락한 땅딸보 거지의 항변을 묵살한 중년 거지는 왕풍 쪽을 바라보며 두 주먹을 모아 보였다.

"이 친구가 조금 빡빡한 구석이 있소. 주인장께서 이해하시구려."

제법 정중한 화해 시도였지만 아침부터 화풀이할 대상만 찾고 있던 왕풍에겐 씨알이 먹혀들 리 없었다.

"장사도 안 되는 판국에 거지새끼들이 쌍으로 찾아와 이 어르신을 놀리는구나! 오냐, 오늘 한번 죽어 봐라!"

이 말이 끝나기가 무섭게 왕풍은 준비해 두었던 주먹을 힘차게 내질렀다. 말리는 시누이가 더 얄미웠는지 목표는 나중에 등장한 중년 거지의 콧잔등이었다.

한데 중년 거지는 상체를 살짝 비틀어 왕풍의 주먹을 피하는 것이었다. 왕풍의 손등에 도드라져 있던 굵은 힘줄들이 무색할 만큼 간단한 몸놀림이었다.

"어? 너 방금 피했니? 내 주먹을 피한 거냐고?"

왕풍은 중년 거지와 제 주먹을 번갈아 바라보며 어처구니없다는 듯이 물었다. 중년 거지는 사람 좋은 웃음을 떠올리며 손을 천천히 내둘렀다.

"그럼 때리는데 가만히 서서 맞아 줘야 쓰겠소? 그러지 말고 말로 합시다."

"이 자식이 그래도 주둥이는 달렸다고 계속…… 어?"

씨근덕거리며 재차 주먹을 쳐 내려던 왕풍의 눈이 휘둥그레졌다. 중년 거지의 허리께에서 뭔가 심상치 않은 물건 하나를 발견했기 때문이다. 기장이 긴 웃옷에 가려 이제껏 보이지 않다가 상체를 젖히는 바람에 살짝 드러난 물건. 그것은 값비싼 금실로 짠 것이 분명한 휘황찬란한 비단이었다.

비록 비단 귀한 게 예전 같지는 않다지만 그래도 왕풍 같은 민초로선 좀처럼 만져 보기 힘든 귀물이 아닐 수 없었고, 예사비단도 아닌 금실로 짠 비단이라면 더욱 그러할 수밖에 없었다.

'이것 봐라?'

왕풍의 마음속에 불같은 욕심이 일었고, 그 욕심은 순식간에 없는 이야기 하나를 지어냈다.

"오호라, 엊그제 내다 말리던 비단이 없어졌다 싶었더니 바로 네놈이 훔쳐 갔구나!"

중년 거지의 얼굴이 묘하게 변했다. 그러자 뒷전에 물러나 있던 땅딸보 거지가 투덜거렸다.

"저런 위인이라니까요. 좋은 말이 소용없는 속물입니다."

"시끄럽다! 요 쥐새끼 같은 도둑놈들!"

호통을 내지르며 득달같이 달려든 왕풍은 중년 거지의 늘어진 웃옷을 와락 들췄다. 눈을 황홀하게 만드는 금실 비단이 왕풍의 손길을 기다리고 있었다.

"이제야 잡았구나! 관아에 끌려가서 발꿈치를 잘릴 테냐, 아니면 네 죄를 인정하고 순순히 비단을 돌려줄 테냐?"

왕풍은 자꾸만 벌어지려는 입가에 억지로 힘을 주며 중년 거지에게 으름장을 놓았다. 그에게도 나름대로 생각한 바는 있었다. 거지 주제에 무슨 돈이 있어 금실로 짠 비단을 지닐 수 있겠는가. 내 집에 있던 물건은 아닐지언정 분명 어딘가에서 훔친 것이 분명할 테니, 자신에게 빼앗기더라도 그 억울함을 대놓고 하소연하지는 못하리라 생각한 것이다.

중년 거지가 왕풍에게 물었다.

"그게 주인장의 물건이라고?"

"암! 마누라 주려고 소주까지 나가서 사 온 물건이지."

내친김에 이야기에 살을 붙이는 왕풍. 뒷전의 땅딸보 거지는, "저, 저런 나쁜 놈!" 하며 분을 참지 못하는데, 정작 당사자인 중년 거지는 느긋하기만 했다.

"가져갈 수 있거든 가져가시구려."

그 느긋함이 마음에 걸리지 않는 건 아니지만 그래도 눈앞에 보배가 있는데 어찌 망설이겠는가.

"힝! 내 물건 내가 가져가는데 네까짓 놈 허락이 무슨 필요냐?"

왕풍은 기다렸다는 듯이 금실 비단을 향해 손을 뻗었다. 뜻밖의 횡재에 희색을 감추지 못하면서. 그러나 비단을 움켜쥔 순간, 그의 얼굴에 떠오른 희색은 씻은 듯이 사라지고 말았다.

'어라?'

생김새도 비단이고 허리에 감긴 모양새도 비단인데, 무슨 조화인지 감촉이 철판처럼 완강했다. 섬뜩한 마음에 허리 아래로 늘어뜨린 끝자락을 쥐어 보니 묵직하게 가라앉는 품이 사람 잡으라고 만들어 놓은 몽치 철퇴를 쥔 느낌이었다.

"어째 힘들어 보이는구려."

중년 거지는 말과 함께 배를 슬쩍 퉁겼다. 그런데 이건 또 무슨 조화일까? 그 간단한 몸짓에 왕풍은 마치 황소에 받친 사람처럼 주르륵 밀려나고 만 것이다.

여섯 걸음이나 물러나 자세를 잡은 뒤에도 가슴이 답답하고 오금이 저리는 게 십 리 길을 달려온 것 같았다.

'뭔가 잘못됐구나!'

이런 생각이 왕풍의 머릿속에 떠오를 즈음, 중년 거지가 빙긋 웃으며 제 허리춤으로 손을 가져갔다.

"아직도 이 물건이 탐나시오?"

왕풍의 두 눈이 점점 휘둥그레졌다. 자신의 손길 아래에선 철판 같기만 하던 금실 비단이 중년 거지의 손길 아래에선 술술 풀리는 광경을 목격한 것이다.

왕풍은 시선을 들어 중년 거지의 얼굴을 바라보았다. 위엄스러운 네모진 얼굴에 정기 흐르는 검은색 선명한 눈동자가 별안간 새삼스럽게 보였다. 바로 그 순간이었다. 당금 강호를 진동하는 한 남자의 별호가 생각난 것은.

그 남자는 무쇠처럼 단단한 천을 허리에 두르고 다니는 기벽이 있다고 했다. 그 남자는 일신에 쌓은 재간이 신선 못지않아 한 번 주먹질로 담벼락을 허물고 한 번 발길질로 성곽을 무너뜨린다고 했다. 그리고 그 남자는…….

……거지들의 대왕이라고 했다!

"아이고, 대왕님!"

늦더위에 후끈 달아오른 땅바닥으로 왕풍의 몸뚱이가 허물어지듯 엎어졌다. 이어지는 읍소.

"소인이 눈깔이 멀어 대왕님을 몰라뵈었습니다!"

그런 왕풍의 뒤통수 위로 땅딸보 거지의 매서운 추궁이 쏟아졌다.

"뭐? 발꿈치를 잘라? 감히 대개방의 용두방주님께 도둑 누명을 씌우고도 무사할 줄 알았느냐?"

"아이고, 목숨만! 목숨만 살려 주십시오!"

왕풍은 행여 이마가 바닥과 떨어질까 더욱더 고개를 조아리는데, 허허, 하는 중년 거지의 웃음소리가 천둥처럼 그의 고막을 두드리고 있었다.

<h2>(2)</h2>

"이럴 필요까지는 없는데…….

"아이고, 쇤네가 좋아서 하는 일입니다요. 사양하지 마십시
오."

"하지만 노자도 넉넉하지 않고…….

"아이고, 돈 받을 생각을 품으면 쇤네가 천벌 받습죠. 그런
걱정일랑 접어 두시고 어서 들어오십시오. 오늘 아침 배로 들어
온 잉어가 아주 싱싱합니다요. 그나저나 이거 집이 누추해서 어
쩌나, 아이고."

입추가 지나도록 꺾일 줄 모르는 늦여름 더위와 사흘째 약만
올리고 지나가는 초상집 손님들로 잠시 심사가 꼬이긴 했지만,
그래도 근본만큼은 악하지 않은 왕풍이었다. 마음에 두지 말라
며 길을 재촉하려는 중년 거지 일행을 '아이고' 소리 연발해 가
며 굳이 식당 안으로 맞아들인 것은 비단 후환이 두려운 때문만
은 아니었으리라.

"주인장의 뜻이 정 그렇다면…….

중년 거지의 언행은 대왕님답게 중후했다. 적당히 사양하다
짐짓 못 이긴 체 식탁 앞에 앉을 때까지만 해도 분명히 그랬다.
그런데 잠시 후 주방 쪽에서 동당동당 도마 소리와 함께 향긋한
음식 냄새가 솔솔 풍겨 오자 중년 거지가 이제껏 견지하던 중후
함은 심각한 전기를 맞이하게 되었다. 뜬 듯 감은 듯 분간하기
힘든 눈은 꿈길을 헤매듯 몽롱해지고, 유달리 두툼한 양 콧방울
이 풀무질을 하듯 벌름대기 시작한 것이다. 그러다 마침내 터져

나온 탄성은 대왕님과는 전혀 어울리지 않는 지극히 속된 것이었다.

"크으흐! 냄새 한번 죽이는구먼!"

철포결 우근.

올해 나이 사십육 세.

남의 밥을 빌어먹는 자들에겐 황제보다 귀하게 떠받들어지는 개방의 용두방주.

검왕 연벽제, 고검 제갈휘 등의 강자들과 더불어 신오대고수의 한자리를 당당히 차지하는 외가공부의 달인.

뒤끝 없는 성격과 시원시원한 일 처리로 개방 사상 가장 화통한 방주라 칭송받는 일세의 쾌남아.

이상은 중년 거지 우근에 대해 널리 알려진 사항들이었다. 그러나 그런 우근에게 체통에 걸맞지 않은 버릇 한 가지가 있음을 아는 사람은 그리 많지 않았다. 그 버릇이란 다름 아닌…….

'먹을 것 앞에선 조사야祖師爺도 몰라본다 이거지.'

우근의 맞은편에 앉아 있던 땅딸보 거지 호유광胡兪廣은 이렇게 생각하며 쓴웃음을 지었다. 조사야도 몰라본다는 표현은 과장이 아니었다. 우근의 사부이자 개방의 전대 방주인 금정화안신개金睛火眼神丐의 고단한 말년을 지켜본 사람이라면 누구나 그렇게 생각할 것이다.

작고한 지 올해로 꼭 십 년이 되는 금정화안신개를 떠올릴 때면 호유광은 지금도 안쓰러운 마음을 금할 길이 없었다. 유업遺業으로 삼을 만한 그 많은 일들을 놔두고 왜 하필 제자 놈 식탐을 고치는 데 마지막 열정을 불사르려 한 것일까?

거지치고 먹을 걸 밝히지 않는 자 누가 있겠느냐만, 우근의 경우엔 거지란 특수성을 십분 감안하더라도 그 정도가 과한 것이 사실이었다. 그리고 특별한 일이 없는 한 사부와 제자가 밥 그릇을 마주하는 개방의 식사 관행에 비추어 볼 때, 우근의 식욕을 가장 못마땅하게 여긴 사람이 금정화안신개란 점 또한 사실이었다.

그러나 그것이 못마땅했다면 코흘리개 적에 고칠 일이었다. 코흘리개 적에 고치지 못했다면 아예 못마땅하게 여기질 말아야 할 일이었다.

아쉽게도 금정화안신개가 취한 방식은 이도저도 아니었다. 코흘리개 적엔 오냐오냐하며 놔둔 버릇을 서른 넘은 나이가 되도록 장성한 뒤에야 고치겠다고 나선 것이다.

때문에 그는 지극히 고단한 말년을 보내야 했고, 어느 날부턴가 "저놈 처먹는 꼴 보기 싫어서라도 어서 죽어야지."라는 말을 입에 달고 살게 되었으며, 길하지 못한 말은 함부로 뱉어선 안 된다는 교훈을 몸소 보여 주기라도 하듯 세상을 등지고 말았다.

부친 같은 사부의 별세에 우근은 졸도까지 할 만큼 커다란 슬픔에 빠졌지만, 방규幇規가 정한 사십구 일의 상례 기간 중에도 삼시 세 끼에 간식과 야참까지 꼬박꼬박 챙겨 먹는 왕성한 식욕을 보여 줌으로써 고인의 고단한 말년을 지켜본 몇몇 친인들의 마음을 안타깝게 만들었다.

이후 식탐을 문제 삼아 우근에게 왈가왈부하는 거지는 두 번 다시 나타나지 않았다. 고인에겐 안된 얘기지만 세상엔 해서 될 일이 있고 해서 안 될 일이 있는 것이다.

호유광이 이런저런 회상에 잠긴 동안에도 우근의 안달은 끊이지 않았다.

"아! 왜 이리 오래 걸리는 걸까? 이 친구, 요리하다 말고 급한 볼일이라도 생긴 건 아니겠지?"

이곳 주인장이 대접하려는 요리는 태호의 명물로 이름난 잉어찜이었고, 대체로 찜 요리란 주방에 들어간 지 일 각 만에 내올 수 있는 성질의 것이 아니었다. 그런데도 벌써부터 주방 쪽을 힐끔거리며 다리까지 달달 떨어 대는 우근의 모습은 아랫사람 된 도리로 차마 지켜보기 힘든 것이었다. 그래서 호유광은 아예 시선을 돌려 버렸다.

그렇게 시선을 돌린 곳은 소박한 대나무 발이 드린 문가인데, 때마침 그 발을 들추며 식당 안으로 들어오는 세 사람이 있었다.

"어?"

호유광은 자신도 모르게 탄성을 터뜨렸다. 별생각 없이 바라본 사람들 중에 뜻밖에도 아는 얼굴이 있었던 것이다.

그 소리에 귀가 뜨인 듯 우근도 문가 쪽으로 시선을 주었다. 다음 순간, 그는 눈을 크게 뜨며 손을 번쩍 들었다.

"거기 방금 들어오신 분은 사자검문獅子劍門의 유 총관劉總管이 아니시오?"

우근이 반가이 부르자 방금 들어온 세 사람 중 하나가 만면에 웃음을 띠며 우근의 탁자 쪽으로 다가왔다. 사십 대 초반쯤 되었을까? 균형 잡힌 체구에 둥글둥글한 얼굴과 서글서글한 눈매를 지닌 그 사람은 깔끔한 느낌을 주는 청의 무복을 입고 있었다.

"불민한 아우를 여태껏 잊지 않고 기억해 주시니 그저 황송할 따름입니다. 개봉에서 예까지는 누천리 길인데 원로에 얼마나 수고가 많으셨습니까."

인상만큼이나 좋은 넉살을 지닌 듯 대뜸 아우를 자처하는 청의인에 대해 우근은 사람 좋은 웃음으로 답례했다.

"유랑 걸식에 이력이 난 게 거진데 수고는 무슨 수고겠소? 그나저나 이 거지가 오늘 복이 쌍으로 겹쳤나 보외다. 음식 복에 이어 사람 복까지…… 하하!"

"하하! 사람 복으로 따지면 저는 내일부터 감사 불공이라도 올려야겠지요. 방주님께서 어디 예사 분이십니까? 그동안 북방에서 울리는 방주님의 위명이 어찌나 쟁쟁한지, 이 아우 까딱하면 귀머거리가 될 뻔했습니다."

상대를 추켜세우는 언변이 어찌나 매끄러운지, 만일 청의인의 사람됨을 사전에 알지 못했다면 아첨이나 일삼는 모리배로 여겼을 것이다.

그러나 청의인은 결코 모리배가 아니었다. 금릉성金陵城 이왕부二王府에서 열린 비무대회에서 두 차례나 우승한 경력이 있는 뛰어난 검객인 동시에, 강동 일대에서 가장 이름난 검술 도장의 총관 자리를 오 년씩이나 지키고 있는 대단한 위인이 바로 이 청의인인 것이다.

이름은 유태성劉泰晟.

강호인으로선 드물게도 예의 바른 성품이지만, 일단 실전에 임하면 눈보라처럼 몰아치는 검법이 일품이라 하여 별호는 난분군자검亂雰君子劍이었다.

"끌끌, 섭섭하오, 섭섭해. 유 형의 눈엔 위명 쟁쟁하신 방주님만 보이지, 나 같은 조무래기 거지는 아예 들어차지도 않는 모양이외다?"

호유광이 짐짓 골난 체 유태성에게 투덜거렸다. 유태성은 빙긋 웃으며 호유광을 향해 포권했다.

"개방의 순찰노두巡察老頭를 괄시했다가 그 뒤탈을 어찌 감당하려고요. 이 사람에게 그런 간담은 없으니 호 형께선 노여움을 푸시기 바랍니다.”

순찰노두는 호유광이 개방 내에서 맡은 직책의 이름이었다. 개방에는 모두 여덟 명의 노두가 있는데, 그중 바깥바람을 가장 많이 쐬어야 되는 사람이 바로 순찰노두였다.

“흐흐, 유 형의 그 보비위하는 말은 언제 들어도 기분 좋단 말씀이야. 어쨌거나 반갑소. 안 그래도 이번 볼일이 끝나는 대로 기별을 넣어 볼까 생각하던 참이었소.”

호유광과 유태성은 과거 몇 차례 만난 적이 있었다. 천하 각지에서 벌어지는 다양한 행사에 각각의 문파를 대표하여 참석할 기회가 많았기 때문이다.

이들이 인사를 나누는 동안 유태성과 함께 온 두 사람도 우근의 탁자 쪽으로 다가왔다. 유태성이 입은 것과 비슷한 청의를 입은 근엄한 인상의 노인과 먹물처럼 새까만 흑의를 입은 건장한 체격의 장년인이었다.

“어느 분이 개방 방주신가?”

노인이 물었다. 그리 높은 음색도 아니건만 그 속에 담긴 기운은 얼음 동굴에서 흘러나온 것처럼 냉랭하기 짝이 없었다. 이를 의식한 듯 우근이 조금 굳은 표정으로 나섰다.

“소생이 개방의 방주직을 맡고 있습니다만…….”

노인은 매처럼 날카로운 눈초리로 우근의 전신을 훑어보았다. 그 모습이 유태성이 이제껏 보여 준 공손함과는 사뭇 딴판인지라 곁에서 지켜보던 호유광은 눈살을 찌푸리고 말았다. 그러나 뒤이어 흘러나온 노인의 말에 호유광은 생각을 고쳐먹을 수밖에 없었다.

“노부는 방령方嶺이라 하오.”

우근은 깜짝 놀란 표정으로 자세를 고치더니 노인을 향해 깍듯이 포권을 올렸다.

"용서하십시오. 눈은 달렸으되 사람을 보는 안목은 없어 노영웅께서 왕림하신 줄 이제야 알게 되었습니다."

노인이 눈을 가늘게 뜨며 물었다.

"내 이름을 들어 보았소?"

"듣다마다요. 냉면무정검冷面無情劍의 대명을 듣지 못하고서야 어찌 개방 방주 노릇을 할 수 있겠습니까."

우근의 태도는 죽은 사부라도 돌아온 듯 공손하기 그지없었다. 그럴 수밖에 없는 것이, 방령이라면 협의를 실천하기 위해 평생을 바친 백도의 노명숙. 허례를 좋아하지 않는 우근이라도 예의를 갖춰 경의를 표해야만 하는 이름이었던 것이다.

'그나저나 방령이라니…… 놀랄 일이군, 놀랄 일이야.'

호유광은 새삼스러운 눈길로 노인을 바라보았다.

현역 시절엔 강동삼수의 대형으로서 석안과 양무청, 두 의제와 더불어 혁혁한 협명을 떨치고, 현역에서 물러난 뒤에는 사자검문이란 검술 도장을 개파, 강동 무림의 수준을 한 단계 끌어올린 사람이 바로 냉면무정검 방령이었다.

한 가지 아쉬운 점은 성정이 지나치게 차가워 사람을 쉽게 사귀지 못한다는 것. 그러한 성정은 강동삼수의 둘째 석안이 비명에 세상을 뜬 이후 더욱 깊어져, 이제는 여간해선 강호 출입을 하지 않는 괴팍한 늙은이가 되었다고 한다.

강호 출입을 끊었다는 얘기는 그 얼굴을 알아보는 후배가 적다는 얘기와 일맥상통할 터. 그러니 마당발로 소문난 개방의 방주와 순찰노두가 방령을 몰라본 것도 무리는 아니었다.

어쨌거나 노인의 정체는 밝혀졌다. 이제 남은 건 노인의 뒷전에 서 있는 흑의 장년인인데…….

'누굴까? 사자검문의 제자는 아닌 것 같고…….'

호유광은 눈을 가늘게 뜨고 흑의 장년인의 전신을 찬찬히 살펴보았다.

가장 먼저 눈길을 끈 것은 의복 너머로도 한눈에 알아볼 수 있을 만큼 잘 발달된 육체였다. 흑의 장년인은 몸을 만들기 위해 노력해 본 경험이 있는 남자라면 누구나 한 번쯤 꿈꾸었을 완벽에 가까운 육체를 지니고 있었다.

다음으로 눈길을 끈 것은 이 식당에 들어온 이래로 흑의 장년인이 줄곧 유지하고 있는 당당함이었다. 호유광도 산전수전 다 겪은 사람인지라, 풋내기가 억지로 꾸며 내는 당당함과 대가가 자연스럽게 풍겨 내는 당당함을 구분할 줄 아는 안목 정도는 있었다. 한데 흑의 장년인의 경우는 놀랍게도 후자 쪽이란 느낌을 지울 수 없었다. 많이 봐 줘도 삼십 대 중반의 나이. 천하의 개방 방주를 앞두고 자연스럽게 당당할 수 있기란 결코 쉬운 일이 아니었다.

결국 호기심을 참지 못한 호유광은 유태성에게 전음을 보냈다.

—저 검은 옷을 입은 친구는 누구요?

유태성은 뜻밖이란 표정으로 호유광에게 반문했다.

—근래 강동에서 제일 유명한 사람도 몰라본단 말입니까?

'강동에서 제일 유명하다고?'

그 순간 호유광은 자신의 두 눈을 세게 쥐어박고 싶은 심정이 되었다. 그제야 비로소 흑의 장년인의 정체를 알아차린 것이다.

호유광의 짐작을 확인시켜 주려는 듯, 때마침 방령이 흑의 장년인을 소개했다.

"내 조카요. 아마 우 방주께서도 들어 본 이름일 게요."

흑의 장년인이 한 발 앞으로 나서며 우근에게 포권을 올렸다.

"석대문이라고 합니다."

우근은 잠시 멍한 표정을 짓다가 흑의 장년인에게 물었다.

"강동제일인?"

흑의 장년인, 석대문은 담담한 미소로 답했다.

"과분한 호칭이지요."

우근은 그러고도 여전히 멍한 표정을 거두지 못하더니 돌연 식당 천장이 떠나가라 대소를 터뜨렸다.

"으하하! 오늘 이 거지가 정말 운수대통한 모양이오. 강호에는 오래전에 발길을 끊으신 노영웅을 만나 뵌 것도 부족해, 평소 가장 사귀길 원하던 후배와도 이렇게 인연을 쌓게 되다니, 이게 대체 무슨 홍복이란 말이오."

"그 또한 과분한 말씀입니다."

석대문의 반응이 시원찮다고 여긴 것일까? 우근은 정색을 하며 다시 말했다.

"빈말로 듣지 마시오. 전대의 후광만 의지하다가 가문과 문파를 망쳐 버리는 얼치기 같은 후대들이 천지인 요즘 세상에 석가주 같은 진짜배기가 있다는 얘기를 듣고 어찌나 만나고 싶었던지."

곁에서 지켜보던 호유광이 우근의 말을 은근히 거들어 주었다.

"우리 방주님의 말씀은 한 치의 과장도 없는 사실이라오. 내가 보장하리다."

우근이 그것 보라는 듯이 어깨를 으쓱거렸다.

"아무렴, 내가 만일 여자였다면 소실 자리라도 꿰차려고 진작 석가장으로 쳐들어갔을 거요."

석대문은 갑자기 한숨을 푹 내쉬었다. 우근이 의아해하며 물었다.

"왜 그러시오?"

"지금까지 살아오며 들어 본 구애 중에 가장 열렬한 구애를 연상의 남자로부터 들었으니, 이를 기뻐해야 할지 슬퍼해야 할지 모르겠습니다."

우근은 황소처럼 눈을 끔뻑거리다가 석대문의 어깨를 탁 후려치며 또 한 번 호탕한 대소를 터뜨렸다.

"으하하! 듣던 대로 유쾌한 친구로구면. 넉살이 이 어깨만큼이나 두툼해. 기분 좋군, 아주 기분 좋아. 이 철포를 전당 잡히는 일이 있더라도 오늘 하루 어찌 대취하지 않고 보낼 수 있겠는가? 으하하!"

그러나 넉살이 두툼하기로 따지면 우근도 만만치 않을 것이다. 비록 연배가 아래라 해도 한 가문을 이끄는 어엿한 가주인데, 안면을 튼 지 반각도 채 지나지 않아 벌써 말을 놓고 있으니 말이다.

'그나저나 손자 놈 불알 같은 철포를 전당 잡힌다는 말까지 하는 걸 보면 반갑다는 게 진짜 빈말은 아닌 모양이지?'

호유광은 이런 생각을 하며 히죽 웃었다.

다행히 우근은 손자 놈 불알 같은 철포를 전당 잡히지 않아도 되었다. 새로 합류한 세 사람은 거지가 아끼는 물건을 전당포에 잡히는 꼴을 그냥 두고 볼 만큼 **뻔뻔**한 성격이 못 되었기 때문이다.

하지만 그 점에 대해 가장 다행스럽게 여겨야 할 사람은 요리하다 말고 불려 나온 이 식당의 주인이 아니었을까?

"이 집에서 제일 잘하는 요리로 몇 접시 더 내다 주시오. 술은 소흥주紹興酒를 단지째 내오고."

유태성이 이렇게 말하며 탁자에 올려놓은 물건은 왕풍으로선 얼마 만에 구경하는지 기억조차 가물가물한 싯누런 금두金頭였다. 황홀한 마음에 대답조차 까먹은 왕풍에게, 이어진 유태성의 말은 더욱 황홀한 것이 아닐 수 없었다.

"거스름돈은 필요 없소이다."

저 정도 크기의 금두라면 요즘 같은 불경기에 서너 달 수입과 맞먹는 것이었다. 떨리는 손으로 금두를 집어 들며 왕풍은 한 가지 귀중한 교훈을 깨닫게 되었다.

'거지 대왕님을 제대로 모시니 재신財神께서 당장 복을 내리시는구나! 앞으로는 다른 거지들에게도 잘해 줘야겠다.'

그런 왕풍에게 바로 그 거지 대왕님이 점잖게 한마디 했다.

"그나저나 요리가 너무 늦는 것 같소만……."

그 말에 정신을 차린 왕풍이 거지 대왕님께 고했다.

"일단은 먼저 요리한 잉어찜과 술을 내올 테니 손님들께선 시장기를 달래고 계십시오. 그동안 소인은 태호에서만 맛보실 수 있는 사품四品 잉어 요리를 준비하겠습니다요."

거지 대왕님의 콧구멍이 경련을 일으켰다.

"사품 잉어 요리?"

"헤헤, 사품 잉어 요리란 곧 잉어찜과 잉어회, 잉어 튀김 그리고 어죽을 말하지요. 산초山椒로 민물 냄새를 제거한 매콤한 잉어찜으로 속을 푸신 뒤, 펄펄 뛰는 잉어를 산 채로 떠낸 잉어

회와 어린 잉어에 뜨거운 땅콩기름을 끼얹어 튀겨 낸 잉어 튀김을 차례로 드시고, 마지막으로 잘 발라낸 잉어 살과 각종 채소들을 절구에 갈아 찹쌀과 함께 푹 고아 낸 어죽으로 마무리하시면 아마 다른 곳의 잉어 요리는 눈에 차지도 않으실 겁니다요.”

아마 거지 대왕님의 마음도 왕풍의 그것처럼 황홀해졌을 것이다.

(3)

사품 잉어 요리에 대한 왕풍의 장담은 허풍이 아니었다.

잉어를 주재료로 삼은 네 가지 각기 다른 요리들은 저마다 독특하고도 빼어난 풍미를 담고 있었고, 그 풍미에 사로잡혀 정신없이 손을 놀리던 우근은 마침내 포만감이란 걸 느끼게 되었다. 그의 기형적으로 발달한 식욕을 감안하면 매우 드문 일이 아닐 수 없었다.

“끄윽! 잘 먹었다!”

우근은 긴 트림과 함께 마치 개가 핥아 먹은 것처럼 말끔히 닦인 죽 그릇을 탁자에 내려놓았다. 손가락을 동원하지 않고선 묽은 죽이 담겼던 그릇을 저렇게까지 깨끗이 비우긴 힘들 터. 물론 우근은 손가락을 동원했다. 그것도 열 손가락 모두를 골고루. 그러나 그 점에 대해선 그다지 부끄러움을 느끼지 않았다. 아무리 직위가 높아도 거지는 거지였고, 거지에게 있어 젓가락은 사치품에 불과하다는 게 우근의 평소 지론이었다.

“조금 더 드시지 그러십니까?”

호유광이 곁에서 권했다. 말꼬리가 묘하게 말려 올라가는 것이 위해서 하는 말은 아닌 듯했지만 우근은 신경 쓰지 않았다.

"험, 과식은 건강에 해로운 법이네."

점잖게 거절한 우근은 입가심으로 식은 엽차 한 잔을 마시고는, 이미 오래전 식사를 마치고 몇 잔의 소흥주로 시간을 보내고 있는 석대문 등 세 사람을 둘러보았다.

"제 유일한 취미를 존중해 오랜 시간을 기다려 주신 점, 감사드립니다. 배도 찼으니 이젠 슬슬 본론으로 들어가셔도 좋습니다."

우근의 말에 세 사람은 서로의 얼굴을 마주 보았다. 이윽고 그들 중 가장 연장인 방령이 우근에게 물었다.

"우리가 이곳에 들른 게 우연이 아님을 알고 계셨소?"

우근은 가볍게 웃으며 답했다.

"제가 조금 미욱하게 먹는 편입니다만 그래도 바보는 아닙니다. 저희들의 행적을 파악하느라고 꽤 많은 분들이 수고했을 줄 아는데…… 아닌가요?"

방령은 부정하지 않았다.

"잘 보았소."

"하면 무슨 일로 저를 찾으셨는지, 그리고 제가 이리로 오리란 걸 어떻게 아셨는지 여쭤 봐도 되겠습니까?"

방령은 우근의 질문에 대답하는 대신 석대문을 향해 슬쩍 눈짓을 보냈다. 그 모습을 놓치지 않은 우근은 고소를 지었다.

'본격적인 사냥은 젊은 호랑이에게 맡기시겠다 이거지?'

방령의 눈짓을 받은 석대문은 들고 있던 술잔을 탁자에 내려놓은 뒤 우근을 똑바로 바라보았다. 그 순간 우근은 한 줄기 공기의 파동이 자신의 주위를 부드럽게 감싸는 기분을 느꼈다.

'호오, 이것 봐라?'

검법이 상승에 이르면 검 없이도 검기를 이룰 수 있다고 하는

데 이른바 무형검기無形劍氣가 바로 그것이었다. 우근은 지금 석대문의 전신을 통해 흘러나오는 맑고 서늘한 기파가 그 무형검기의 일종임을 알 수 있었다.

'그가 검왕과 고검의 계보를 잇는 일대검호一大劍豪의 재목이란 얘기는 들었지만, 이 정도인 줄은 몰랐군.'

우근이 이렇게 감탄할 무렵, 석대문이 입술을 열었다.

"결례인 줄 알지만, 방주님의 질문에 답해 드리기에 앞서 우선 한 가지 확인해야 할 것이 있습니다. 제 질문에 솔직히 대답해 주시겠습니까?"

우근은 주저 없이 승낙했다.

"기꺼이."

"하면 질문을 드리겠습니다. 지금 방주님께선 귀 방의 소주 분타주 위백, 위 대협의 요청으로 소주 분타를 방문하시는 길이 맞습니까?"

우근은 자신도 모르게 옆에 앉은 호유광을 돌아보았다. 호유광의 시선도 우근을 향해 있었다. 표정을 통해 드러나는 두 사람의 심정은 동일한 것이었다.

'이자가 어떻게 그 일을 아는 거지?'

우근이 대답하지 않자 석대문이 재촉했다.

"중요한 문제입니다. 대답해 주십시오."

우근은 어쩔 수 없이 고개를 끄덕였다.

"자네의 말대로 나는 위 형님의 요청으로 소주에 가는 길이라네. 한데 자네가 그 일을 어떻게 아는 거지? 나와 여기 있는 호 아우 그리고 위 형님만 아는 일인 줄 알았는데……."

"행차를 은밀히 추진하신 것도 위 대협의 요구 때문이겠지요?"

질문에는 대답하지 않고 자꾸 묻기만 하는 석대문의 태도가 썩 마음에 들진 않았지만, 지금은 그런 걸 문제 삼을 때가 아니었다.

"그렇다네. 전서 말미에 신신당부하시더군. 중대한 사안인 만큼 보안을 철저히 유지해 달라고 말일세. 그렇게 당부하시는 데는 필시 곡절이 있을 듯하여 말씀대로 했다네. 총타에다가는 강남이나 한 바퀴 돌고 오겠노라고 일러두었지."

잠시 말을 멈춘 우근이 허리를 꼿꼿이 세우고 석대문을 똑바로 바라보았다.

"이젠 자네 차례인 것 같군. 아까 한 질문들은 모두 덮어 두고 딱 한 가지만 묻겠네."

우근은 정광이 번득거리는 눈으로 석대문에게 물었다.

"대체 위 형님에게 무슨 일이 벌어진 건가?"

석대문은 조금 주저하는 기미를 보였다.

"믿기 어려운 이야기일지도 모릅니다."

"나와 위 형님의 친분 때문에 그러는가?"

"그렇습니다."

우근은 정색을 하고 말했다.

"자네가 날 잘못 보았군. 난 진실을 받아들임에 있어 결코 사감을 개입시키지 않는 사람이라네."

석대문은 잠시 우근을 바라보다가 마침내 이야기를 꺼내 놓기 시작했다.

"그러면 모든 것을 말씀드리겠습니다. 그러니까 지금으로부터 두 달 전의 일입니다……."

강동삼수의 막내 일장진삼주 양무청의 실종 사건으로부터, 개방의 소주 분타를 들락거리는 사생이라는 좌도의 술법사를 죽인 일까지. 지난 두 달간 석씨 형제들이 두 발로 뛰어다니며 알아낸 일련의 사건들은 석대문이 사전에 우려한 대로 우근의 입장에선 참으로 받아들이기 힘든 것들이었다.

그러나 우근은 인내심을 갖고 석대문의 이야기에 귀를 기울였다. 이야기 중 간간이 등장하는 의형 위백의 이름은 무릎에 얹어 둔 주먹에 지렁이 같은 힘줄을 돋게 만들었지만, 그래도 그는 경청의 자세를 허물지 않았다.

반면 호유광은 우근처럼 심중의 말을 참는 성격이 아니었다.

"솔직히 말해 믿을 수 없는 얘기외다. 결국은 일장진삼주 양 대협의 실종 사건에 우리 위 대형이 개입한 것 같다, 이 얘기가 아니오? 그건 석 가주께서 우리 위 대형의 사람됨을 몰라서 하는 소리요. 그는 괴팍할지언정 사심이 없고, 거칠지언정 신의를 저버리지 않는 충후한 사람이오. 그가 결백하단 것에 이 호유광, 목이라도 걸 용의가 있소이다."

격앙된 심정이 그대로 드러나는 호유광의 항의에도 석대문은 평정을 잃지 않았다.

"소생 역시 위 대협의 인품에 대해서는 익히 들은 바가 있습니다. 소생이 이번 사안을 조사하는 데 있어 가장 큰 걸림돌이 되었던 점도 바로 그 어른의 공명하고 강직한 인품이었지요."

그러자 붉게 달아오른 호유광의 얼굴이 조금 풀어지는 기미를 보였다. 노련한 화술로 호유광을 진정시킨 석대문은 이야기를 다시 주도해나갔다.

"그러나 좌도의 사술들 중에는 인간의 영혼을 갖고 장난을 치는 사악한 수법도 존재합니다. 방주께선 혹시 매혼대법賣魂大法이란 이름의 사술을 들어 보신 적이 있으십니까?"

우근은 잠시 생각해 보곤 고개를 저었다.

"들어 본 적 없네."

"매혼대법은 특정 약물과 사이한 주술을 이용, 한 인간을 꼭 두각시처럼 조종하는 놀라운 사술입니다. 소생이 조사한바, 천축에서 생산되는 살비파薩肥巴라는 식물과 남만의 양귀비를 비방에 따라 배합하면, 인간의 신지를 마비시켜 시술자의 명령에 따르게 하는 마약을 만들 수 있다고 합니다. 그것을 장복시키면서 정력定力을 허물어뜨리는 사이한 주문까지 곁들이면, 제아무리 의지 견강한 사람이라고 해도 꼼짝없이 혼을 잃은 괴뢰가 되어 버릴 수밖에요. 이 요법은 서방의 일부 사악한 교파에서 행하는 비밀 제사에 쓰이는데, 주로 산 사람을 제물로 바칠 때 사용된다고 합니다."

뿌드득!

굳게 말린 우근의 두 주먹에서 섬뜩한 뼈 소리가 울려 나왔다.

"그러니까 자네의 말인즉, 어떤 간악한 무리가 위 형님께 그 매혼대법이란 사술을 사용했다 이건가?"

호유광도 덩달아 노성을 터뜨렸다.

"어떤 죽일 놈들이 감히!"

석대문은 품에서 봉서 한 통을 꺼내어 탁자에 올려놓았다.

"사생이란 도사의 몸에서 나온 겁니다. 직접 확인해 보십시오."

우근은 봉서를 들어 탁자에 대고 털어 보았다. 봉서 안에서 떨어진 것은 흑옥으로 만든 자그마한 사각 영패 하나와 어른 손바닥만 한 편지 한 장이었다.

우근은 우선 영패부터 살펴보았다. 앞뒤로 각각 '비秘' 자와 '십十' 자가 새겨진 영패는 일견하기에도 범상치 않은 물건이란 걸 알 수 있었지만, 그 자체만으로는 어떠한 정보를 알아내기 힘들 것 같았다. 그렇다면 석대문이 정작 보여 주고자 한 것은 편지일 터.

우근은 편지를 집어 들었다.

수신 : 십비영

발신 : 이비영

개방 방주 제거 건에 대한 최종 승인이 떨어졌음을 통보하오. 이에 십비영의 요청대로 팔월 초이레까지 일조령日照嶺으로 지원을 파견하 겠소. 작전을 마친 후, 위백은 매혼대법으로 제압하여 철군도鐵群島로 이송하시오.

편지를 읽어 내려가는 동안 우근의 표정은 점점 무거워졌다. 편지에 적힌 내용은 이제까지 석대문이 한 이야기가 사실임을 증명하는 움직일 수 없는 증거였다. 위백을 이용해 개방의 용두 방주를 도모하려 한 무리는 정말로 존재했으며, 그들의 마수는 바로 코앞까지 이르러 있었던 것이다.

"오늘은 팔월 구일입니다. 그리고 일조령은 여기서 백여 리 길이지요. 저희와 만나지 않았다면 방주께서는 아마도 오늘 해 질 무렵에 일조령을 넘으셨을 겁니다."

이어진 석대문의 말을 들으며 우근은 가슴 한구석이 싸늘하 게 식어 오는 것을 느꼈다. 물론 그는 무공에 관한 한 천하가 인정하는 고수였고, 동행한 호유광의 능력 또한 개방의 순찰노 두 자리에 부끄럽지 않은 것이었다. 그러나 보이지 않는 곳에서 날아드는 암전暗箭은 언제나 막아 내기 힘든 법. 일신의 무공만 을 믿고 안심하기엔 적당들의 행사가 너무 음험했다.

납덩이처럼 무거운 표정으로 탁자에 놓인 영패와 편지를 내려다보던 우근은 문득 위백의 근황에 생각이 미쳤다. 그는 시선을 들어 석대문을 바라보았다.

"설마 위 형님에게 이 사실을 알린 것은 아니겠지?"

　석대문은 고개를 끄덕였다.

"물론입니다. 위 대협께는 죄송한 얘기지만 적을 속이려면 우리 편부터 속일 필요가 있으니까요."

"잘했네."

　우근은 석대문이 의도한 바와는 조금 다른 각도에서 석대문의 일 처리를 칭찬했다.

　우근이 아는바, 위백은 남들이 아는 것보다 더 강직하고 더 자존심 강한 사람이었다. 자신이 간인들의 도구로 이용되어 친인들을 위험에 빠뜨린 사실을 알게 된다면 그 자리에서 혀를 깨물고도 남을 위인이 바로 위백인 것이다. 게다가 편지의 내용으로 미루어 이번 일이 끝나기 전까지는 위백의 신상에 별다른 위험이 없을 듯했다.

"개방이 여러모로 자네에게 신세를 진 셈이군."

　우근이 그간의 노고를 치하하자 석대문은 겸손히 고개를 저었다.

"신세라고 말씀하실 일은 아닙니다. 상대하는 적이 우연히 같았을 뿐이니까요."

　석대문으로서는 그렇게 여길 수도 있는 일이지만 우근의 입장에선 결코 그럴 수 없었다. 위백은 자신을 잡을 수 있는 미끼였고, 자신은 개방 전체를 잡을 수 있는 미끼였다. 까딱했다면 돌이킬 수 없는 일이 벌어질 수도 있었던 것이다.

"자, 이제부터 내가 어떻게 했으면 좋겠는가?"

우근은 석대문을 향해 두 팔을 활짝 벌렸다. 이는 석대문이 준비해 온 계획이 무엇이든 무조건 따르겠다는 의사 표시인 동시에, 석대문이 개방에 베푼 은혜에 대한 가장 큰 사례이기도 했다.

석대문은 이를 기다렸다는 듯 밝게 웃으며 대답했다.

"호랑이 새끼를 잡으려면 우선 호랑이 굴로 들어가야겠지요."

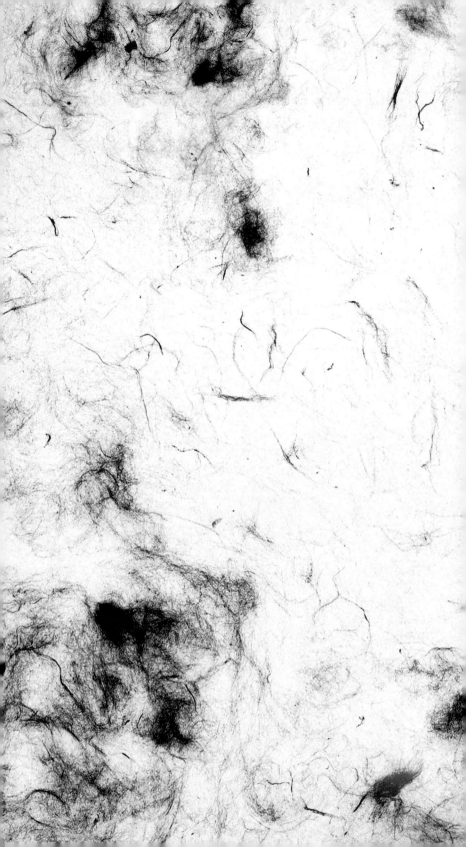

매복자埋伏者

(1)

구우웃!

낮은 울음소리와 함께 태양이 중천에 머문 하늘로부터 적갈색 덩어리가 날아 내렸다. 언뜻 보아선 종을 짐작하기 힘든, 크기는 비둘기만 한데 생김새는 매와 독수리를 섞어 놓은 듯한 적갈색 깃털의 괴조怪鳥였다.

괴조가 내려앉은 곳은 검은 가죽으로 만든 두툼한 토시. 그 토시는 한 여인의 팔뚝에 감겨 있었다. 길쭉한 콧잔등과 심한 뻐드렁니를 지닌 말상 여인이었다.

말상 여인은 토시를 끼지 않은 오른손만으로 괴조의 몸통을 잡은 뒤, 그 발목에 매여 있던 작은 원통 하나를 끌러 냈다. 여러 차례 해 본 듯 익숙한 손길이었다.

"귀여운 놈, 상을 준비해 놓았으니 먹으면서 쉬고 있어라."

이 말이 끝나기가 무섭게 괴조는 가벼운 날갯짓으로 말상 여인의 팔뚝에서 날아올라 가까운 나뭇가지로 자리를 옮겼다. 그 나뭇가지에는 커다란 구렁이 한 마리가 축 늘어진 채 걸려 있었다. 괴조가 가까이 내려앉아도 꼼짝하지 않는 것을 보면 죽은 지 오래인 듯했다.

괴조가 제 몸통보다 몇 곱절 큰 구렁이를 쪼기 시작할 즈음, 말상 여인은 괴조의 다리에서 끌러 낸 원통을 가지고 우거진 수풀 속으로 들어갔다.

수풀 건너편엔 제법 넓은 빈터가 있었다. 빈터의 곳곳엔 몇 명의 사람들이 이미 자리를 잡고 있었다.

그들은 하나같이 한가해 보였다. 얼굴에 큰 나뭇잎을 얹은 채 풀밭에 누워 있는 남자, 편편한 바위에 앉아 뭔가를 우물거리는 적발赤髮 장년인, 시원한 나무 그늘에서 한바탕 장광설을 늘어놓고 있는 왜소한 노인, 그 노인의 이야기에 넋이 빠진 닮은 외모의 두 청년 그리고 조금 구석진 곳에 빙 둘러앉아 주문인지 염불인지 모를 괴상한 소리들을 읊조리는 밀교 복식의 세 승려까지.

그러나 그들의 한가함도 이제 곧 끝나리란 사실을 말상 여인은 잘 알고 있었다. 그녀가 가져온 원통이 그렇게 만들 것이었다.

말상 여인은 우선 풀밭에 누워 있는 남자에게로 다가갔다. 큼직한 오동나무 잎으로 얼굴을 가리고 있지만 남자의 정체를 알아보기란 전혀 어려운 일이 아니었다. 깍지 낀 채 배에 자연스레 얹어 둔 두 손, 그 두 손에 끼워진 거무튀튀한 강철 장갑은 그 남자를 상징하는 가장 확실한 신물이었다.

말상 여인은 강철 장갑의 남자를 향해 조심스러운 목소리로 보고를 올렸다.

"강구康丘로부터 연락이 도착했습니다."

강철 장갑의 남자는 움직일 기미를 보이지 않았다. 그리 작은 목소리도 아니었건만, 향긋한 풀 냄새에 취해 단잠에라도 빠진 것일까?

다시 보고를 해야 할지 아니면 이대로 물러나야 할지 말상 여인이 어찌할 바를 모르고 우물쭈물하는데, 누군가 그녀를 향해 손짓을 보냈다.

"현제賢弟가 간만에 편히 쉬는 모양이군. 전갈이 온 게 있거든 이리로 가져오게나."

그 사람은 나무 그늘 아래에서 두 청년에게 이야기보따리를 풀어 놓던 왜소한 체구의 노인이었다. 말상 여인은 반색을 하며 노인에게로 다가갔다.

"이건가?"

작은 키만 아니면 그런 대로 잘 늙었다는 소리를 들을 법한 호상好相의 그 노인은 말상 여인에게서 받은 원통을 연 뒤 안에 있던 편지를 꺼냈다. 그러더니 장내에 있는 모든 사람이 들을 수 있도록 큰소리로 읽기 시작했다.

"검은 개의 행적을 포착. 사시巳時(오전 열 시 전후) 말, 강구 서쪽 선하촌仙霞村을 통과. 누런 개 다섯을 대동한 것으로 확인. 사십四十."

맨 뒤의 '사십'은 편지를 작성한 사람의 신분을 나타냈다. 마흔아홉 개의 숫자로 구별되는 비각의 간부 사십구비영, 그중에서도 마흔 번째 서열을 지닌 자가 편지의 작성자라는 뜻이었다.

"누런 개가 다섯씩이나 붙었다고요?"

"둘을 넘지 않을 거라 했는데 너무 많은 것 아닙니까?"

노인의 주변에 앉아 있던 닮은꼴 두 청년이 앞을 다투듯 떠들어 댔다. 떡 벌어진 어깨와 우람한 가슴팍에 어울리지 않는 호들갑이었지만, 말상 여인은 그들의 심정을 충분히 이해할 수 있었다.

편지에 등장하는 누런 개가 진짜 누런 개라면 다섯 마리가 아니라 오십 마리가 온다 한들 무슨 문제가 있겠는가. 그러나 그것은 진짜 누런 개가 아니었다. 편지 중에 등장하는 검은 개가 진짜 검은 개가 아니듯이 말이다.

"다섯이면 아닌 게 아니라 조금 많군."

노인도 긴 눈썹을 찌푸리며 조금 꺼림칙한 표정을 지었다. 그때 어디선가 걸걸한 목소리가 터져 나왔다.

"많으면 대수요? 그깟 거지새끼들, 걸리는 족족 껍질을 벗겨 버리면 될 일을."

이 목소리의 주인공은 멀찍이 떨어진 바위에 혼자 앉아 뭔가를 우물거리고 있던 적발 장년인이었다. 허리까지 내려오는 붉은 머리카락만으로도 충분히 흉측한데 거기에 얼굴에는 두 줄기 커다란 칼자국까지 달고 있었으니, 굳이 흉한 말을 입에 담지 않더라도 사람을 겁주기엔 부족함이 없어 보였다.

노인은 적발 장년인을 향해 혀를 찼다.

"쯧쯧, 개방 방주가 데려온 누런 개라면 아무리 낮게 잡아도 오결五結 아래는 아닐 터. 만만히 여겼다간 큰코다칠 수도 있어."

검고 누런 개는 모두 개방의 요인들을 가리키는 은어인데, 검은 개는 개방 방주요, 누런 개는 그 호위였다. 방주를 호위하는 막중한 임무를 풋내기들에게 맡겼을 리 없을 터이니, 호위의 하한선을 타 문파의 당주급인 오결 제자로 잡은 노인의 판단은 꽤나 합리적이라고 할 수 있었다.

하지만 노인의 설명에도 불구하고 적발 장년인은 호기를 굽히려 들지 않았다.

"크흐흐, 이 사람의 눈엔 우근이란 놈도 들어오지 않거늘, 그 밑에서 빌어먹는 조무래기 거지들 따위가 어찌 눈에 차겠소? 오결이든 육결이든 모조리 덤비라지. 깡그리 죽여 들개 밥을 만들어 줄 테니까."

천성적으로 호기가 승한 것일까? 아니면 일을 시작하기도 전에 지레 겁부터 먹는 동료들에게 용기란 게 무엇인지를 보여 주고 싶었던 것일까? 적발 장년인은 허풍에 가까운 장담까지도 서슴지 않았다.

그러나 그런 장담은 하지 않는 편이 나았다. 아니, 하더라도 최소한 한 사람이 듣지 않는 곳에서 해야 했다.

"오독추吳獨秋."

누군가 적발 장년인의 이름을 불렀다. 두꺼운 진흙을 뚫고 울려 나온 듯 낮고 탁한 목소리였다.

그 순간 이야기를 나누던 모든 사람들이 그 자리에서 얼어붙었다. 마치 목소리에 담긴 기이한 마력이 그들을 보이지 않는 밧줄로 단숨에 옭아매 버린 것 같았다.

적발 장년인의 이름을 부른 사람은 바닥에 편히 누워 있던 강철 장갑의 남자였다. 지금 그 남자가 천천히 몸을 일으키고 있었다.

얼굴을 덮었던 오동나무 잎이 아래로 흘러내리며 이제 막 오십 줄에 접어든 듯한 초로의 얼굴이 드러났다. 하지만 손에 낀 강철 장갑과 잘 어울리는, 그리고 낮고 탁한 목소리와 너무도 잘 어울리는 강인한 인상이어서 초로의 나이가 좀처럼 드러나지 않는 듯했다.

강철 장갑의 남자는 적발 장년인, 오독추를 향해 천천히 다가왔다. 짧고 촘촘한 잿빛 수염으로 뒤덮인 입가가 슬쩍 뒤틀리는가 싶더니 예의 낮은 탁성이 흘러나왔다.

"내 귀가 잘못된 건가? 방금 누가 눈에 차지 않는다는 얘기를 들은 것 같은데."

오독추의 얼굴이 눈에 띄게 창백해졌다.

"나, 남궁 형, 소, 소제는 그저……."

강철 장갑의 남자는 한 손을 들어 오독추의 말허리를 잘랐다.

"이런, 우리가 형제 사이였다는 걸 나는 왜 몰랐을까? 한데 언제부터지, 우리가 그런 사이가 된 게?"

꺄드드득!

치켜 올린 남자의 손으로부터 고양이 울음소리와 흡사한 기이한 소리가 울려 나왔다. 강철로 된 손가락 관절 부위가 움직이며 울리는 소리였다.

"으으……."

오독추는 녹림을 주름잡는 적살귀赤殺鬼라는 명호에 걸맞지 않게 식은땀을 흘리기 시작했다.

그럴 수밖에 없었다. 고양이 울음소리 같은 저 소리가 증폭되어 고막을 찌르는 끔찍한 쇳소리로 바뀌면 그것이 바로 최명호催命呼. 지난 삼십 년간 강호를 공포에 떨게 만든 저승으로부터의 초대장이 되는 것이다.

일호일명거一呼一命去!

한 번 울리면 하나의 목숨이 사라진다!

그것은 삼십 년이라는 긴 세월 동안 해와 달의 운행만큼이나 철저히 지켜져 온 절대의 법칙이요, 불변의 명제였다. 한 번, 강철 장갑의 남자로서는 실로 뼈아플 수밖에 없는 단 한 번의 예외만 제외한다면 말이다. 그리고 그 한 번의 예외를 만든 장 본인이 개방 방주, 바로 우근이었다.

쌍철쟁투雙鐵爭鬪라는 이름으로 알려진 삼 년 전 회하淮河에서의 대결.

우근은 그 대결을 통해 공포의 일호일명거 아래에서 살아남은 유일한 사람으로 기록되었을 뿐만 아니라, 강호 출도 이래로 단 한 번도 패해 본 적이 없는 강철 장갑의 남자에게 첫 패배의 고배를 안겨 준 인물로 기록되었다. 그러므로 강철 장갑의 남자에게 있어서 우근의 존재는, 절치부심으로 설욕을 다짐해 온 철천지원수인 동시에 인정하지 않고선 못 배기는 일생일대의 강적인 셈인 것이다. 바로 그 우근을 두고 눈에 차지 않는다고 호언했으니 강철 장갑의 남자가 어찌 분노하지 않겠는가.

"십일비영十一秘影님, 자, 잠깐만 제 말을……."

오독추가 다급히 말문을 열었다. 또다시 호형呼兄을 할 용기는 없었는지 이번엔 정식 직위를 부르고 있었다.

"할 말이 있나?"

강철 장갑의 장한이 물었다.

"제, 제가 실수를 한 것은 사실입니다만 제 사부님의……."

제 사부님의 체면을 생각해서라도 한 번만 용서해 주십시오!

이것이 오독추가 머릿속으로 준비한 말이었다. 그의 사부로 말하자면 각의 최고 상층부에서도 상대함에 있어서 공경을 잃지 않는 대단한 위인이었다. 각에 소속된 자라면 누구라 할지라도 사부의 이름 앞에서는 한 발짝 물러서 주리라는 것이 그의 계산이었다.

그러나 오독추는 준비한 말을 마칠 수 없었다. 난데없이 고막을 두들겨 온 쇠망치 같은 전음 때문이었다.

―입 다물고 당장 그 자리에 엎드리지 못해!

가볍지 않은 내공이 실린 듯 뇌수까지 뒤흔드는 이 강렬한 전음에 오독추는 자신도 모르게 그 자리에 넙죽 엎드리고 말았다.

―이 멍청한 친구야! 사부를 들먹이면 그가 봐줄 줄 알았나? 그가 어떤 사람인지 정말 모른단 말인가?

이어지는 전음을 들으며 오독추는 눈앞이 캄캄해지는 것을 느꼈다. 어리석게도 그는 이제야 깨달은 것이다. 저 강철 장갑의 남자로부터 양보를 이끌어 낼 이름 따위는 애당초 존재하지 않았다는 사실을. 이 세상에는 아무리 큰 후환이 기다리고 있더라도 눈앞의 분노를 결코 참아 넘기려 하지 않는 극단적인 인물도 있었다. 강철 장갑의 남자가 바로 그런 인물이었다.

끼악! 꺄드드득!

뒤통수로 떨어지는 강철 장갑의 쇳소리가 점점 높아지고 있었다. 그리고 그 쇳소리는 오독추의 운명을 주관하는 사명신司命神의 목소리와 마찬가지였다. 저 쇳소리가 더욱 높아져서 마침내 그 유명한 최명호로 바뀌는 날엔?

상상조차 하기 싫었다. 그래서 오독추는 두 눈을 꽉 감았다.

쿵쾅. 쿵쾅.

갓 잡은 물고기처럼 펄떡거리는 심장이 목구멍 밑을 간질이는 듯했다.

구세주가 나타난 것은 그때였다.

"그쯤이면 충분한 것 같네. 현제는 그만 노여움을 푸시게나."

차분한 목소리로 강철 장갑의 남자를 만류하는 사람은 아까 편지를 읽은 왜소한 노인이었다. 오독추에게 전음을 보낸 사람

또한 이 노인이었음은 말할 필요도 없었다.

강철 장갑의 남자는 천천히 노인을 돌아보았다.

"내가 그렇게 해야 하는 특별한 이유라도 있소?"

"특별한 이유랄 것까지야 있겠는가? 다만 강적을 앞두고 살기를 분산시키는 것이 현제답지 않아 보여서 한 말일세."

남자의 눈이 실처럼 가늘어졌다.

"지금 날 가르치려는 거요?"

"내 생각을 이야기했을 뿐이네."

강철 장갑의 남자는 아무런 말도 없이 노인을 노려보기만 했다. 그로부터 뿜어 나오는 무형의 기세가 잠깐 사이에 더욱 맹렬해진 것 같았다. 그러나 노인은 태연자약, 분노한 맹수를 어떻게 다뤄야 하는지를 아는 것 같았다.

남자의 입술이 한참 만에 열렸다.

"일어나라."

시선은 여전히 노인에게 고정되어 있으나, 지시는 엎드려 있는 오독추를 향한 것이었다.

"예!"

오독추는 개구리처럼 펄쩍 뛰어올라 장한의 앞에 똑바로 섰다. 백짓장처럼 변해 버린 안색과 얼굴을 덮은 굵은 땀방울들은 잠깐 사이에 그가 겪은 공포가 얼마나 극심했는지를 보여 주고 있었다.

"이번 한 번은 용서해 주마."

강철 장갑의 남자가 말했다. 얼마나 갈구하던 사면령이었을까? 오독추의 두 눈에 희열의 빛이 폭발하듯 번져 올랐다.

"감사합니다!"

"네 감사를 받을 사람은 따로 있겠지."

강철 장갑의 남자가 입술을 슬쩍 비틀며 말하자, 오독추는 즉시 노인을 향해 머리를 조아리기 시작했다.

"음陰 선배, 고맙습니다! 고맙습니다!"

노인은 털털한 웃음을 지으면서도 한마디 주의를 주는 것을 잊지 않았다.

"호기도 지나치면 병이 된다는 걸 유의하게나."

"음 선배의 가르침을 명심하겠습니다!"

천성이 단순한 탓일까? 오독추는 바닥에 엎드려 있던 짧은 시간 동안 놀랄 만큼 양순하게 변해 있었다.

'칠성노조七星老祖가 말년에 거둔 제자로 인해 마음고생이 심하다더니, 과연 사부 망신은 도맡아 시킬 놈이로다.'

이런 생각에 고소를 짓던 노인은, 이윽고 강철 장갑의 남자에게 시선을 돌렸다.

"강구에서 사십비영이 보낸 전갈이네. 한번 볼 텐가?"

그러면서 내민 것은 아까 말상 여인에게서 받은 편지인데, 강철 장갑의 남자는 눈길조차 주지 않았다.

"필요 없소."

"하긴……."

다른 사람도 아닌 우근의 행적이 적힌 편지였다. 비록 누워 있었다고는 하나 허투루 흘려들었을 리 만무할 터. 노인은 손가락을 슬쩍 비벼 편지를 가루로 만든 뒤, 신중한 목소리로 다시 말했다.

"껄끄러운 호위를 다섯씩이나 달고 온 것도 문제지만, 더 큰 문제는 따로 있네."

노인은 잠시 말을 멈추고 남자의 얼굴을 슬쩍 살폈다. 하지만 남자의 얼굴에 떠오른 표정은 손에 낀 강철 장갑만큼이나 차갑고 딱딱해 도무지 내심을 읽을 길이 없었다.

'이거야 원…… 까다로운 사람인 줄은 알고 있었지만…….'

노인은 더욱 신중해진 목소리로 말을 이어 갔다.

"더 큰 문제는 십비영이 아직까지도 이곳에 오지 않았다는 것일세."

강철 장갑의 남자가 짧게 대꾸했다.

"상관없소."

노인은 미간을 찡그렸지만 의아해하지는 않았다. 저 남자라면 이렇게 나올 것이라고 예상한 것이다. 비록 그 심중을 이해한다고는 하나, 뒷일을 위해 확실히 짚고 넘어갈 점들이 남아 있었다.

"십비영이 이번 작전의 주재자임은 알고 있는가?"

"알고 있소."

"그런데도 상관없다고 한 건, 십비영을 배제한 상태로 작전을 추진하겠다는 뜻이겠지?"

"그대로요."

노인은 엄숙한 목소리로 강철 장갑의 남자에게 말했다.

"각의 명령은 지엄하네. 만일 십비영을 배제한 채 현제의 임의대로 작전을 추진했다가 만에 하나 결과가 잘못되기라도 한다면, 현제는 실패에 대한 책임은 물론이거니와 월권의 책임까지도 면치 못할 걸세."

"스……."

돌연 남자의 메마른 입술 사이로 기이한 바람 소리가 새어 나왔다. 노인은 저 소리를 어떤 의미로 받아들여야 할지 몰라 인상을 찌푸렸다. 그때 남자의 어깨가 물결치듯 가볍게 흔들리기 시작했다.

"흐흐, 우근의 명성이 대단해서 그런가, 아니면 각의 형규가 두려워서 그런가? 천하의 흑월왕黑月王께서 시작도 하기 전부터 이렇게 꼬리를 내릴 줄이야."

풍자 섞인 장한의 말에 노인의 눈가가 몇 차례 실룩거렸다.

세월이 제법 흘러 지금은 기억하는 사람이 거의 없는 실정이지만, 과거엔 흑월파黑月派라는 이름을 모르고선 강호인 행세를 할 수 없던 시절이 있었다. 아니, 그것은 비단 강호에 국한된 문제만이 아니었다. 정계와 상계, 관부와 유림, 심지어는 일반 백성들이 모여 사는 민간에까지도 그러했다. 시기와 증오, 원한과 살의가 존재하는 곳이라면 그 어디든 흑월파의 이름은 독버섯처럼 피어올랐다.

그러던 시절이 있었다.

─대가만 맞으면 누구라도 죽여 준다.

그것은 자객 집단 흑월파가 세상의 모든 악의와 맺은 절대적이고도 유일한 계약이었다. 그리고 흑월파가 자랑하는 칠십이좌七十二座의 살신殺神들은 무서우리만치 철저하게 그 계약을 이행해 나갔다. 어떠한 권력과 어떠한 금력, 심지어는 어떠한 무력조차 그들의 냉혹한 살수 앞에선 모래성처럼 무너졌다. 그 과정에서 흑월파는 더욱 유명해졌고, 마침내 세상으로부터 천하제일의 살수문으로 공인받기에 이르렀다.

그러던 시절이 있었다.

그러나 지금은 아니었다. 흑월파가 있던 자리는 이미 오래전 폐허로 변해 버렸고, 칠십이좌의 살신들은 뿔뿔이 흩어진 채 생사조차 알 길이 없었다. 이제는 누구도 흑월파의 이름을 두려워하지 않았다. 아니, 기억하는 사람조차 찾기 어려웠다.

상전벽해와도 같은 이 거대한 몰락은 어처구니없게도 한 사람이 부린 단 한 번의 만용에서 비롯되었다. 천하제일 살수문이라는 허명에 눈이 멀어 받지 말았어야 할 청부를 덥석 받아 버린 만용. 그 만용을 부린 장본인이 바로 흑월파의 주인인 흑월왕, 지금 강철 장갑의 남자와 마주하고 있는 이 왜소한 노인이었다.

노인이 어찌 과거 같은 호기를 부릴 수 있겠는가.

"현제가 뭐라고 말하든 상관없네. 후환을 남기는 것보다야 나을 테니까."

노인, 한때 흑월왕이라는 이름으로 천하를 공포에 떨게 만들었던 음자송音字松은 차분함을 잃지 않은 목소리로 답했다. 그 밑바닥에 깔린 음울한 비애를 읽은 것일까? 강철 장갑의 남자는 더 이상 음자송을 조롱하지 않았다.

"좋소. 본론만 얘기합시다. 음 노인의 말인즉, 책임을 지겠다면 지휘권을 인정해 주겠다 이거요?"

"그렇다네."

음자송이 대답하자 강철 장갑의 남자는 고개를 꼿꼿이 치켜세우며 말했다.

"모든 책임은 내가 지겠소. 대신 지금 이 순간부터 작전의 지휘자는 나요. 지시를 어길 시엔 음 노인이라도 용서하지 않겠소."

음자송은 만족한 듯 미소를 지었다.

"나, 음자송은 각으로부터 부여받은 십칠비영十七秘影의 직위를 걸고 이번 작전의 지휘권이 현제에게 있음을 인정하겠네."

강철 장갑의 남자는 천천히 시선을 돌려 다른 사람들을 둘러보았다.

"인정합니다! 십비영이 오지 않았다면 의당 십일비영님께서 작전을 지휘하셔야지요."

순한 양이 되어 버린 오독추가 행여 남에게 뒤질세라 재빨리 입을 놀렸고, 뒤이어 말상 여인과 두 청년이 지휘권 인정에 동의를 표했다.

이제 남은 것은 멀찌감치 떨어진 곳에 모여 앉은 세 명의 밀승密僧들. 말상 여인이 빈터에 들어온 이후로 꽤나 소란스러워졌음에도 그들은 오불관언吾不關焉, 주문인지 염불인지를 외우는 데에만 온 신경이 팔린 듯했다.

음자송이 그들에게 다가가 합장을 올렸다.

"바르 신승神僧께 알려 드릴 사항이 있소이다."

감은 듯 뜬 듯 가늘게 맞물려 있던 세 쌍의 눈 중에서 한 쌍이 음자송을 향해 뜨였다.

"무슨 일입니까?"

눈을 뜬 밀승, 바르가 물었다. 그 목소리를 듣는 순간, 음자송은 눈살을 찌푸리지 않기 위해 얼굴 근육을 바짝 조여야만 했다. 처음도 아니건만 매번 이 모양이었다. 성대를 비틀어 쥐어 짜내는 듯한 정말 듣기 싫은 목소리.

하기야 싫은 것이 어디 목소리뿐이랴. 바르의 얼굴은 목소리만큼이나 타인의 눈살을 찌푸리게 만드는 것이었다. 센 불에 잘못 구운 고깃덩이처럼 피부 전체가 거무죽죽하니 죽은 데다 군데군데엔 큼직한 딱지들이 덕지덕지 달라붙어 있었으니, 제법 그럴듯한 풍모의 두 밀승과는 달리 차마 눈뜨고 보기 힘들 지경이었다.

그러나 음자송은 이 추면 밀승 바르가 결코 만만한 상대가 아님을 알고 있었다. 서장 밀교를 대표하는 여덟 명의 고승 팔부 중, 그중에서도 가장 존귀한 자로 알려진 천신天神 데바가 비각을 지원하기 위해 특별히 파견한 밀교의 고수가 바로 저 바르이기 때문이다.

오십 이후 삶의 대부분을 대막大漠과 서장을 오가며 보낸 음자송으로선 바르의 존재를 결코 무시할 수 없었다.

"작전 시간이 목전에 다가왔는데 십비영이 아직 도착하지 않았소. 그래서 의논 끝에 작전의 지휘권을 십일비영에게 이양하기로 결정했소이다."

바르는 시선을 돌려 강철 장갑의 남자 쪽을 슬쩍 바라보았다. 추괴한 살덩어리에 파묻힌 한 쌍의 눈동자가 한순간 기이한 광채로 물드는 듯했다. 그러나 그러한 광채는 금방 사라지고, 바르의 시선은 다시금 음자송에게로 돌아왔다.

"소승들은 조력자에 불과하지요. 결정하신 대로 따르겠습니다."

"또 한 가지, 목표물의 수가 당초 예상보다 늘어났소이다. 어쩌면 신승들께 도움을 청하는 일이 벌어질지도 모르는데, 괜찮겠소이까?"

음자송의 조심스러운 질문에 바르는 추괴한 얼굴로도 미소를 지었다.

"이곳까지 와서 구경만 한다면 소승들로서도 체면이 안 서는 일입니다. 때가 되면 나설 테니 염려치 마십시오."

"고맙소이다."

음자송은 바르에게 감사의 합장을 올렸다.

음자송이 자리로 돌아왔을 때, 강철 장갑의 남자는 팔짱을 끼고 바위 하나에 걸터앉은 채 하늘을 올려다보고 있었다. 세 밀승의 승낙 여부는 중요하지 않다고 여기는 기색이었다.

'하긴 그가 어떤 사람인데 한낱 변방의 인사들에게 눈길을 줄

까.'

이렇게 생각한 음자송은 남자를 좇아 하늘을 올려다보았다. 백열의 태양은 벌써 머리 위를 지나 서쪽으로 조금 기울고 있었다. 정오는 훌쩍 넘긴 시각.

"사시 말에 선하촌을 지났다면 지금쯤 고개 아래에 왔겠군. 슬슬 준비할 때가 된 것 같은데, 어떻게 할 생각인가?"

음자송의 물음에 강철 장갑의 남자는 대답 대신 오히려 되물었다.

"사생이라면 어떻게 할 것 같소?"

음자송은 잠시 생각하다가 대답했다.

"십비영은 궤계와 술수에 능한 사람이니 약물을 동원하거나 암습을 이용해 승기를 잡으려고 했겠지. 한데 그건 왜 묻나?"

강철 장갑의 남자는 끼고 있던 팔짱을 풀며 짧게 말했다.

"난 사생과 다르오."

음자송은 고개를 끄덕였다. 짧지만 모든 것을 설명해 줄 수 있는 말이었다.

"앞서도 말했듯이 작전의 지휘권은 현제에게 있네. 현제가 지시하면 우리는 따를 것이야. 하지만 한 가지, 혈랑지화血狼之禍를 가장하라는 각의 지시만큼은 꼭 따라 주길 바라네."

"혈랑지화……. 흐흐, 지난 삼 년간 그토록 고대해 온 해후인데, 그 정도 광대놀음은 얼마든지 해 드리지."

강철 장갑의 남자는 음산한 웃음을 흘렸다. 허공의 어느 한 곳을 바라보는 그의 두 눈은 들끓는 살심을 이기지 못한 듯 섬뜩한 광채로 번들거리고 있었다. 마치 그곳에 누군가의 얼굴이 겹쳐 보이기라도 한 것처럼.

"이 고개는 지금 매우 위험합니다. 제발 소인들의 말씀을 믿으시고 두어 시진 뒤에나 넘으십시오."

방기옥方麒玉은 진땀을 뻘뻘 흘리며 사정에 사정을 거듭했다. 냉면무정검 방령의 장자이자 현재 사자검문의 실질적인 주인 노릇을 하는 그가 누군가를 향해 이토록 절실히 애원한다는 것은, 강동 무림에서 그가 차지하는 위치에 비추어 매우 이례적인 일이 아닐 수 없었다. 그러나 지금은 어쩔 도리가 없었다. 지금의 방기옥은 평소의 방기옥이 아니기 때문이다. 지금 방기옥의 신분은 거지, 그것도 같은 거지가 봐도 동정심을 일으킬 만한 진짜 상거지였다.

"어허, 고얀 놈 같으니라고! 미천한 거지 놈이 감히 만세야萬歲爺(천자)의 녹을 받는 관원의 행차를 막으려 하느냐! 썩 비키지 못할까!"

누군가 거지로 분장한 방기옥의 면전에 침을 튀기며 호령했다. 교활해 보이는 생쥐 눈과 개기름에 절은 볼따구니, 거기에 풍성한 비단 화복으로도 감출 수 없는 거대한 아랫배까지 함께 갖춘, 굳이 관원을 자처하지 않아도 가위 탐관오리의 전형처럼 생겨 먹은 중년의 사내였다.

"이 길을 너희 거지들이 전세라도 냈느냐?"

"어서 비키지 못해? 서두르지 않으면 성문이 닫힌단 말이야!"

뚱보 관원의 호령에 힘을 얻은 듯, 등짐을 진 장사치 패거리 속에서도 거친 고성들이 분분히 터져 나왔다.

"그렇게 성만 내실 게 아니라 제발 소인들의 말씀을 믿으시라니까요. 모두 나리들을 위해 드리는 말씀입니다."

딴에는 열과 성을 다하는 듯했지만 방기옥에겐 애원하는 것 외엔 다른 해결책이 없어 보였다. 하기야 경력이 한나절밖에 안 되는 초보 거지로선 힘에 부친 난관이 아닐 수 없었다. 그래서일까? 삼십구 년의 경력을 자랑하는 노련한 거지가 그를 도우려 앞으로 나섰다.

"헤헤, 하늘처럼 존귀하고 바다처럼 이해심 많으신 관원 나리, 그렇게 화만 내지 마시고 소인들의 말을 좀 들어 보십시오. 지금 이 고개에는 살인강도가 출몰했다는 소문이 있습니다. 소인 같은 빈털터리 거지들이야 살인강도가 출몰한들 무엇이 두렵겠습니까? 하지만 지체 높으신 나리께선……."

호유광으로 말할 것 같으면 개방의 대외 감찰을 총괄하는 순찰노두의 신분이었고, 성격 또한 신분에 걸맞게 상어 껍질처럼 깐깐하다 알려져 있었다. 그런 호유광이 방주 앞에서도 안 뀌는 알랑방귀까지 뀌어 대며 분투하고 있었으니, 사정을 아는 사람들에겐 가슴 뭉클한 광경이 아닐 수 없었다.

그러나 사정을 모르는 사람들에게도 과연 그렇게 보였을까?

"이런 처 죽일 놈! 냄새나는 상판을 감히 어느 안전에 들이미느냐!"

정수리를 노리고 매섭게 찍어 온 뚱보 관원의 부채에 호유광은 하던 말을 마치지도 못한 채 펄쩍 뛰어 물러날 수밖에 없었다. 벼 이삭을 본 메뚜기 떼처럼 그를 따라붙는 것은 장사치들의 야유였다.

"얼씨구, 굼벵이도 기는 재주는 있다더니만 난쟁이 똥자루만 한 놈이 도망은 잘도 가는구나!"

"나리, 참으시지요! 괜히 부채만 더러워집니다요, 낄낄!"

조금 떨어진 곳에서 이 모든 광경을 지켜보던 우근은 끙, 하는 신음과 함께 얼굴을 북북 긁었다. 두껍고 질긴 얼굴 거죽에 맺혀 있는 것이 짜증인지 땀방울인지 분간이 가지 않았다. 세상 어떤 일이 쉽겠느냐마는, 이놈의 거지 노릇도 정말 쉬운 게 아니었다.

어제 태호로 들어설 때만 해도 달랑 둘이던 일행은 만 하루가 지난 지금 무려 세 배로 불어나 있었다. 왕풍의 식당으로 우근을 찾아온 세 사람에다가 방령의 장자인 방기옥까지 합류했기 때문이다.

날 저문 녘에 적들이 도사린 매복지로 들어가는 것은 그리 현명한 판단이 아니라는 데 뜻을 같이한 일행은 태호 인근의 한 객잔에서 하룻밤을 보내기로 했다. 좋은 음식과 편안한 잠자리로 휴식을 취한 일행은 날이 밝기를 기다려 아침밥 든든히 차려 먹고는 적들이 기다리고 있는 일조령을 향해 길을 나선 것이다.

새로 합류한 네 사람의 차림새가 하룻밤 사이에 끔찍할 만큼 남루해진 까닭은, 일행 전체를 개방의 제자로 통일하는 편이 자연스럽지 않겠느냐는 석대문의 제안 때문이었다.

위엄스러운 얼굴을 검댕으로 더럽히고, 번쩍거리는 도검을 거적때기로 싸매고…….

자존심 강한 무인으로선 차마 하기 힘든 변장변복變裝變服이건만, 차갑기가 북풍한설 같다는 방령마저도 한마디 불평 없이 순순히 받아들였다. 이 강동 땅에서 석대문이 얻은 신망이 얼마나 두터운가를 엿볼 수 있는 장면이었다.

그렇게 한나절을 걸어 도착한 이곳은 일조령이 빤히 보이는 고개 초입이었다. 행보를 잠시 늦춘 까닭은 언제 시작될지 모르는 싸움에 대비하여 배를 채우기 위해서였다.

방기옥이 준비해 온 건량은 맛도 좋거니와 양도 넉넉했다. 정말로 장정 주먹만 한 주먹밥 열 덩이에 손바닥만 한 육포 열아홉 장을 게 눈 감추듯 해치운 우근은 묵직해진 아랫배를 쓰다듬으며 만족한 미소를 지을 수 있었다.

바로 그때였다, 왁자지껄한 소음과 함께 고약한 장사치 한 무리와 그보다 훨씬 고약한 관원 한 놈이 등장한 것은.

"나리의 뜻이 정 그러시다면 소인들의 뒤를 멀찍이 따라오십시오. 살인강도들로 인한 액화가 존체에 해를 끼칠까 염려스럽습니다."

호유광이 별다른 성과를 거두지 못하고 물러서자, 이번에는 유태성이 나서서 뚱보 관원에게 말했다. 객관적으로 생각해도 그리 나쁘지 않은 타협안이었다.

그러나 관리라는 족속들이 대개 그러하듯, 저 뚱보 관원의 귓구멍은 바늘구멍보다도 좁은 것 같았다.

"어허! 비루한 거지들이 감히 본관의 앞길을 더럽히겠다 이거냐? 본관이 감히 누구인 줄 알고!"

노성을 터뜨리며 허리춤으로부터 뽑아 든 것은 박달나무로 만든 네모반듯한 관원 명패인데, 그 위에 적힌 '소주성蘇州省 도찰원都察院 상방수역上房首驛 모득冒得'의 열두 자도 이미 세 번씩이나 대한 것이었다.

우근은 곁에 있던 석대문에게 귓속말로 물었다.

"상방수역이 대체 뭐 하는 벼슬인가?"

"정식 관원은 아니고, 관에 속한 통역 나부랭이일 겁니다."

"그런 놈이 숫제 나라님 행세를 하려 드는군."

"누가 아니랍니까."

두 사람은 쓰게 웃었다.

기세도 전염되는 것일까? 모득이란 관원이 점점 기세를 더하자 장사치들의 기세도 덩달아 등등해졌다.

"나리, 소인들이 나리를 대신해 이 거지 놈들에게 국법 무서운 줄을 가르쳐 주겠습니다. 잠시만 기다리십시오."

장사치 무리 속에서 사내 세 명이 걸어 나왔다. 건장한 팔다리와 왁살스러운 얼굴이 살던 데서는 힘깨나 써 본 위인들 같았다.

'점입가경이라더니……'

저 시끄러운 날벌레들을 침묵시키기 위해선 우근 정도 되는 사람이 직접 나설 필요도 없었다. 바짝 약이 올라 있는 호유광에게 눈짓 한 번만 보내면 저까짓 세 놈 거꾸러뜨리는 건 일도 아닐 터였다. 그러나 그렇게 할 수 없다는 데 문제의 본질이 있었다.

무인이 아닌 자에게 무력을 행사하는 것은 개방 방규상 엄금하는 사항이었다. 뜻을 이루지 못한다고 해서 그때마다 매번 힘을 드러낸다면, 개방 제자들은 이미 오래전부터 거지가 아니라 강도로 불렸을 것이다. 이래저래 우근의 짜증은 깊어질 수밖에 없었다.

다행히도 일행 중엔 명쾌한 해법을 지닌 사람이 있었다. 바로 석대문이었다.

석대문이 곰처럼 어슬렁거리며 세 사내의 앞을 가로막고 나설 때만 해도 우근은 강동제일인의 수단이 얼마나 고명한지 짐작하지 못하고 있었다.

"어?"

떡 벌어진 육 척 장신에게 앞길을 가로막힌 세 사내는 찔끔한 표정으로 서로의 얼굴을 돌아보았다. 비록 남루한 행색이긴 해도 다른 거지들과는 확연히 구분되는 석대문의 풍채에 켕기는 마음이 일어난 눈치였다.

그런 세 사내를 모득이 독려했다.

"간덩이가 부운 놈이로다! 뒷일은 내가 책임질 테니 아예 물고를 내 버리게나!"

뿌득!

모득의 독려가 채 끝나기도 전, 석대문의 발밑에서 섬뜩한 소리가 터져 나왔다. 그가 밟고 있던 머리통만 한 돌멩이가 박살 나는 소리였다.

그 소리는 어수선하던 장내를 믿을 수 없을 만큼 빠르게 정돈시켰다. 모득은 토끼 눈이 되어 입을 다물었고, 금방이라도 주먹을 휘두를 것처럼 을러대던 세 사내는 신속한 뒷걸음질로 처음 있던 자리로 돌아갔다.

석대문의 시선이 천천히 모득에게로 향했다.

"가, 감히 국록을 받는 관원에게 패악을 부릴 셈이냐?"

모득은 주춤 물러서며 떨리는 목소리로 부르짖었다.

석대문은 아무런 대꾸도 하지 않았다. 대신 방금 밟아 부서뜨린 돌멩이 조각들 중 큼직한 놈 하나를 걷어찼다.

꽈직!

모득의 뒷전에 있던 작달막한 팥배나무가 비명을 지르며 허리를 꺾었다.

"네, 네가 정녕……!"

빡!

이번에는 좌측에 있던 가래나무였다.

석대문은 모득이 한마디 내뱉을 때마다 인근의 초목, 암석

들을 하나씩 박살 낼 작정인 듯했다.

"끄응!"

모득의 얼굴이 똥색으로 물들었다. 법보다 주먹이 가깝다는 말은 고금을 뛰어넘는 진리였다. 아무리 비천한 거지라도 머리통만 한 돌멩이를 으스러뜨리고 아름드리나무를 부러뜨리는 재주가 있다면, 국법 타령은 더 이상 효력을 발휘할 수 없는 것이다.

그래도 한마디 잊지 않은 건 최후의 자존심이라도 세워 보고자 한 것일 텐데…….

"좋다, 이놈들! 소주성에 들어가는 대로 어디 두고 보……."

빠직!

그 최후의 자존심마저도 한 그루 굵은 소나무와 함께 허리가 끊어지고 말았으니, 지켜보던 우근으로선 십 년 묵은 체증이 단숨에 뚫리는 기분이 아닐 수 없었다.

그때 장사치들 사이에서 염소수염을 한 중늙은이가 하나가 앞으로 나섰다.

"귀하들의 말대로 두어 시진 뒤에 고개를 넘을 테니, 우리 걱정은 말고 어서 올라가 보시오."

"그리해 주시겠습니까?"

유태성과 방기옥이 반색을 하며 고마워했다.

모득은 붉으락푸르락해진 얼굴로 장사치들과 거지들을 번갈아 노려보았지만, 눈앞에 서 있는 석대문이 두려운지 감히 입을 벌리진 못했다.

'고명하군, 참으로 고명해.'

말 한마디, 주먹질 한 번 없이 원하는 건 모두 얻어 냈으니 이 어찌 고명하다 하지 않겠는가.

우근은 석대문이란 사내에게 점점 마음이 끌리는 것을 느꼈다.

산은 높을수록 유명하고 고개는 낮을수록 유명하다. 그런 의미에서 볼 때 높고도 험준한 일조령이 널리 알려지지 않은 것은 당연한 일이었다.

하오의 무더위와 거칠기만 한 산길 그리고 언제 튀어나올지 모르는 적당들의 존재가 가져다주는 긴장감은 우근 일행의 행보를 자연 더디게 만들고 있었다.

"아직도 따라옵니다."

뒤를 힐끔거리던 호유광이 우근에게 속삭였다.

"그래? 생긴 것에 비해 근력이 제법인 모양이군."

우근은 뜻밖이라 생각하며 뒤를 돌아보았다. 이십여 장 떨어진 후방, 붉은 수건을 꺼내어 이마에 흐르는 땀을 연신 훔치면서도 우근 일행을 부지런히 따라오는 뚱보 관원 모득의 모습이 보였다. 우근 일행의 행보가 아무리 더디다 한들 일반인의 입장에선 버거운 속도임에 분명했다. 그런데 당장이라도 고꾸라질 듯 밭은 숨을 몰아쉬면서도 반 시진이 넘도록 낙오되지 않았으니, 배불뚝이 탐관오리로선 대단한 체력이요, 칭찬할 만한 끈기였다.

"아무래도 마음에 걸리는군요. 제가 가서 다시 한 번 말해 보겠습니다."

유태성이 말했다. 고개를 오르기 시작한 뒤로도 두 번이나 모득을 설득하려 한 그였지만, 싫어하는 기색 없이 이번에도 저리 말하는 것을 보면 참으로 무던한 성격이 아닐 수 없었다.

"놔두게."

유태성을 말린 사람은 방령이었다.

"그래도 적들이 나타나면 목숨을 부지하기 어려울 텐데……."

"다 제 팔자고 제 복이겠지."

방령은 냉정하게 말한 뒤 걸음을 재촉했다.

그래도 안쓰러운 마음을 완전히 접지 못했는지 유태성은 두어 차례 더 모득을 돌아보았다. 하지만 결국엔 방령의 말에 동의할 수밖에 없었던 듯, 한숨을 푹 내쉬고는 일행을 따라붙었다.

그렇게 얼마나 더 걸었을까?

선두에 걷던 석대문이 발길을 멈췄다.

"나타난 것 같군요."

우근은 걸음을 멈추고 전방을 바라보았다. 십여 장 전방 길이 꺾어지는 곳, 우거진 숲을 헤치며 천천히 걸어 나오는 일단의 사람들이 있었다. 그들 위로 어른거리는 짙은 붉은빛은 우거진 녹음과 극명한 대비를 이루고 있었다.

우근은 콧잔등을 실룩거리며 중얼거렸다.

"정면으로 붙어도 자신 있다 이건가?"

화공이나 독공과 같은 음험한 암습은 아닐지라도 설마하니 저렇듯 당당히 등장할 줄은 예상치 못한 우근이었다. 대체 얼마나 대단한 작자들이기에 천하의 개방 방주를 상대로 저런 자신감을 보이는 것일까?

두 무리 사이의 거리가 가까워졌다. 그에 따라 적들을 둘러싼 붉은빛이 점차 선명해졌다.

붉은 장포와 붉은 늑대 탈.

그것들은 붉은 늑대로 상징되는 신비의 집단, 혈랑곡의 상징물이었다.

뚝! 뚜둑!

깍지 낀 우근의 손에서 뼈마디 퉁기는 기음이 울려 나오기 시작했다. 오랜만에 느껴 보는 싱싱한 전의가 그의 핏물을 뜨겁게 달구고 있었다.

일조령 日照嶺

(1)

일조령의 어느 비탈진 산길.

바람 한 점 찾아볼 수 없는 후텁지근한 날씨와 계절을 잊은 듯한 따가운 햇살 속에서 우근의 일행과 붉은 장포인들은 이십 여 보 거리를 두고 대치하고 있었다.

붉은 장포인들의 수는 모두 여섯. 우근의 일행과 같은 수였다. 일의 성격상 다수를 동원하지는 않으리라는 석대문의 예상이 대충 맞아떨어진 셈이었다.

그들 중 하나가 뒷짐을 진 채 앞으로 나섰다. 대열에서 단지 서너 발짝 나섰을 뿐인데도 나머지 다섯 사람이 단숨에 부속물로 전락되는 듯했다. 실로 대단한 존재감이 아닐 수 없었다.

그자가 쓴 늑대 탈의 입 구멍을 통해 낮고 탁한 목소리가 흘러나왔다.

"우근, 일조령에 온 것을 환영한다."

우근의 눈이 가늘어졌다. 분명 어디선가 들어 본 적이 있는 목소리였다.

"우리가 어디서 만난 적이 있던가?"

우근의 질문에 그자는 대답 대신 뒷짐 지고 있던 손을 천천히 풀었다. 포대처럼 커다란 장포의 소맷자락 사이로 거무튀튀한 광채를 뿌리는 강철 장갑이 드러났다.

그것을 발견한 우근의 안색이 눈에 띄게 가라앉았다.

"누군가 했더니 철수객 남궁 형이로군. 피차 아는 처지에 보기 흉한 탈바가지는 뭐 하러 쓰고 나왔나?"

우근의 입에서 흘러나온 한 사람의 명호는 동행한 사람들을 경악하게 만들기에 충분했다.

철수객鐵手客 남궁월南宮越!

흑도에서 전해 내려오는 십대조공 중에서도 가장 위력이 강한 수라마조공修羅魔爪功의 당대 전승자인 동시에, 묵철수갑墨鐵手匣이라는 이름의 강철 장갑 한 쌍으로 지난 삼십 년간 대강남북을 공포에 떨게 만든 희대의 살성煞星.

그가 낀 묵철수갑이 소름 끼치는 최명호를 토해 낼 때마다 하나의 생명이 어김없이 끊어졌으니, 천하인들은 그런 그를 두려워하며 강호에서 가장 위험한 네 명의 마인, 강호사마의 한 사람으로 꼽기를 주저하지 않았다.

패霸, 독毒, 철鐵, 음淫의 네 자로 대변되는 강호사마. 그중 '철'에 해당하는 마인이 바로 철수객 남궁월인 것이다.

우근의 입을 통해 신분이 드러나자 강철 장갑의 주인공은 쓰고 있던 늑대 탈을 천천히 벗었다. 늑대 탈 너머로 드러난 것은 강인함과 비정함을 질료로 빚어낸 듯한 오십 대 초로인의 얼굴이었다.

"나라고 이런 광대놀음이 재밌겠나? 지체 높은 분들이 시키시니 어쩔 수 없이 따르는 거지."

말과 함께 남궁월은 늑대 탈을 쥐고 있던 묵철수갑을 슬쩍 오므렸다. 팍, 하는 작은 소리와 함께 나무로 만들어진 늑대 탈이 가루로 변해 흩어졌다.

우근은 가볍게 웃었다.

"하하, 천하의 남궁 형에게 광대놀음을 시키는 분들이 있다? 이거야 원, 믿을 수가 없군."

남궁월은 어깨를 으쓱거렸다.

"나이를 먹으니 등 붙일 자리가 필요해지더군."

"등 붙일 자리? 거기가 바로 혈랑곡인가? 말년을 의탁할 보금자리치고는 너무 살벌한 것 같네."

우근과 남궁월 사이에 오가는 대화는 오랜 벗들끼리 나누는 것처럼 친근하게 들렸다. 그러나 그 부드러운 분위기가 오래가리라 믿는 사람은 아무도 없었다. 이른바 소리장도笑裏藏刀, 칼날을 머금은 웃음.

"으헉!"

난데없는 비명 소리가 우근의 뒤통수를 때려 왔다. 우근은 눈살을 찌푸리며 뒤를 돌아보았다.

비명의 주인공은 다름 아닌 뚱보 관원 모득이었다. 멀찍이 떨어져 따라오던 그 뚱보 관원은 어느 틈엔가 일행의 꽁무니에 바짝 달라붙어 있었다. 그가 살벌한 늑대 탈들을 보고도 달아나기는커녕 오히려 앞쪽으로 나올 수밖에 없었던 이유는 금방 밝혀졌다.

이십여 보 후방, 일행이 올라왔던 산길을 가로막고 선 세 밀승들의 존재가 그가 달아나지 못한 근본적인 이유일 것이다.

우근의 입장에서 모득의 합류와 밀승들의 출현은 하나같이 악재일 수밖에 없었다.

'앞에 여섯, 뒤에 셋. 수적으로는 이미 열세군. 게다가 혹까지 하나 달렸으니……'

우근이 이렇게 생각하며 혀를 차는데, 상황과는 전혀 어울리지 않는 호통이 그 혹의 입에서 터져 나왔다.

"천자의 은총이 세상을 뒤덮는 이 태평성대에 강도질 따위를 하려고 하다니, 네놈들은 국법이 무섭지도 않느냐!"

기개 있다고 해야 할지, 아니면 우매하다고 해야 할지. 모득의 눈치 없는 호통은 계속 이어졌다.

"본관은 소주성 도찰원의 상방수역 모득이라고 한다! 당장 물러가지 않으면, 토벌군을 내어 네놈들을 모조리 주멸해 버릴 것이다!"

부들부들 떨면서도 관원 명패까지 빼 들고 허세를 부리는 모득의 모습은 우근의 눈에 가소롭게 비칠 뿐이었다. 그래서일까?

"재미있군."

뚱보 관원을 바라보는 남궁월의 두 눈 속으로도 기이한 웃음기가 맴돌았다.

"그는 우리와 무관하니 순순히 보내 주시오!"

우렁찬 목소리로 모득의 방면을 요구한 사람은, 고개를 오르는 내내 모득의 안위를 염려해 온 도덕군자 유태성이었다.

그러자 남궁월의 뒤에 도열해 있던 늑대 탈 중 체격이 호리호리한 자가 날카로운 목소리로 유태성을 꾸짖었다.

"건방진 놈! 어느 안전이라고 너 따위 조무래기 거지가 끼어

드는 게냐!"

이 말이 채 끝나기도 전, 그자의 왼쪽 소맷자락 속에서 닭발처럼 생긴 괴병怪兵 한 자루가 일직선으로 쏘아 나왔다. 목표는 이십여 보 떨어진 유태성의 미간인데, 뭉툭한 생김새와는 딴판으로 괴이하리만치 기세가 빨라서 유태성은 당장이라도 그 괴병을 머리에 꽂은 채 피를 쏟아 내며 쓰러질 것만 같았다.

그러나 유태성도 난다 뛴다 하는 강자, 왕부 비무대회 연속 우승은 아무나 할 수 있는 게 아니었다.

"흥!"

차가운 코웃음과 함께 유태성이 짊어지고 있던 거적때기 속에서 한 줄기 백색 검광이 솟구쳐 올랐다.

챙!

날카로운 금속성과 함께 닭발 모양의 괴병이 허공으로 튀어 올랐다. 유태성의 어깨 너머로 솟구친 백색 검광이 날쌔게 맴돌며 괴병의 측신을 정확하게 걷어 낸 것이다.

속절없이 허공을 맴돌던 괴병이 어느 순간, 보이지 않는 손에 끌리기라도 한 듯 주인의 수중으로 돌아갔다. 아마도 손잡이 부분에 육안으로 확인하기 힘든 가느다란 강사鋼絲가 달린 모양이었다.

어쨌거나 이 한 번의 겨룸에서 이익을 본 사람은 거적때기 속에 감춰 두었던 애검으로 적의 암습을 멋지게 막아 낸 유태성일 터. 그는 당당한 목소리로 괴병을 날린 자를 향해 외쳤다.

"허튼수작 부리지 말고 싸울 마음이 있거든 이리 나와라!"

늑대 탈을 쓰고 있는 탓에 괴병을 날린 자의 표정은 확인할 수 없었다. 다만 늑대 탈의 눈구멍을 통해 뿜어 나오는 새파란 안광은, 그자가 지금 잔뜩 독이 올랐음을 보여 주고 있었다.

그때 일행 중 누군가 우근의 옆으로 나섰다. 개방의 육결 제자로 분장한 방령이었다.

"서로의 목적이 분명한데 긴말이 필요 있을까? 남궁월, 아녀자처럼 수다는 그만 떨고 이제 시작해 보자!"

비록 폐포파립의 추레한 거지로 본신을 위장했지만, 일평생 이룩해 온 위의威儀만큼은 가릴 수 없었나 보다. 심후한 공력이 실린 방령의 외침이 일조령 고갯마루를 쩡쩡 울리고 있었다.

사자검문의 두 사람이 꼬리를 잇듯 일신의 절학을 드러내자 남궁월의 표정이 기묘하게 바뀌었다. 아마도 두 사람의 정체가 궁금해진 듯한데, 하지만 남궁월의 표정은 금방 본래대로 돌아왔다.

"누구든 상관없겠지. 어차피 한 놈도 살려 보내지 않을 작정이었으니까."

참으로 냉혹한 목소리. 이어, 자연스럽게 늘어뜨린 남궁월의 쌍수로부터 기음이 흘러나오기 시작했다.

까드드득!

처음엔 고양이 울음소리처럼 작고 가늘던 그 소리는 이내 고막을 찢어발길 듯한 쇳소리로 솟구쳐 올랐다.

우근 일행의 얼굴에 긴장의 빛이 떠올랐다. 저 소리가 무엇을 의미하는지 모르는 사람은 아무도 없었다. 일호일명거의 최명호. 저승으로부터의 초대장.

최명호의 신호를 기다린 듯, 남궁월의 뒷전에 도열해 있던 다섯 사람이 일제히 앞으로 걸어 나왔다. 다섯 벌의 붉은 장포에 자리 잡은 다섯 마리 붉은 늑대의 얼굴이 금방이라도 포효를 터뜨리며 일행을 향해 달려들 것만 같았다.

'기선을 이렇게 간단히 내줄 수야 없지!'

우근은 숨을 크게 들이마신 뒤 쌍장을 힘껏 마주쳐 갔다.

빠—앙!

신공을 운용한 박수 소리는 마치 만사만악萬邪萬惡을 깨뜨리는 불타의 사자후獅子吼와도 같아, 우근 일행을 향해 밀려오던 무형의 기세 한복판에 커다란 균열을 만들어 놓았다.

"남궁월, 너는 결코 내 적수가 되지 못함을 삼 년 전과 마찬가지로 가르쳐 주마!

호기 넘치는 선언과 함께 우근의 자세가 변하기 시작했다.

투지로 불타는 고리눈을 남궁월의 두 눈에 똑바로 고정한 채, 양 무릎을 구부려 취한 자세는 모든 권법의 뿌리라 할 수 있는 같은 기마세인데, 기를 모으듯 느릿하게 움직이던 두 팔이 두 마리 억센 용처럼 힘차게 뻗어 나갔다. 좌장이 가리키는 곳은 하늘이요, 우장이 가리키는 곳은 땅이니, 이른바 좌천우지세左天右地勢. 하늘과 땅의 기운을 인간의 중단전에 품음으로써 천지인삼재의 덕을 하나로 조화시킨다는 오의가 담긴 천의무봉한 자세였다.

또한 그것은 남궁월로 하여금 첫 패배의 고배를 들게 한 우근의 독문 수법, 무명장법無名掌法의 기수식이기도 했다.

"오라!"

우근은 짧게 말했다.

바위산처럼 단단한 기세가 하늘과 땅을 가리킨 그의 양 손바닥에 자리 잡으니, 이것이야말로 신오대고수의 한 자리를 당당히 차지하는 철포결 우근의 진면목이었다.

으드득!

꾹 다물린 남궁월의 입술 사이로 어금니 갈리는 소리가 으스스하게 울려 나왔다. 다음 순간, 그의 입에서 분노에 찬 외침이 터져 나왔다.

"쳐라!"

붉은 그림자가 조수처럼 밀려들었다.

일조령의 전투는 그렇게 시작되었다.

(2)

마두나찰馬頭羅刹 동초東草.

비각에 투신한 지 얼마 되지 않아 정식 비영 직위는 아직 받지 못했지만, 그녀의 흉명은 이미 오래전부터 강호에 알려져 있었다.

뱀처럼 악랄한 심장과 거머리처럼 끈질긴 근성으로 한번 노린 상대는 몇 년이 걸려도 기필코 해치우고야 만다는 독종 중의 독종, 동초. 그런 그녀가 찍은 상대는, 자신이 날린 회심의 일격을 간단히 막아 냄으로써 잘 보여도 모자란 상전들과 선배들 앞에서 자신의 체면을 무참히 깎아내린 밉살스러운 거지, 바로 유태성이었다.

취익! 쭈악!

서로 닮은 괴병 한 쌍이 매서운 호선을 그려 낼 때마다 주변의 공기는 뾰족한 비명으로 자지러지고 있었다. 네 가닥으로 갈라진 쇠 발가락이 흡사 닭발처럼 생겼다 하여 계조구鷄爪鉤라 이름 붙인 이 괴병은, 만들기도 어렵거니와 수련하기에는 더욱 어려워 당금 강호에서는 그 모습을 거의 찾기 힘든 기문병기에 속했다.

무릇 기문병기란 존재 자체만으로도 이로움이 있는 법. 덕분에 동초는 많은 싸움에서 승승장구할 수 있었고, 마침내는 비각이라는 거대한 조직으로부터 입각 제의까지 받을 수 있었던 것이다.

"좀 더럽긴 하지만 그런대로 봐줄 만한 상판이구나. 이 할머니께서 그 상판에 예쁜 그림을 그려 주마. 히히힛!"

동초는 소름 끼치는 웃음소리를 토해 내며 한 쌍의 계조구로 유태성의 전신 구석구석을 훑어 대고 있었다. 우박이 너른 평야를 두드린다는 박박광야雹拍廣野의 재주로부터 가을날 갈퀴로 낙엽을 긁어모은다는 추일소엽秋日掃葉의 수법까지.

촤르륵! 화락!

계조구가 몸 주위를 어른거릴 때마다 유태성의 옷자락 여기저기가 갈라지고 있었다. 뾰족한 발톱에 실린 경파가 어찌나 날카로운지, 직접 닿은 것도 아니건만 천이 짝짝 베어지고 있는 것이다. 애써 아낄 필요가 없는 남루한 옷이긴 하지만, 그래도 걸친 옷이 타의에 의해 넝마가 되어 간다는 것은 결코 기분 좋을 리 없는 일이었다.

하지만 그럼에도 불구하고 유태성은 반격의 실마리를 좀처럼 풀어 나갈 수 없었다. 한 번도 겨뤄 본 적이 없는 생경한 병기인 데다가 초식의 진로가 몹시도 괴이해, 그 같은 정통파 검객으로서는 상대하기에 여간 껄끄러운 게 아니었다.

때문에 유태성은 검의 움직임은 최소로 줄인 상태에서 보법 위주로 마두나찰 동초의 공세에 대응했다. 공격다운 공격 한 번 못 해 보고 피하기만 하는 그를 보노라면 기문병기의 이로움이 두드러지게 나타나는 일방적인 전세인 듯했다.

그러나 정말로 그럴까?

만일 이 자리에 대전 경험이 풍부한 무인이 있어 두 사람의 싸움을 찬찬히 살펴보았다면, 아마도 승부에 대한 판단을 섣불리 내리지 못할 것이다.

정종의 내공과 체계적인 수련을 통해 얻어진 유태성의 검법은 기문의 이점만으로 어찌하기엔 그 깊이가 너무 심후했다. 움직이지 않음으로써 움직임을 제압한다는 이정제동以靜制動의 요체가 담긴 그의 운검술은 겉보기와는 다르게 계조구의 괴이신랄한 공세를 효과적으로 막아 내고 있었다. 그러니 시간이 흐르고 초수가 쌓일수록 오히려 손해를 보는 쪽은 움직임의 폭이 상대적으로 컸던 동초일 수밖에 없었다.

'참으로 끈질긴 놈이구나!'

끈질기기로는 누구에게도 뒤지고 싶지 않은 동초라도 이 순간만큼은 상대의 끈질김에 혀를 내두르지 않을 수 없었다. 장기전으로 흘러갈수록 자신에게 불리하다는 사실을 깨달은 그녀는 마음이 초조해졌다. 무리인 줄 알면서도 계조구에 불어 넣던 진기를 억지로 배가시킨 까닭도 그런 초조함 때문이었다.

"끼얍!"

동초의 입에서 뾰족한 기합이 터져 나왔다. 계조구의 기세가 일변한 것도 바로 그 순간이었다.

이른바 광풍절지狂風折枝의 기세. 위를 긁는가 하면 아래를 걸어 당기고, 왼쪽을 할퀴는가 하면 어느새 오른쪽을 찍어 가고 있으니, 빽빽한 갈고리 그림자에 둘러싸인 유태성의 모습은 정녕 광풍에 둘러싸인 여린 나뭇가지처럼 위태로워 보였다.

그러나 이 사나운 공세가 유태성에게 반격의 빌미를 제공해 줄 줄 누가 알았으랴!

본디 계조구는 쾌속함과 정교함을 장기로 삼는 가벼운 병기였고, 동초의 내공은 병기의 한계를 극복할 만큼 심후하지 못했다. 회초리로 도끼질을 하려고 드니 파탄이 드러나는 것은 당연한 일이었다.

천중天中을 짚고 있던 유태성의 검 끝이 스윽 움직였다. 나아가 먼저 차지하는 묘용이 뛰어난 백구분극白駒奔隙의 일 초. 검격劍擊이라기보다는 차라리 춤사위에 가까운 그 부드러운 움직임이 두 사람 사이의 공수를 한순간에 뒤바꿔 놓았다.

싸사삭!

빽빽한 계조구의 환영들을 모래성처럼 허물어뜨리며 코앞으로 불쑥 찔러 들어온 청강검의 검봉은 동초를 기겁하게 만들기에 충분했다.

"헉!"

동초는 황급히 계조구를 되돌려 면문을 노리고 찔러 들어오는 검봉을 걷어 내려고 했다. 그러나 그녀가 기겁할 일은 거기서 끝나지 않았다. 일직선으로 찔러 들어오던 청강검의 검봉이 돌연 뿌연 잔상과 함께 세 가닥으로 갈라졌기 때문이다.

허상 속에 진체를 숨기고 진체 위에 허상을 덧입힌 이 무시무시한 봉황삼점두鳳凰三點頭의 변초 앞에서 계조구의 방어망은 큰 효과를 거둘 수 없었다.

찌익!

뭔가 찢기는 소리와 함께 동초의 신형이 땅바닥을 데굴데굴 굴렀다. 그렇게 서너 바퀴를 구른 뒤에야 간신히 몸을 일으킨 그녀는 자신도 모르게 고통에 겨운 신음을 토해 내고 말았다.

"으으……."

동초가 걸친 붉은 장포의 왼쪽 어깨 부분엔 가위로 오려 낸 듯한 길쭉한 구멍 하나가 뚫려 있었다. 약간의 시차를 두고 비치기 시작한 붉은 기운은 그 구멍의 효과가 단지 의복에 국한된 것만이 아님을 말해 주고 있었다. 그나마 치명상을 모면할 수 있었던 것은 체면 불구하고 땅바닥으로 몸을 굴린 그녀의 판단이 좋았기 때문이다.

　그러나 전세는 이미 뒤집어진 뒤였다.

　"어디, 닭 발가락 구경 좀 더 해 보자."

　이 초 일 식의 반격으로 그동안의 수세를 완전히 떨쳐 낸 유태성은 여유 있는 걸음걸이로 동초에게 다가갔다.

　기세를 완전히 제압당한 동초는 비칠비칠 뒷걸음질을 쳤다. 싸움 초기의 자신감은 이미 사라진 지 오래였고, 그 자리를 대신 채워 오는 것은 때늦게 알아차린 상대의 진면목에 대한 두려움이었다.

　'개방의 거지들 중에 검을 저리도 잘 쓰는 자가 있었던가?'

　마두나찰 동초는 시시각각 더해 가는 두려움 속에서도 이러한 의혹을 떨칠 수 없었다.

　적살귀 오독추가 사용하는 병기는 한 자루의 철부鐵斧였다. 양쪽으로 이루어진 커다란 날도 섬뜩하거니와, 그 날에 말라붙은 시뻘건 핏자국들은 더욱 섬뜩해 보였다.

　그래서 붙은 이름이 탁혈양인부濯血兩刃斧.

　가로막는 게 무엇이든 두 쪽을 내지 않고는 못 배긴다는 주인의 성정만큼이나 난폭한 흉기였다.

　그러나 안타깝게도 이 순간만큼은 그 탁혈양인부가 본연의 난폭함을 전혀 뽐내지 못하고 있었다. 동에 번쩍 서에 번쩍 하면서 주위를 삼엄한 금광으로 물들이는 한 자루 휘황찬란한 장검이 그렇게 만들고 있었다.

호수구를 장식한 두 마리 금빛 사자의 얼굴이 눈길을 끄는 이 장검의 이름은 금사신검金獅神劍. 지금이야 알아보는 이 드물 테지만, 한때엔 천하 악인들에게 공포의 대상으로 알려졌던 강동의 어떤 검객을 상징하는 신물이었다.

그 검객이 지금 백발을 휘날리며 오독추를 무섭게 핍박하고 있었다. 냉면무정검 방령. 현역에서 물러난 지 오래인 그이지만, 물 흐르듯 유유하게 이어지는 보법과 검을 휘두를 때마다 질풍처럼 뒤따르는 검기는 노익장老益壯이 무엇인지를 똑똑히 보여 주는 듯했다.

'만만히 볼 영감이 아니로구나!'

열 합이 지나기도 전에 오독추는 방령을 상대로 택한 자신의 판단을 후회하기 시작했다. '환갑 넘긴 늙은 거지가 강해 봤자 얼마나 강하겠는가!' 하는 생각으로 덤벼든 것인데, 몇 차례 손을 섞어 보니 '공연히 범의 코털을 건드린 거 아닌가?' 하는 걱정이 일어난 것이다.

'그렇다면……!'

늑대 탈 너머 오독추의 눈 속으로 독살맞은 기운이 스쳐 지나갔다. 그에게는 사부로부터 전수받은 비장의 한 수가 있었다. 완숙의 경지에 이르기 전에는 사용을 삼가라는 사부의 엄명을 잊은 건 아니지만, 지금은 어쩔 수 없었다. 이대로 질질 끌려다니다간 언제 무슨 창피를 당할지 모르는 일이었다.

"늙은이, 쥐새끼처럼 달아나지만 말고 내 도끼를 정면으로 받아 볼 용기가 있느냐?"

오독추가 호기롭게 외쳤다.

'감히 내게 어설픈 격장지계를 펼치다니.'

방령은 코웃음을 쳤다. 철부와 검이 정면으로 부딪치면 상대

적으로 무거운 철부 쪽이 유리하리라는 건 열 살 먹은 어린애라
도 짐작할 수 있는 일이었다. 하지만 그는 피할 의사가 전혀 없
었다. 그에겐 병기의 경중을 무시할 만한 심후한 내공이 있
었다.

"덤벼 봐라, 애송이."

방령의 말에 오독추가 어헝, 고함을 지르며 철부를 내리찍어
왔다. 병기의 무게에 천생의 신력까지 더해지니 가히 배산도해
의 기세라 아니할 수 없었다.

방령은 오른발을 굳게 내디디며 금사신검을 힘차게 올려
쳤다. 신령스러운 곰이 넘어지는 거목을 받쳐 올린다는 신웅탱
목神熊撐木의 검초였다.

쾅!

고막을 먹먹하게 만드는 폭음과 함께 두 자루 병기가 거칠게
충돌했다. 두 사람의 이마에 약속이나 한 듯 굵은 힘줄이 솟아
올랐다. 마치 병기를 통한 내력의 대결로 접어든 듯한 형국인
데, 기실 오독추가 노린 바는 따로 있었다.

오독추의 왼손 소맷자락이 가볍게 펄럭였다. 붉은 장포의 소
매 속에서 유령처럼 튀어나와 금사신검의 아랫부분을 빠르게
문지르고 돌아간 것은 말라죽은 목피처럼 뒤틀리고 구부러진
괴이한 손가락이었다.

방령은 형용하기 힘든 한 줄기 음랭한 기운이 검신을 타고 전
달되어 오는 것을 느꼈다.

'암수?'

방령은 금사신검을 봉황전시鳳凰展翅의 수법으로 횡으로 크게
떨쳐 그 위에 얹혀 있던 철부를 퉁겨 낸 뒤, 빠른 발놀림으로
뒤로 물러섰다. 때를 놓칠세라 급히 추격해 오는 오독추를 십리

일순十里一瞬에 이은 운애막막雲靄漠漠의 검초로써 물러서게 만든 것은, 오랜 강호 경험에서 나온 노련미의 산물이었다.

그렇게 네 걸음을 물러선 방령은 금사신검을 천주부동天柱不動의 자세로 세워 미간에서 단전으로 이어지는 전면의 요처를 보호하는 한편, 진기를 운행해 몸 상태를 살펴보았다. 검신을 통해 침투한 한기는 벌써 그의 오른손 팔꿈치까지 밀려와 있었다.

나무껍질처럼 말라비틀어진 손가락과 혈관을 얼려 버릴 듯한 으스스한 한기!

이 두 가지가 의미하는 바는 결코 가볍지 않았다. 방령은 빙산처럼 냉정한 인물이지만 이번만큼은 놀라지 않을 도리가 없었다.

"이 수법은 고목인枯木印! 네놈은 칠성노괴七星老怪와 무슨 관계냐?"

흑도에 네 명의 무서운 마인이 있다면 녹림에는 한 명의 걸출한 노괴가 있었다. 천하 녹림도들이 조종祖宗처럼 떠받드는 태행산太行山 칠성채七星寨의 수령 곽조郭操가 바로 그 노괴였다.

나는 새도 떨어뜨린다는 쌍응절雙鷹絶의 비도술飛刀術과 음한공력陰寒功力의 절정으로 알려진 고목인의 지공指功으로 지난 반백 년 동안 녹림지존의 자리를 굳게 지켜 온 칠성노조 곽조.

그의 나이도 어느덧 고희를 훌쩍 넘겨 이젠 여간해선 태행산 경계를 벗어나지 않는다고 알려졌는데, 그의 양대 절학 중 하나인 고목인이 태행산에서 수천 리 떨어진 강동의 한 고갯마루에서 모습을 드러낸 것이다. 방령이 어찌 놀라지 않겠는가!

"으하하! 금세 죽을 놈이 그런 것은 알아서 뭐하겠느냐?"

탁혈양인부를 종횡으로 휘두르며 방령에게 달려드는 오독추의 마음은 이미 승리감에 흠뻑 젖어 있었다.

자질이 썩 우수하지도 못하고 인내심도 그리 깊지 못한 오독추가 난공難功으로 소문난 고목인을 연성할 수 있었던 데엔 사부인 칠성노조의 헌신적인 가르침이 크게 작용했다. 칠성노조는 늘그막에 얻은 이 미욱한 제자에게 기이하리만치 커다란 애정을 쏟아부었다. 수련 과정을 일일이 보살펴 준 것은 물론이거니와 음공을 익히는 자들에겐 성약처럼 알려진 설련실雪蓮實까지도 아낌없이 하사했으니, 오독추가 쟁쟁한 선배 강호들을 젖히고 이십비영二+秘影이라는 높은 서열에 오른 것도 따지고 보면 모두 칠성노조의 입김이 크게 작용한 때문이라 할 것이다.

오독추도 사람인지라 사부의 총애에 크게 감동했고, 그래서 거죽이 벗겨지고 손톱이 빠지는 열피탈조裂皮脫爪의 고통을 이겨 내며 고목인의 수련에 매진했다. 그렇게 연성한 고목인의 경지는 오 성. 열 걸음 밖의 상대를 얼음덩어리로 만든다는 칠성노조의 고목인과는 비교할 수 없겠지만, 사물을 타고 한독을 침투시키는 격체隔體의 요체는 이미 터득한 뒤였다.

그 고목인에 검신을 제대로 짚었으니 지금쯤 저 늙은 거지는 우반신이 마비되었을 터. 오독추가 드러내는 자신감은 이러한 확신에 기인한 것이었다.

그러나 만일 오독추의 안력이 방령의 얼굴에 칠해진 검댕을 꿰뚫어 볼 만큼 날카로웠다면 그런 자신감은 보이지 않았을 것이다. 방령의 얼굴 어디에도 고목인에 침습을 받은 사람들이 공통적으로 보이는 청선靑線의 흔적은 찾아볼 수 없었기 때문이다.

방령으로 말할 것 같으면 오독추로선 감히 올려다볼 수 없는 검도의 거목. 칠성노조가 직접 전개한 극성의 고목인이라면 몰라도 오독추가 어설프게 익힌 오 성의 고목인으로 도모하기에는, 그가 일생에 걸쳐 쌓아 올린 내공이 너무 심후했다.

"천둥벌거숭이 같은 놈!"

방령의 입에서 우렁찬 고함이 터져 나왔다. 그와 동시에 천주부동의 자세로 굳어 있던 금사신검이 무시무시한 기세로 휘둘러졌다.

짜자작!

검봉에서 시퍼런 빛이 번뜩거리는가 싶더니 공기 중에서 비단 폭을 찢어발기는 듯한 날카로운 소리가 울려 나왔다. 검기진공劍氣振空의 절정 경지가 바로 이것이었다.

깡!

요란한 폭음과…….

"흐억!"

다급한 비명이 연달아 터졌다.

폭음은 탁혈양인부의 한쪽 날이 깨져 나가는 소리였고, 비명은 그에 놀란 오독추가 부지불식간에 토해 내는 소리였다.

손톱 크기로 자잘하게 부서진 도끼날의 파편들이 오독추가 쓰고 있던 늑대 탈에 틀어박혔다. 그중 탈을 뚫고 들어온 몇 개가 얼굴 여기저기에 상처를 남겼지만, 오독추는 고통을 느낄 겨를조차 없었다. 일진쇄벽一進碎壁의 기세로 심장을 향해 곧게 찔러 들어온 방령의 금사신검 때문이었다.

"익! 이익!"

상한 병기를 어지러이 휘돌려 방령의 검을 막아 보려는 오독추. 하지만 아무 손해 없이 벗어나기엔 검에 실린 기세가 너무나도 날카로웠다.

"이, 이런 제기랄!"

다섯 번의 도끼질과 세 번의 고목인을 연속으로 쳐 낸 뒤에야 방령의 일 검으로부터 가까스로 벗어난 오독추는 왼쪽 가슴에서 전달되어 오는 아찔한 통증에 하마터면 무릎을 꿇을 뻔했다. 그가 걸친 붉은 장포의 심장 부위엔 바늘로 찍은 듯한 구멍 하나가 뚫려 있었고, 그곳을 통해 가늘게 흘러나오는 것은 장포의 색깔과 동일한 붉은 선혈이었다. 검봉은 피할 수 있었으되 일진 쇄벽의 압축된 검기는 완전히 피해 내지 못한 까닭이었다.

바늘구멍처럼 작은 상처지만 그 여파는 실로 작지 않았다. 검에 당한 상처는 그 영향이 피륙에 그치지만, 검기에 당한 상처는 그 영향이 심맥까지 이르기 때문이다.

방령은 쭉 뻗어 낸 금사신검을 천천히 얼굴 앞으로 끌어당긴 뒤 오독추를 향해 성큼 걸음을 옮겼다. 한성처럼 빛나는 노검객의 두 눈은 한 점의 자비조차 기대할 수 없는 냉혹함과 비정함으로 똘똘 뭉친 듯했다.

"으으!"

오독추는 한쪽 날만 남은 철부를 꼬나 쥔 채 비칠비칠 물러섰지만, 그런 그에게 있어서 안전한 도피처는 이미 존재하지 않는 것 같았다.

<hr />

한 부모에게서 태어난 형제 중엔 태胎마저도 공유한 쌍둥이가 있고, 그런 쌍둥이 중엔 서로의 마음을 들여다본 것처럼 헤아리는 신비한 능력을 지닌 자들이 있다. 맹확孟擴, 맹교孟校 형제가 바로 그런 쌍둥이였다.

강호인 중에서 이들 맹씨 형제의 이름을 아는 사람은 전무하다고 봐도 무방할 것이다. 나이도 젊거니와 혈랑지화의 행사를 제외하고는 어떠한 강호 활동도 하지 않았기 때문이다.

하지만 그럼에도 불구하고 맹씨 형제는 강했다. 개개인만으로도 충분히 강하거니와 형제가 힘을 합치면 그 강함은 세 배, 아니 네 배 이상으로 상승되었다. 이러한 비약적인 상승을 가능하게 해 준 것은 바로 합격술合擊術, 그것도 일심동체에 가까운 완벽한 합격술이었다.

환창폭곤진幻槍暴棍陣이라 이름 붙은 이들 형제의 합격술에 사용되는 병기는 사람 키의 곱절이 훌쩍 넘는 장창과 끄트머리에 강침이 숭숭 박힌 짤막한 낭아곤이었다. 장창을 쓰는 이는 후방의 맹확이요, 낭아곤을 쓰는 이는 전방의 맹교인데, 장창이 찔러 갈 때면 낭아곤이 빈틈을 막아 주고 낭아곤이 때려 갈 때면 장창이 후방을 지원해 주니, 매 시각 같은 호흡 안에서 공수가 이루어지는 이 절묘한 합격술 앞에선 그들보다 강한 고수도 속절없이 쓰러질 수밖에 없었다.

그 대표적인 예가 두어 달 전 혈랑지화에 제물이 된 황산 원왕장의 장비원왕. 원후권猿猴拳의 달인으로 명성을 날리던 그였지만 톱니바퀴처럼 맞물려 돌아가는 이들 형제의 합격술 앞에선 시신조차 보전하지 못하는 처참한 최후를 맞이하고 만 것이다.

그런데 오늘의 상대는 장비원왕과 달랐다.

맹확의 장창은 장비원왕의 심장에 바람구멍을 낼 때와 마찬가지로 날쌔고 정확했지만 상대의 귀신같은 몸놀림을 따라잡는 데엔 역부족이었다. 맹교의 낭아곤 또한 장비원왕의 머리통을 뭉갤 때와 마찬가지로 사납고 난폭했지만 상대의 철통같은 수비에 가로막혀 번번이 격퇴될 따름이었다.

하기야 당연한 결과인지도 모른다. 이들 쌍둥이 형제가 오늘 상대한 인물은 강동제일인 석대문이기 때문이다.

"아깝구나! 이 좋은 재주를 갖고도 어찌 악인의 주구 노릇을 하려 드는가?"

삼십여 합의 공방을 마친 석대문이 크게 탄식했다. 늑대 탈 밑에 숨겨진 맨 얼굴을 확인한 건 아니지만, 그는 맹씨 형제가 자신보다 젊다는 사실을 이미 간파하고 있었다.

젊은이에게는 젊은이 특유의 기질이 있고 늙은이에게는 늙은이 특유의 기질이 있는 법. 그들 형제가 펼치는 합격술이 제아무리 노련하다 한들 움직임 하나하나에 묻어나는 젊은이 특유의 활력 넘치고 도발적인 기질만큼은 감출 수 없었다.

"너희들의 재주가 비록 뛰어난 구석이 있지만 나를 상대하기엔 아직 멀었다. 나이를 봐서라도 살수는 쓰고 싶지 않으니, 지금이라도 어서 병기를 버려라."

석대문의 이 권고에는 진심이 담겨 있었다. 송양지인宋襄之仁의 어리석음을 모르는 바는 아니나, 난생 처음 겪어 본 뛰어난 합격술을 자신의 손으로 멸절시키고 싶지는 않았다.

그러나 맹씨 형제의 입장에선 실로 개방귀 같은 소리에 지나지 않았다. 열세 살 어린 나이로 비각에 거둬져 십 년이 넘는 세월 동안 그 울타리 안에서만 살아온 그들이었다. 그들이 믿는 사상과 그들이 추구하는 목표는 비각의 사상, 목표와 한 치의 어김도 없이 일치했다.

그들도 당당한 무인임에 분명할진대 목숨이 끊어질지언정 어찌 신념을 저버릴 수 있겠는가.

"닥쳐라!"

"죽엇!"

살기에 찬 두 가닥 외침과 함께 맹확의 장창이 석대문의 인후를 향해 날아들고 맹교의 낭아곤이 석대문의 허리를 향해 후려쳐 왔다. 장창을 피하자니 옆구리가 뜯길 것 같고 낭아곤을 피하자니 목줄이 뚫릴 것 같다.

이른바 쌍룡쟁주雙龍爭珠.

두 마리의 용이 한 알의 구슬을 향해 달려드는 듯 급박하기 짝이 없는 기세였다.

그러나 석대문은 당황하지 않았다. 그저 장창과 낭아곤이 그려 내는 살기 넘치는 풍경을 향해 짤막한 탄식을 토해 냈을 뿐이다.

"정녕……."

그것은 최후의 탄식이었고, 더 이상의 망설임은 없었다. 탄식의 여운이 채 가시기도 전 석대문의 얼굴에 한 줄기 단호한 결의가 떠올랐다. 그리고 그 결의는 곧장 그의 몸을 움직이게 만들었다.

하방으로 늘어뜨렸던 묵정검에서 폭죽 같은 검영이 솟구쳐 올랐다. 석씨검법 중에서도 절초로 꼽히는 천작난비의 수법이었다.

석대문의 허리춤을 노리고 휘둘러진 맹교의 낭아곤이 천작난비의 검세에 휩쓸렸다. 종잇장처럼 얇은 연검에 실린 역도가 어찌나 막강한지, 마흔 근이 넘는 낭아곤이 흡사 맹렬히 회전하는 수레바퀴에 던져진 돌 조각처럼 엉뚱한 각도로 진로를 꺾었다.

그렇게 진로를 꺾은 낭아곤이 하필이면 후방에서 날아들던 장창의 앞을 가로막았다는 것은 단순히 우연으로 치부하기에는 너무 공교로운 일이 아닐 수 없었다. 왜냐하면 그 진행 뒤에 기다리고 있는 결과가 맹씨 형제의 입장에선 너무도 불행한 것이기 때문이었다.

환창폭곤진의 첫 번째 요체는 진세를 구축하는 두 종류의 병기가 어떠한 경우에라도 서로 부딪치지 않는 데 있었다. 절대적인 척력斥力에 지배되는 것처럼 서로가 서로의 진로를 방해하지 않을 때에야 비로소 장창은 환창이 되고 낭아곤은 폭곤이 되는 것이다.

이것이 머릿속 깊이 뿌리박힌 맹씨 형제로선 장창과 낭아곤의 충돌을 그대로 방관할 수 없었다. 그래서 맹확은 허리를 채어 장창을 뒤로 물렸고, 맹교는 자세를 낮춰 낭아곤을 아래로 끌어 내렸다.

그러나 맹씨 형제의 그러한 행동은 환창폭곤진의 두 번째 요체에 위배되는 행동이었다. 두 번째 요체란 진세를 구축하는 두 종류의 병기가 동시에 같은 목적으로 움직이지 않는다는 것이었다. 예를 들어 장창이 나아갈 때엔 낭아곤은 물러나야 하고, 낭아곤이 공격할 때엔 장창은 방어해야 하는 것이다.

이 요체에 비추어 볼 때, 장창과 낭아곤이 동시에 물러난 것은 명백한 잘못이 아닐 수 없었다. 두 사람이 그 점을 깨달았을 때, 톱니바퀴처럼 맞물려 돌아가던 환창폭곤진의 흐름엔 이미 심각한 구멍이 뚫려 있었다.

물론 석대문은 그러한 구멍을 놓치지 않았다. 이 모든 진행이 그의 의도일진대, 그가 어찌 실기를 하겠는가.

팟!

한 줄기 검은 검광이 허공을 갈랐다.

방죽의 구멍에서 솟구치는 물처럼 세차다 하여 제혈분수堤穴噴水라는 이름이 붙은 수법인데, 전방으로 직격한 검은 검광이 노린 곳은 낭아곤을 든 맹교의 목이었다.

환창폭곤진이 정상적으로 돌아가고 있다면, 맹확의 장창은

이 시점에 이미 맹교의 신변을 보호하고 있어야 했다. 그러나 지금 이 순간 맹확이 할 수 있는 일이라곤 비명 같은 경호성을 토해 내는 것뿐이었다.

"안 돼!"

당사자인 맹교는 가련하게도 그런 비명조차 지를 수 없었다. 그믐밤 하늘에서 내려오는 달빛처럼 은밀하게 늑대 탈 아랫부분을 스쳐 지나간 묵정검이 그에게서 소리를 낼 수 있는 모든 능력을 일순간에 앗아 가 버렸기 때문이다.

취취칫!

뒤늦게 날아든 맹확의 장창이 석대문과 맹교 사이에 무수한 창영들을 만들었다. 그러나 이미 목적을 달성한 석대문은 그 자리에 집착할 이유가 없었다. 그는 깃털처럼 가벼운 발걸음으로 창영들의 공세를 벗어났고, 낭아곤을 꼬나 쥔 채 멍하니 서 있던 맹교의 신형은 그제야 비로소 바닥으로 무너졌다.

"아우야!"

맹확이 비탄에 찬 절규를 토해 냈다. 그 절규를 들은 석대문의 눈빛이 조금 어두워졌다.

"형제였던가."

합격술의 호흡이 너무나도 뛰어난 탓에 혹시 형제일지도 모른다고 예상하지 않은 것도 아니지만, 이렇듯 상대의 입을 통해 직접 확인하게 되니 마음 한구석이 시려 왔다. 형제라는 단어를 입에 담을 때마다 감상적으로 변하는 것은 석가장 자제들의 공통된 점이었다.

그러나 그렇다고 달라진 것은 무엇도 없었다. 석대문의 살의는 이미 단호해진 뒤였다. 그리고 석대문의 신경은 일시적인 감상에 전혀 영향을 받지 않을 만큼 혹독하게 단련되어 있었다.

퍼퍽!

아우의 죽음 앞에 넋을 잃고 서 있던 맹확의 신형이 크게 흔들렸다. 석대문이 좌장으로 때려 낸 석가비전의 태을장에 양쪽 어깨를 정통으로 얻어맞은 것이다.

손에 쥔 장창이 바닥으로 떨어졌다. 근육을 뭉개고 뼈를 으스러뜨리기에 충분한 일격이었다. 그러나 두 어깨가 한꺼번에 망가진 고통보다 맹확을 더욱 아프게 만든 것은, 하나뿐인 아우를 먼저 보낸 한이었다.

맹확은 석대문을 똑바로 바라보았다. 늑대 탈의 눈구멍 사이로 원독에 찬 시선이 쏟아져 나왔다.

"네놈이…… 네놈이 내 아우를 죽였어!"

석대문은 아무 말도 하지 않았다. 종잇장 차이로 나뉘는 죄의식과 승리감의 경계 위에서 또 다른 살인을 준비해야만 한다는 것. 그것이 바로 강호인의 숙명임을 알기 때문이다.

스윽.

석대문의 신형이 밀물처럼 밀려 나왔다. 저항할 능력을 이미 상실한 상대라도 살려 둘 의사는 추호도 없었다. 이것은 그 혼자만의 싸움이 아니기 때문이다.

바로 그때 부웅, 하는 세찬 파공성이 석대문의 측방에서 울렸다. 그와 함께 한 줄기 막강한 경력이 들이닥쳤다. 이대로 계속 진격하면 맹확의 목숨을 어렵지 않게 취할 수 있겠지만, 저 경력에 의해 자신 또한 무사할 것 같지 않았다.

석대문은 황급히 허리를 틀며 밀려오는 경력의 한복판을 향해 장력을 꽂아 넣었다.

쾅!

요란한 폭음이 울렸다. 충돌의 여파에 휩쓸려 일 장 가까이 밀려난 석대문은 굳어진 얼굴로 자세를 바로잡았다. 내상의 징후까지는 아니지만 가슴이 답답한 것이 적잖게 불쾌했다. 자세도 불안했거니와 워낙 다급하게 끌어 올린 탓에 태을장 본연의 위력을 제대로 발휘하지 못한 것도 있지만, 그렇다고 해도 자신을 이 정도로 몰아붙일 수 있다는 건 대단한 공력이 아닐 수 없었다.

"옴마니반메훔!"

우렁찬 육자진언六字眞言과 함께 등장한 사람은 아까 일행의 퇴로를 차단하고 나섰던 세 밀승 중 하나였다.

구릿빛 네모진 얼굴에 송충이처럼 굵은 눈썹이 제법 위엄스러워 보이는 그 밀승은 체격도 무척이나 장대한 편이어서 석대문과 견주어도 조금도 꿀리지 않는 것 같았다. 거기에 오른손에 꼬나 쥔 길쭉한 삼고저三鈷杵(밀교의 법구 중 하나)는 하오의 햇살을 받아 금빛을 번쩍이고 있으니, 그 모습이 참으로 증장천왕增長天王의 현신을 대하는 듯했다.

밀승이 석대문을 향해 뭐라 외쳤다. 서장어를 전혀 모르는 석대문으로서는 한마디도 알아들을 수 없었지만, 표정과 말투로 미루어 아마도 그의 독한 손 속을 꾸짖는 듯했다.

"애당초 당신들이 자초한 일이오."

석대문이 차갑게 응대했다. 인간이라는 게 참으로 오묘한 동물이어서, 말이 전혀 통하지 않는 두 사람이건만 서로의 의사를 파악하는 데엔 전혀 지장이 없는 듯했다.

밀승은 석대문을 향해 퉁방울 같은 눈을 부라리더니 들고 있는 삼고저로 땅바닥을 내리찍었다.

쿵!

꿍음과 함께 삼 장의 거리를 격하고 은은한 진동이 전달되어

왔다. 한데 놀랍게도 삼고저에 찍힌 지면에는 아무런 흔적도 남아 있지 않았다.

석대문의 입술 꼬리가 슬쩍 말려 올라갔다.

'시작하기 전에 실력을 뽐내 보겠다 이건가? 생긴 것에 어울리지 않게 어린애 같은 구석이 있군.'

그 치기에 호응해 주고픈 마음이 추호도 없는 석대문은 묵정검의 검자루를 힘주어 움켜쥔 뒤, 밀승을 향해 성큼성큼 걸음을 옮겼다.

어차피 모든 적을 쓰러뜨리기 전에는 끝나지 않을 싸움이라면, 상대가 누구라도 상관없었다. 석대문은 이제 막 싸움을 시작한 사람처럼 활력에 차 있었다.

석대문이 맹씨 형제를 상대로 일 대 이의 싸움을 벌인 것과는 반대로, 호유광은 사자검문의 방기옥과 힘을 합치고도 한 사람을 상대하기에 쩔쩔매는 실정이었다.

물론 손발을 맞춰 본 경험이 한 번도 없는 탓에 합공이 가져다주는 상승효과 같은 것은 기대할 수 없는 두 사람이었다. 하지만 아무리 그렇기로서니 명색이 개방의 순찰노두였고, 명색이 사자검문의 후계자였다. 무공의 뛰어남이야 각각의 문파를 대표하고도 남을 만한 것인데, 그런 두 사람을 단신으로 상대하면서도 조금도 밀리지 않는, 아니 오히려 전세를 주도해 나가는 왜소한 괴인의 능력은 진실로 대단한 것이라 아니할 수 없었다.

그럴 수밖에 없었다. 그 왜소한 괴인이 바로 음자송, 과거 흑월왕이라는 이름으로 천하를 공포에 떨게 만들었던 대살수이기 때문이다.

'배때기 속에 뭐가 들었기에 저리도 빠를까? 빌어먹을 놈의 난쟁이 같으니라고!'

남들 눈엔 자신도 난쟁이로 비친다는 사실을 잊은 것일까. 호유광은 이마에 맺힌 땀방울을 손등으로 닦아 내며 내심 이렇게 욕설을 퍼부었다.

아닌 게 아니라 음자송은 정말 날랬다. 날래기로 말하자면 남에게 뒤질 의사가 전혀 없는 호유광이지만, 천지사방을 제집 안방처럼 휘젓고 다니는 음자송의 쾌속한 몸놀림 앞에선 스스로 여러 수 뒤짐을 자인하지 않을 수 없었다.

게다가 손 속은 또 얼마나 매섭고? 음자송이 양손에 나눠진 두 자루 비수는 날의 길이가 한 뼘에도 채 미치지 못했지만, 그 매서움만큼은 천하의 어떤 장검도 따라오지 못할 것 같았다. 미간을 찌르는가 싶으면 목덜미를 베어 오고, 정수리를 쪼개는가 싶으면 심장을 후벼 온다. 진퇴가 번개 같고 방향은 종잡을 수 없으니, 아차 한눈이라도 팔았다간 순식간에 푸줏간에 걸린 돼지고기 신세가 될 것 같았다.

하지만 단지 그것만이라면 얼마든지 견딜 수 있었다.

방기옥의 검술은 이미 부친의 진전을 이었고, 호유광의 봉술 또한 결코 호락호락한 게 아니었다. 음자송의 쌍비술雙匕術이 제아무리 뛰어나다 한들, 두 사람이 한마음으로 대항하면 쉽사리 꺾지는 못해도 최소 불승불패不勝不敗의 국면은 유지할 자신이 있었다.

정작 호유광을 못 견디게 만드는 것은 따로 있었다.

"으헉! 나를, 본관을 어서 보호해라!"

뒤통수를 쉴 새 없이 두드리는 목소리! 들을 때마다 피가 두 개골을 뚫고 솟구칠 것 같은 저 짜증스러운 목소리!

미리 예측하지 못한 것은 아니지만, 우근 일행에게 있어 저 목소리의 주인은 정말로 주체하기 힘든 고약한 혹 덩어리가 아닐 수 없었다. 더욱 고약한 일은 그 혹 덩어리를 보호하는 임무가 호유광과 방기옥에게 맡겨졌다는 것이다. 뒈지든 말든 방기하고픈 마음이야 굴뚝같지만, 차마 그럴 수 없다는 게 소위 백도인의 굴레일 터.

그래도 저런 소리는 너무 심하지 않느냔 말이다!

"본관이 털끝 하나라도 다치는 날엔 황상께 진주하여 너희 거지 놈들을 모조리 없애 버리겠다!"

호유광은 짜증을 넘어 어이가 없어졌다. 아니, 호시탐탐 생명을 노리는 저 두 자루 비수로부터 그 잘난 비곗덩어리를 지켜 주는 게 누군데, 누가 누구를 없애 버리겠다는 말인가! 아무리 관부가 오탁汚濁에 물들어 붉고 푸른 관복을 걸친 놈치고 사람다운 놈 없다지만, 그래도 얼굴에 뚫린 눈구멍이 가죽이 모자라 뚫어 놓은 게 아니라면 저를 해치려는 자가 누구고 저를 보호하려는 자가 누구인지는 알고 있어야 하지 않겠는가!

호유광이 이렇듯 어이없어 하는데, 전방을 빽빽이 채우던 비수들의 그림자가 돌연 썰물처럼 뒤로 빠져나가는 것이었다. 싸움이 시작된 이래 단 한 차례도 공격의 고삐를 늦추지 않던 음자송이 무슨 영문인지 병기를 거두고 물러난 것이다.

―무슨 속셈일까요?

방기옥이 전음으로 물어 왔지만 호유광이라고 그 속내를 알 리가 없었다. 단순히 지쳐서 물러난 것으로 여기기엔 조금 전까지 몰아쳐 오던 쌍비술의 공세가 너무 등등했다.

두 사람은 감히 방심하지 못하고 병기를 단단히 꼬나 쥔 채 전방을 응시하는데, 뜻밖에도 음자송은 들고 있던 비수를 붉은 장포 밑 허리띠에 꽂는 것이었다. 그러더니 두 사람을 향해 말문을 여는데…….

"닭이나 훔쳐 먹던 거지들치고는 제법이다만 아쉽게도 노부에게는 더 이상 시간이 없구나. 이제 그만 끝내자꾸나."

호유광과 방기옥은 서로의 얼굴을 마주 보았다. 두 사람의 눈빛엔 비슷한 종류의 의혹이 담겨 있었다. 병기를 들고 미친 듯이 날뛰어도 끝내지 못한 싸움을 맨손으로 어떻게 끝내자는 말일까? 감춰 놓은 한 수가 얼마나 대단하기에?

방기옥이 심중의 의혹을 떨쳐 버리려는 듯 목소리를 높여 음자송에게 외쳤다.

"사불승정邪不勝正은 만고의 진리! 악인의 재주가 아무리 대단한들 결코 의인의 검을 꺾지는 못할 것이다!"

"아하하!"

웃음소리와 함께 음자송이 쓰고 있던 늑대 탈이 흔들렸다. 이어 가면 너머에서 늙수그레한 목소리가 흘러나왔다.

"사불승정…… 좋은 말이지. 하지만 노부의 무음무형격살장無音無形擊殺掌을 한번 맛보면 생각이 달라질 것이다."

방기옥을 겨냥한 음자송의 오른손 손바닥이 슬쩍 흔들렸다.

무음무형격살장. 이름대로라면 소리도 없고 형체도 없는 중에 사람의 목숨을 앗아 가는 무서운 장력이 아니겠는가.

목표가 된 방기옥은 물론이거니와 조금 떨어져 있던 호유광마저도 바짝 긴장한 채 음자송이 내보인 조그만 손바닥에 모든 신경을 집중했다. 그들 사이의 거리는 칠팔 보. 고수들에겐 큰 장애가 될 수 없는 거리이긴 하지만, 두 사람의 무공은 장력에 당한 뒤에야 그 사실을 알아차릴 만큼 만만하지 않았다.

그러나 잠시의 시간이 흐른 뒤에도 아무 일도 일어나지 않았다. 장검을 천주부동으로 가슴 앞에 세운 채 고슴도치처럼 잔뜩 웅크리고 있던 방기옥의 얼굴에 노기가 떠올랐다.

"나를 놀리자는 것인……."

그런데 놀라운 일이 벌어졌다. 노성을 터뜨리던 방기옥이 갑자기 "흡!" 하는 비명을 삼키며 앞으로 고꾸라진 것이다. 이에 가장 놀란 사람은 호유광이었다.

'엇! 이 난쟁이의 재주가 정말로 무음무형의 경지에 이르렀다는 말인가?'

그러나 다음 순간, 호유광은 자신의 생각이 첫 가닥부터 잘못되었음을 깨달았다. 길게 엎어진 방기옥의 등 한복판에서 조금씩 배어 나오는 붉은 혈흔을 발견한 것이다. 무음무형이 아니라 세상에 둘도 없는 귀신같은 장력도 전면에서는 저런 상처를 만들 수 없었다. 그렇다면?

호유광은 머리털이 쭈뼛 곤두섰다. 이제껏 혹이라고만 여겼던 등 뒤의 비곗덩어리가 사실은……!

자각과 동시에 행동이 뒤따랐다. 두 다리를 기쾌하게 교차하며 안전한 곳으로 나아가는 취선답월영醉仙踏月影의 보법과, 들고 있던 오죽단봉烏竹短棒을 휘둘러 전후방으로부터 있을지도 모르는 적의 공세에 동시에 대비하는 고원폐문孤猿閉門의 봉술은 창졸간에 펼친 것치고는 매우 빠르고 시기적절해 보였다.

그러나 등 뒤의 비곗덩어리로부터 날아든 암수는 그보다 더 빠르고 시기적절했다.

"윽!"

옆구리의 요혈로부터 뾰족한 고통을 느끼며, 호유광은 그 자리에 풀썩 무릎을 꿇고 말았다. 고통에 겨워 흔들리는 시선 속으로 옆구리를 찌르고 돌아가는 흉기가 잡혔다. 옥으로 만든 부채. 아까 고개 아래에서 그의 머리통을 내리찍으려고 하던 소주성 도찰원 상방수역 모득의 바로 그 부채였다.

쾅!

뒤이어 날아든 발길질에 얼굴을 정통으로 격타당한 호유광은 코와 입으로 핏물을 쏟아 내며 뒤로 벌렁 넘어지고 말았다.

"흐흐, 음 비영님의 무음무형격살장은 언제 봐도 일품이라니까요."

듣는 이의 짜증을 유발하던 호들갑스러운 목소리도 그저 가장한 것에 불과했는지, 싸늘히 웃으며 이렇게 말하는 모득의 목소리에는 진득한 살기가 넘실거리고 있었다.

<hr />

방기옥과 호유광이 모득의 암습으로 쓰러지자 서로 다른 적을 맞아 싸움을 펼치던 일행의 마음이 하나같이 급해졌다. 그중에서도 가장 마음이 급해진 사람은 분명 방령이었을 터. 냉정하기로 유명한 그이지만, 하나뿐인 아들에 대한 애정만큼은 여느 부친들과 다를 바 없었기 때문이다.

"기옥아!"

방령은 크게 외치며 아들이 쓰러진 곳을 향해 몸을 날렸다. 이 일로 가장 큰 이득을 본 사람은 방령을 상대하던 적살귀 오독추일 것이다.

"아이쿠!"

오독추는 방령이 자리를 뜨기가 무섭게 그 자리에 주저앉았다. 지금 그의 몸뚱이 여기저기엔 열 군데가 넘는 검상이 새겨져 있었다. 방령의 공격이 다섯 합만 더 진행되었다면, 아마도 '아이쿠!'라는 창피한 비명조차 내지르지 못하는 신세가 되었을 것이 분명했다.

한편, 아들의 안위를 확인하기 위해 달려가는 방령의 앞길이 순탄한 것만은 아니었다.

"어딜 이리 급히 가시나? 늙은이는 늙은이끼리 놀아야지."

현란한 호선을 그리며 허공으로부터 떨어져 내린 두 자루 비수가 방령의 발길을 멈춰 세웠다. 방기옥과 호유광을 상대하던 음자송이 이번에는 그들을 구원하려는 방령의 앞길까지 가로막은 것이다.

"이여업!"

방령의 입에서 대갈이 터져 나왔다. 평소의 그라면 상대가 누구든 피할 리 없겠지만, 눈썹에 불이 붙은 지금은 그럴 경황이 없었다. 방령은 달려오던 기세를 그대로 살린 맹룡과강猛龍過江의 난폭한 검초로써 두 자루 비수가 만들어 낸 엄밀한 방어선을 향해 돌진했다.

"엇?"

머리 허연 늙은 거지가 이토록 난폭하게 나올 줄 미처 예상하지 못한 음자송이 짤막한 경호성을 터뜨리며 비수를 거두었다.

"비켜라!"

방령은 주춤거리는 음자송을 향해 십리일순에 운애막막 그리고 삼귀추혼三歸追魂으로 이어지는 연환삼초連環三招를 숨 쉴 틈 없이 퍼부었다.

하나하나가 짧고 가벼운 비수로는 상대할 마음이 일지 않는 태산처럼 무거운 수법들이었다. 음자송은 별 도리 없이 경쾌한 신법에 기대어 몸을 빼내야만 했다.

　방령은 그런 음자송은 본체만체, 쓰러진 아들을 향한 발걸음을 재촉하려 했다. 그런데 그의 발목을 붙잡는 사람은 음자송 한 사람만이 아니었다.

　"오옴!"

　인간의 심령을 옥죄어 오는 듯한 요사한 기합과 함께, 한 줄기 음산한 기운이 방령의 뒤통수를 향해 날아들었다. 깊은 계곡에서 불어오는 음풍이 이러할까? 유유한 가운데에도 형용하기 힘든 냉기를 품고 있으니, 그 위험함이 결코 예사롭지 않았다.

　방령은 감히 정면으로 상대하지 못하고 금사신검을 비스듬히 내질러 날아든 기운을 비켜 흘렸다. 오십 년 검공劍功의 기고함을 유감없이 보여 주는 깔끔한 이화접목移花接木임에는 분명했지만, 뜻하는 바대로 나아가지 못하고 발길을 멈추고 만 것은 어쩔 수 없는 일이었다.

　'대체 누가 이처럼 괴이한 공력을……?'

　방령은 가늘게 뜬 눈으로 공격이 날아든 방향을 바라보았다. 그의 시선이 향한 곳에는 양손을 가슴 앞에 합장한 밀승 하나가 서 있었다. 밀랍처럼 새하얀 얼굴에 푸르스름한 구레나룻이 어쩐지 사이한 인상을 풍기는 밀승이었다.

　'난쟁이가 끼어들기 전에 해치우지 않으면 이 자리를 빠져나가기가 힘들겠구나!'

　이렇게 생각한 방령은 밀승을 향해 대뜸 십리일순의 일 검을 찔러 갔다. 실로 날벼락처럼 갑작스러운 공격이 아닐 수 없는데, 사전에 대비하고 있었던 듯 밀승은 당황하지 않고 침착히 맞서 왔다.

　"오옴!"

밀승은 동그랗게 모은 입술 사이로 예의 요사한 기합을 토해 놓으며 합장한 쌍수를 힘껏 뒤집었다. 창백한 안색과는 달리 거무튀튀한 빛깔로 물든 한 쌍의 손바닥이 금사신검의 검로를 가로막았다.

쓰으으!

검과 손바닥이 정면으로 부딪치며, 뭔가 무거운 물체가 지면에 끌리는 듯한 미약한 소리가 울려 나왔다.

"음!"

방령의 이마에 새겨진 주름살들이 춤을 추듯 출렁거렸다. 검과 손바닥이 부딪쳤다면 손바닥이 잘려 나가야 정상일 터. 그런데도 밀승의 손바닥은 멀쩡했다. 아니, 외려 한 줄기 반탄력을 발생시켜 그의 금사신검을 튕겨 내기까지 한 것이다.

'저 검은 손바닥, 혹시……?'

방령의 머릿속으로 문득 떠오르는 기억이 있었다.

밀종을 대표하는 무공 중에는 삼수인三手印이라는 절학이 있다고 하는데, 대수인大手印, 홍수인紅手印, 흑수인黑手印이 바로 그것이었다. 이들 세 가지 절학은 내가공력인 동시에 외가기공으로서의 묘용도 갖추고 있어, 일단 대성하면 도검을 두려워하지 않는 강철 같은 손바닥을 지니게 된다고 한다.

손바닥의 색깔로 미루어 저 밀승은 삼수인 중 흑수인을 익힌 듯한데, 직접 상대해 보니 과연 이역 공부의 괴이함을 알 수 있을 것 같았다. 여느 때 같았으면 호기심 때문에라도 시간을 두고 차분히 겨뤄 봄 직한 상대가 분명하지만, 지금은 촌각이 아쉽기만 한 방령이었다.

"비키라고 했다!"

방령은 일신의 공력을 금사신검의 검봉에 집중한 채로 밀승의 시커먼 손바닥을 향해 곧게 진격해 들어갔다. 무변無變이기에 극쾌極快일 수밖에 없는 필살의 찌르기였다.

그러나 밀승에겐 상대의 예봉을 적절히 비켜 갈 줄 아는 지혜가 있었다. 그는 조금 전과는 달리 방령의 공격에 정면으로 맞서려 하지 않았다. 대신 신묘한 보법으로 이리저리 피해 다니며 시간을 끄는 데 주력하고 있었다.

"하하! 술래잡기가 제법 재밌어 보이는구나! 어디 노부도 같이 놀아 볼까나?"

잠시 전장에서 물러나 있던 음자송이 두 자루 비수를 꼬나 쥔 채 방령의 배후를 급습해 들어갔다. 자갈밭에 떨어진 가죽 공처럼 어디로 튈지 모르는 음자송의 괴이한 공세에, 방령은 밀승을 향해 찔러 내던 금사신검을 황급히 회수할 수밖에 없었다.

"이, 이런……!"

쌍비술의 음자송과 흑수인의 밀승. 어느 하나를 떼어 놓고 상대해도 결코 방심할 수 없는 강적이 아닐 수 없는데, 그런 강적 둘에게 동시에 둘러싸이게 되자 천하의 냉면무정검도 전력을 쏟아붓지 않고선 견디기 힘든 수세에 몰리고 말았다.

거기에 설상가상이라고 해야 할까?

"늙은 거지야, 두 눈이 있으면 똑똑히 지켜 보거라! 본관이 이 두 거지 놈의 모가지를 얼마나 예쁘게 잘라 주는지를!"

전장 밖에서 들려온 모득의 의기양양한 외침에, 방령의 가슴은 숯덩이처럼 새카맣게 타들어 가고 말았다.

뚱보 관원, 비각의 사십구비영 중 마흔 번째 서열을 차지하고 있는 옥선비랑玉扇肥郎 모득은 자신의 판단에 지극히 만족하고 있었다.

본색을 드러냄과 동시에 방기옥과 호유광을 쓰러뜨리는 공을
세운 그가 가장 먼저 하려고 했던 일은, 유태성의 검법에 밀려
금방이라도 피를 뿌리며 쓰러질 것 같은 마두나찰 동초를 도와
주는 것이었다.

하지만 그는 곧 마음을 고쳐먹을 수밖에 없었다. 자신에 의
해 쓰러진 두 거지를 향해 빠르게 달려오는 방령의 모습을 발견
했기 때문이다.

방령을 가로막고 나선 십칠비영 음자송의 실력을 의심하는
것은 아니지만, 상대는 녹림의 살성 오독추를 어린애 다루듯 찍
어 누른 무서운 검법의 소유자가 아니던가. 만에 하나라도 애써
확보한 포로를 빼앗길까 두려웠다.

방령의 검법은 과연 무서웠다. 천하의 흑월왕이 서장에서 온
밀승 하나의 도움을 받고서도 쉽게 제압하지 못할 정도로.

그때 모득의 머릿속으로 간교한 계책 하나가 떠올랐다. 비록
표정만큼은 여전히 냉정하지만, 방령에게선 자식을 빼앗긴 맹
수와도 같은 절박함이 짙게 풍겨 나오고 있었다. 그것으로 미루
어 자신이 쓰러뜨린 두 거지 중 하나와 매우 가까운 사이임에
틀림없었다.

그렇다면 칼자루는 모득의 수중에 있는 것이나 마찬가지. 그
점을 확인하기 위해 전장을 향해 외친 것인데, 그 효과는 한마
디로 끝내주는 것이었다.

보라! 열 합도 지나지 않아 손발이 어지러워지는 저 방령의
모습을!

모득은 득의에 찬 목소리로 다시 한 번 외쳤다.

"큰 놈부터 자를까, 작은 놈부터 자를까? 옳거니, 허여멀겋
게 생긴 큰 놈의 모가지부터 자르는 게 좋겠구나!"

방령의 이목구비가 방기옥의 그것과 닮았음을 이미 간파한 모득이었다. 그는 엎어져 있던 방기옥을 일으켜 앉혔다. 요혈 중에서도 요혈이라고 할 수 있는 명문혈命門穴을 피습당한 방기옥은 이미 반송장. 커다란 인형처럼 축 늘어질 뿐이었다.

한 손으로는 자꾸 쓰러지려는 방기옥의 머리채를 단단히 틀어잡은 채, 다른 손으로는 한 자루 단도를 꺼내 드는 모득. 어디 한 군데 큼직하게 도려내는 꼴을 보여 주면 늙은 거지의 손발은 더욱 어지러워질 게 뻔했다. 그는 방기옥의 어깨에 갖다 댄 단도에 지그시 힘을 가했다. 그런데…….

'어?'

모득은 뭔가 이상하다는 느낌을 받았다. 더러운 누더기를 뚫고 들어간 단도가 더 이상 앞으로 나아가지 않았던 것이다. 처음엔 살갗이 단단해 그런가 보다 생각했는데, 그게 아니었다.

오른팔 전체가 일순간에 마비되어 버린 것이다!

모득은 급히 자신의 오른팔을 살펴보았다. 오른쪽 팔꿈치 척택혈尺澤穴과 소해혈少海穴에 찍힌 파란 점 두 개가 눈에 들어왔다. 자세히 들여다보니 그 정체는 솔잎, 가지에서 방금 떨어진 듯 끄트머리가 아직도 싱싱한 파란 솔잎이었다.

이것이 바로 나뭇잎을 날려 사람을 상하게 한다는 비엽상인飛葉傷人의 극고한 절학!

모득의 두 눈이 금방이라도 튀어나올 것처럼 똥그래졌다.

'대체 누가……?'

눈알을 빠르게 굴려 주위를 살피던 모득은 곧바로 누군가와 시선을 마주치게 되었다.

오 장쯤 떨어진 곳에 서 있는 잿빛 승복의 추면 밀승. 이름이 바르라고 했던가? 각의 사업을 지원하기 위해 서장 밀교가 파견한 인사들 중 우두머리가 되는 사람이라고 소개를 받은 기억이 있었다.

그런데 모득을 바라보는 바르의 눈빛이 실로 괴이했다. 뭔가에 분노한 듯하기도 하고, 뭔가를 비웃는 듯하기도 했다. 그 눈빛을 대한 순간 모득은 똑똑히 깨달았다. 바로 그였다! 비엽상인의 재주로 자신의 오른팔을 못 쓰게 만든 사람은 바로 저 바르였던 것이다!

그런데, 그런데 말이다…….

바르는 왜 같은 편인 모득의 일을 방해한 것일까?

만일 시간이 조금만 더 있었다면 모득 또한 그 해답이 몹시도 궁금했을 것이다. 그러나 운명을 주관하는 사명신은 모득에게 더 이상의 시간을 허락해 주지 않았다.

휘이익!

허공으로부터 장대한 그림자가 하나가 떨어져 내렸다. 그와 동시에 모득의 가슴에, 달리는 황소에 정통으로 받힌 듯한 무시무시한 충격이 가해졌다.

쾅!

모득은 비명조차 지르지 못한 채 뒤로 쭉 날아갔다. 그런 모득에게 장대한 그림자가 바짝 따라붙었다. 그리고 싸늘한 목소리가 모득의 귓가에 울렸다.

"탐관오리 같은 네놈의 상판이 처음부터 마음에 들지 않았지."

뒤이어 터져 나온 세 번의 강렬한 격타음!

쾅! 쾅! 쾅!

격타음이 한 번 울려 나올 때마다 투실투실한 가슴팍이 두부처럼 푹푹 꺼져 들었다. 목구멍을 타고 흘러넘친 선혈이 모득의 오동통한 입가를 붉게 물들였다.

어디가 잘못되어서인지는 모르지만 시력이 일시에 마비되었다. 아무리 보려 애를 써 봐도 시야는 온통 잿빛만 가득할 뿐이었다. 사지가 덜덜 떨려 왔다. 적을 볼 수 없다는 것이 이토록 커다란 두려움을 가져다줄 줄이야! 그래서 모득은 온 신경을 두 귀로 집중시켰다. 시력의 상실로 인해 증폭된 두려움을 청력으로라도 달래 보려는 듯이.

모득의 정수리 위로 한 줄기 시커먼 번갯불이 작렬한 것은 바로 그때였다.

쩍!

모득이 최후로 들은 것은 자신의 두개골이 갈라지는 소리였다.

왜 멈칫거렸을까?

폭포수처럼 쏟아 낸 네 번의 장력과 한 번의 검공으로 방기옥의 생명을 위협하던 뚱보 관원 모득을 격살하는 데 성공한 석대문이 순간적으로 떠올린 의문이었다. 만일 모득이 멈칫거리지 않았다면 자신의 행동이 아무리 빨랐어도 방기옥은 무사하지 못했을 것이다. 그 결정적인 순간 놈은 왜 멈칫거린 것일까?

그러나 이런 의문은 길게 이어지지 않았다. 뒤통수를 향해 밀려온 무시무시한 파공성 때문이었다.

'아차!'

석대문은 그제야 자신이 싸움을 완전히 끝내 놓지 않은 상태에서 이리로 달려온 사실을 기억해 냈다. 동료를 해치겠다는 모득의 외침에 이것저것 가릴 겨를 없이 무조건 몸을 빼 온 것인데, 그 대가를 치러야 할 때가 온 모양이었다.

석대문은 왼발을 축으로 신형을 급전急轉시켰다. 금빛 삼고저의 갈라진 머리가 그의 시야 안으로 무서운 속도로 확대되어 오고 있었다. 삼고저를 휘두른 사람은 물론 조금 전까지 그가 상대하던 밀승이었다. 자신을 무시한 건방진 적에게 본때라도 보여 주려는 듯, 삼고저의 맹렬함이 마치 가파른 비탈을 굴러떨어지는 바윗덩어리 같았다.

이 급박한 상황에서 석대문이 보인 대응은 매우 단순한 것이었다. 막거나 피하려 하는 대신에 그 자리에서 똑바로 드러누운 것이다.

파아아!

얼굴을 스쳐 지나가는 세찬 경력에 콧잔등이 벗겨진 듯 얼얼했다. 그러나 그것이 전부였다. 순간적인 임기응변으로 발휘한 철판교의 운신술이 삼고저의 맹격猛擊을 무위로 만든 것이다.

"우아아압!"

회심의 일격이 무위로 돌아간 것에 더욱 분노를 느낀 듯, 밀승이 미친 사람처럼 고함을 내지르며 바닥에 누운 석대문을 향해 삼고저를 내리꽂았다. 절구질을 연상케 하는 무지막지한 공격인데, 보리심菩提心을 상징하는 삼고저가 이런 흉흉한 용도로도 쓰일 수 있다는 것 자체가 신기한 일이었다.

쿵!

그러나 삼고저에 꿰여 진저리를 친 것은 잡초 무성한 맨바닥에 불과했다. 석대문은 바닥에 등을 댄 채 몸을 크게 휘돌리는 대선풍의 운신술로써 삼고저의 공세로부터 일찌감치 몸을 피한 뒤였다. 철판교에서 대선풍으로 이어지는 이 수법은 얼마 전 사생의 암습을 피할 때에도 한 번 사용한 바 있는 절정의 연환 운신술이었다.

밀승은 흙바닥을 두 자 가까이 뚫고 들어간 삼고저를 곧바로 빼내지 못해 당황한 기색을 드러냈다.

석대문은 그 틈을 놓치지 않고 밀승을 향해 몸을 날렸다. 시위를 떠난 화살처럼 가슴과 바닥이 완벽한 수평을 이루는 쾌속한 진격이었다.

"찻!"

석대문의 입에서 짧고 강렬한 기합이 터져 나왔다. 묵정검의 검봉이 부르르 진동하는가 싶더니 어느 순간 작은 검화劍花 하나가 환상처럼 피어올랐다. 그렇게 생겨난 검화는 순식간에 그 수를 폭발적으로 늘려, 종국에는 한 폭의 거대한 만다라도를 만들어 냈다. 변화가 심하기로 이름난 석씨검법 중에서도 가장 변화무쌍한 초식으로 알려진 혼류만다라가 바로 이 수법이었다.

콰콰콰!

거대한 만다라도가 밀승의 전신을 덮쳤다. 그 살기가 어찌나 드센지, 육 척 장대한 밀승이 마치 백사장에서 놀다가 파도에 휩쓸린 어린아이처럼 위태로워 보였다.

밀승은 뒤늦게 뽑아 든 삼고저를 어지러이 휘저어 전신을 뒤덮어 오는 혼류만다라의 살기를 걷어 내려 애썼지만, 그것이 부질없는 몸짓에 지나지 않는다는 사실은 금방 밝혀졌다.

팟! 파파팟!

금빛 가사 여기저기가 쩍쩍 갈라지며 붉은 핏물이 사방으로 뻗어 나갔다.

"크으윽!"

밀승은 술에 취한 사람처럼 비틀거리며 정신없이 물러났다. 일견하기에도 열 개가 넘는 검상이 밀승의 전신을 뒤덮고 있는데, 그중 최소한 세 개는 깊이가 장기臟器에 이를 만큼 심각한 것이었다.

"가라!"

짧은 외침과 함께 석대문은 묵정검을 날쌔게 뒤집어 밀승의 인후를 곧장 베어 갔다. 이 일격으로 밀승의 목숨을 취하리라는 것을 의심치 않으면서.

그러나 그러한 석대문의 예상은 여지없이 빗나가고 말았다. 측방으로부터 홀연히 날아든 한 자루 옥척玉尺이 묵정검의 진로를 가로막은 것이다.

창!

석대문은 눈썹을 찡그리며 한 발짝 물러섰다. 묵정검을 쥔 오른손 호구가 은은히 저려 왔다. 옥척과의 충돌로 인한 반탄력 때문이었다.

우윳빛으로 빛나는 옥척을 가슴 앞에 세운 채 석대문의 진로를 가로막고 선 사람. 차마 눈뜨고 봐주기 힘들 만큼 추악한 용모를 지닌 밀승이 바로 그 사람이었다.

"손 속이 과하군, 석대문."

성대를 비틀어 쥐어짜 내는 듯한 목소리가 추면 밀승의 이지러진 입술 사이로 흘러나왔다. 석대문은 또 한 번 눈썹을 찡그렸다. 이자는 놀랍게도 자신의 정체를 알고 있었던 것이다.

"나를 아시오?"

"그 검에 관해 조금 알고 있지."

밀승은 석대문이 쥔 검을 가리키며 말했다.

'묵정검을?'

석대문의 눈썹이 세 번째로 찡그려졌다.

당금 강호에서 묵정검을 알아보는 사람은 거의 없다고 봐도 무방했다. 상고의 기병畸兵인 묵정검을 처음 입수한 사람은 석

가장의 전대 가주이자 석대문의 부친인 석안이었다. 그러나 손에 익은 검이 따로 있던 석안은 묵정검을 세가의 보고에 비장해둔 채 세상을 떠나는 순간까지 단 한 차례도 사용하지 않았었다.

묵정검이 처음으로 햇빛을 보게 된 것은, 석안의 뒤를 이어 석가장의 가주에 오른 석대문이 본격적으로 강호 활동을 시작한 오 년 전의 일이었다. 더구나 석대문으로 말할 것 같으면 살계를 범할 결심을 하기 전에는 좀처럼 검을 드러내지 않는 진중한 성품의 소유자였다. 이런 점들을 종합해 볼 때, 묵정검을 통해 석대문을 알아보았다는 추면 밀승의 말은 분명 받아들이기 힘든 면이 있었다.

석대문이 이런 생각에 곤혹스러워할 무렵, 추면 밀승은 시선을 슬쩍 돌려 삼고저를 쓰는 밀승을 바라보았다. 전신을 뒤덮은 검상들로 인해 이미 혈인이 되다시피 한 그 밀승은 두 다리로 서 있는 것 자체가 신기할 정도였다.

추면 밀승이 석대문을 향해 물었다.

"저런 상태를 만들어 놓고도 기어이 숨통을 끊어 놔야 직성이 풀린다는 건가?"

석대문은 냉소를 쳤다.

"자비를 구하려거든 전장에 나오지 말았어야 하는 것 아니오?"

추면 밀승은 석대문을 잠시 바라보다가 고개를 끄덕였다.

"하긴 그 말도 옳군."

석대문은 이상한 기분이 들었다. 비록 서로 간에 병기를 겨누고 있긴 하지만 저 추면 밀승에게선 어떠한 적의도 감지되지 않았다. 이쪽의 실력이 두려워 꼬리를 내린 것일까? 하지만 그렇게 여기기엔 상대의 태도가 너무 여유 있어 보였다.

그러나 적의를 느낄 수 없다고 하여 적이 하루아침에 친구로 바뀌는 것은 아니었다. 인간의 관계란 게 그렇게 아름답지 않다는 사실을 석대문은 잘 알고 있었다.

"더 이상 이야기가 필요하겠소?"

석대문은 묵정검을 치켜 올리며 말했다. 추면 밀승이 이지러지고 변색된 안와 아래로 눈을 빛내며 물었다.

"나와 싸우고 싶은가?"

"할 일을 할 뿐이오."

석대문의 싸늘한 대답에 추면 밀승은 시커먼 입술에 기이한 미소를 떠올렸다.

"하지만 자네에겐 그럴 여유가 없을 것 같군."

추면 밀승은 이렇게 말하며 시선을 돌려 어딘가를 바라보았다. 그의 시선이 향한 곳으로 눈길을 던진 석대문은 자신도 모르게 표정이 굳을 수밖에 없었다. 거기엔 두 명의 적에게 둘러싸인 채 고전을 면치 못하는 백부 방령의 모습이 있었던 것이다.

사방을 휘저으며 두 자루 비수를 귀신같이 사용하는 왜소한 괴인과 거무튀튀한 손바닥으로 음유한 장력을 쉴 새 없이 뿜어내는 창백한 피부의 밀승은 각각을 떼어 놓고 보아도 방령이 자신할 만한 상대는 아닌 듯싶었다.

"아직도 나와 싸우고 싶은가?"

추면 밀승이 물었다. 듣기에 몹시 거북한 탁성이지만 여전히 여유가 담겨 있었다.

석대문은 아무 대답 없이 추면 밀승의 얼굴을 노려보다가 신형을 홱 돌렸다. 아무리 살기 충만한 전장이라 하지만, 적을 죽이는 일보다는 동료를 구하는 일이 우선이었다. 그 동료가 부친처럼 여겨 온 백부라면 더욱 그러했다.

─천추千秋의 한을 남기지 않으려면 서두르는 게 좋을 것이다.

방령을 돕기 위해 달려가는 석대문의 등 뒤로 추면 밀승의 전음이 따라붙었다. 그런데 기분 탓이었을까? 그 전음에는, 여유만만하던 육성과는 딴판으로 어딘지 모르게 조급해하는 기색이 어려 있는 것 같았다.

새로운 전장을 향한 발길을 재촉하면서도, 석대문은 의구심을 감출 수 없었다.

저 추면 밀승의 정체는 대체 무엇일까?

(3)

우근과 남궁월, 양 진영의 주장 격인 그들 두 사람이 펼치는 싸움은 어떤 교묘한 필설로도 제대로 묘사하기 어려운 치열하고도 박력 넘치는 것이었다.

한 사람은 천하제일 대방의 현임 방주요, 다른 한 사람은 천하가 두려워하는 희대의 마두였다. 한 사람은 백도 장공의 최고봉이라는 무명장법을 익혔고, 다른 한 사람은 흑도 조공의 최고봉이라는 수라마조공을 익혔다. 누구도 승리를 장담할 수 없는 백중의 호적수가 아닐 수 없었다.

그들이 실제 머무는 공간은 숨 가쁘게 맞물려 돌아가는 난전의 한복판이었다. 하지만 그들은 그 어떤 외물로부터도 완벽하게 독립된 채 오직 둘만의 싸움에 흠뻑 빠져들어 있었다. 설령 주위에서 천번지복의 대재앙이 벌어진다고 해도 그들은 전혀 의식하지 못할 것 같았다. 그들의 두 눈은 오직 상대의 움직임에만 고정되어 있었고, 그들의 두 귀는 오직 상대의 숨소리에만 집중되어 있었다.

한 수 한 수에 뜨겁게 뒤얽히는 핏물과 땀방울!

일진일퇴마다 거칠게 부딪치는 근육과 뼈마디!

단 한 번의 실수가 죽음으로 직결되는 살얼음판 같은 순간들 속에서, 두 사람은 상대의 숨통을 끊어 놓을 치명적인 일격을 위해 일생에 걸쳐 쌓아 온 힘과 기술과 공력을 총동원하고 있었다.

그렇게 이어진 싸움이 백 초, 이백 초를 넘겨 어느덧 삼백 초에 가까워 가니, 바야흐로 투지와 지구력이 모든 것을 결정하는 시간이 온 것이다. 경험해 본 사람은 누구나 알 것이다, 그 시간이 얼마나 견디기 힘든 끔찍한 것인가를.

두 사람 사이 팽팽하게 유지되던 승부의 균형이 무너지기 시작한 것도 바로 그 시간에 이르러서였다. 상대를 꺾고자 하는 투지 면에서는 그야말로 난형난제인 두 사람이지만, 지구력이란 측면에서는 서서히 우열을 드러내기 시작한 것이다.

부우웃!

아무렇게나 둘둘 말려 팔꿈치까지 기어 올라간 남루한 소매에서 풀피리 소리를 닮은 바람 소리가 울려 나왔다. 머리 위로 돌아간 좌장은 도리깨질을 하듯 힘차게 내리쳐 오고 겨드랑이 아래로 당긴 우장은 찔러 낸 창처럼 곧게 밀어냈다.

소맷자락에서 울리던 바람 소리가 어느 순간, 우르릉 하는 뇌성으로 변했다. 전면의 공기가 터질 듯한 압력으로 팽창했다.

"제기랄! 진위뢰震爲雷로구나!"

남궁월은 오만상을 찡그렸지만, 뒤로 물러나지 않을 도리가 없었다.

우근이 자랑하는 무명장법은, 비록 전체를 아우르는 이름이 없어 무명無名이라 일컫긴 하지만, 장법을 구성하는 열여섯 가지 초식들엔 주역周易의 괘사卦辭에서 따온 이름들이 각각 붙어 있었다. 방금 우근이 전개한 초식은, 우레로 상징되는 진괘震卦가 상하로 겹쳐 변화한다는 진위뢰의 수법이었다.

우레는 곧 하늘의 노여움. 우레가 칠 때엔 근신함이 제일이니, 자의든 타의든 간에 정면에서 상대하지 않고 뒤로 물러난 남궁월의 대응은 나름대로 현명한 것이라 할 수 있었다. 그러나 하늘의 노여움은 근신함으로써 벗어날 수 있을지 모르지만, 우근의 노여움은 그렇게 간단히 벗어날 수 없었다.

"합!"

우근은 떨어지던 좌장과 밀어내던 우장을 하나로 모아 외마디 기합과 함께 힘차게 무찔러 왔다. 상하를 동시에 억누르던 장력이 한순간에 송곳처럼 뾰족하게 뭉치며 남궁월의 명치를 곧게 찔렀다. 진위뢰의 변화 중 하나인 뇌경백리雷驚百里가 바로 이것이었다.

"쳇!"

남궁월은 왼발로 바닥을 찍으며 뒤로 물리던 신형을 우측으로 틀었다. 이 또한 현명한 대응이라 할 수 있었다. 일직선으로 쏘아 온 경력을 피하는 데엔 측방으로 피신하는 것이 가장 적절했기 때문이다.

그러나 우근의 공격은 남궁월의 모든 대응들을 무색하게 만들 만큼 집요했다.

"하하! 피하다가 끝낼 작정인가?"

입으로는 호기로운 웃음을 터뜨리면서도 하나로 모은 쌍장을 좌우로 힘껏 벌려 치는 것은, 뇌경백리와 마찬가지로 진위뢰의 변화 중 하나인 진삭삭震素素. 끊이지 않는 우레의 여력으로 좌우를 넓게 가둬 버린다는 변화무쌍한 수법이었다.

예상치 못한 각도에서 휘돌아 나온 우근의 장력에 하마터면 관자놀이 부근을 얻어맞을 뻔한 남궁월은 자세를 급히 낮추며 재차 이 보를 물러서야만 했다.

'빌어먹을!'

남궁월은 입술을 짓씹었다.

어느 순간부턴가 전세가 기울어 있었다. 삼백 초에 이르도록 대등하게 전개되던 싸움의 양상이 어느 순간부턴가 우근의 공격, 남궁월의 방어로 굳어지기 시작한 것이다.

그 이유를 짐작하기란 어려운 일이 아니었다.

남궁월의 두 팔과 두 다리는 마치 보이지 않는 납덩이를 매단 양 점점 무거워지고 있었다. 하기야 그 자체만으로는 큰 문제가 아닐지도 모른다. 이런 격렬한 악전을 삼백 초 가까이 치른다면 제아무리 단련된 무인이라도 피로를 느끼는 게 당연하기 때문이다.

문제는, 우근은 그러한 피로를 전혀 느끼지 않는다는 데 있었다.

양강陽剛하기로 천하제일이라는 우근의 외가공부는 과연 명불허전이었다. 영원히 마르지 않는다는 전설 속의 샘물이 저러할까? 다부진 몸뚱이로부터 뿜어 나오는 활화산 같은 근력은 시간이 흐를수록, 그리고 초수가 늘어날수록 그 기세를 오히려 더하고 있었다. 이 가공할 지구력 앞에선 최명호의 소름 끼치는 살기도, 묵철수갑의 무자비한 예기도 아무런 소용이 없었다.

남궁월로선 분하기 짝이 없는 일이지만, 삼 년 전 회수에서 펼쳐진 싸움의 양상도 지금과 똑같았다. 그 후 그토록 죽을힘을 다해 고련했는데도 말이다.

'이대로 가다간 결국 그때처럼 패할지도 모른다.'

남궁월은 위기감에 사로잡혔다. 삼 년 전 그가 맛본 패배는 파괴가 아닌 고사枯死였고, 그래서 그는 더욱 비참해질 수밖에 없었다. 깨어져 산산조각이 날지언정 두 번 다시 그런 무기력한 패배는 당하고 싶지 않았다. 절대로!

"그럴 순 없다!"

남궁월은 발작과도 같은 외침을 터뜨리며 우근이 쳐 낸 장세 속으로 몸을 날렸다.

꺄가가각!

남궁월이 낀 묵철수갑으로부터 오랜만에 소름 끼치는 최명호가 터져 나왔다. 한 쌍의 묵철수갑을 얼굴 앞으로 모았다가 십자로 세차게 쳐 내는 초식은 수라마조공의 여러 살초들 중 하나인 수라현세修羅現世였다.

장막처럼 넓게 펼쳐져 있던 우근의 장세가 열 개의 강철 손가락들에 의해 갈가리 흩어져 버렸다.

"헛?"

남궁월의 격렬한 반격에 당황한 것일까? 우근의 입에서 낮은 경호성이 튀어나왔다. 그러나 우근이 수련한 무공은 순간적인 놀라움을 허점으로 연결한 만큼 어설프지 않았다.

"진작 그렇게 나왔어야지."

우근은 넓게 벌린 두 팔을 빠르게 좁히며 수라현세의 예기를 감싸 안았다. 마치 얇은 보자기로 날카로운 가위를 감싸는 듯 위태로워 보이는 형국이지만, 그 보자기는 놀랍도록 질겼다. 십육 초 무명장법 중에서 가장 장중부동莊重不動한 것으로 알려진 수천수水天需의 장세는 웬만한 가위로는 절대로 찢어 낼 수 없을 만큼 엄밀한 것이었다.

'과연 대단하구나. 하지만!'

남궁월의 두 눈에 섬뜩한 광망光芒이 피어올랐다. 그는 두 팔을 쫙 펼친 상태로 팽이처럼 몸을 회전시켰다. 수라선전修羅旋轉. 조공 본연의 위력에 원심력까지 더함으로써 순간적인 파괴력을 극대화하는 초식이었다.

수천수의 방어막이 거센 회전력에 휘말려 일순 느슨해지는 듯했다. 이때를 놓치지 않고 빠르게 진격한 남궁월은 쌍수를 기쾌하게 교차하여 우근의 앞가슴 요혈을 세차게 할퀴어 갔다. 수라선전에 뒤를 이은 이 수라육혼修羅戮魂의 초식 속에는 한 치 두께의 철판도 단숨에 찢어발길 만한 맹렬한 위력이 담겨 있었다.

촤착!

우근의 의복 가슴자락이 갈가리 찢겨 나가며 핏물이 허공으로 튀어 올랐다. 우근의 부리부리한 두 눈이 순간적으로 일그러지는 듯했다.

그러나 남궁월의 표정은 그리 밝아지지 않았다. 그는 우근의 부상이 거죽을 긁힌 정도에 불과하다는 사실을 잘 알고 있었다. 수라마조공이 자랑하는 두 가지 절초로도 수천수의 엄밀함을 완전히 무너뜨리지는 못한 탓이었다.

우근의 반격은 곧바로 이어졌다. 그는 오른발을 반 보 뒤로 물림과 동시에 수천수의 방위를 짚고 있던 쌍장을 부드럽게 휘돌리기 시작했다.

우근의 양 손바닥이 허공에 완만한 태극 문양을 이루는가 싶더니 돌연 하방으로부터 후웅, 하고 거센 돌풍이 일어났다. 십육 초 무명장법 중 풍행지상風行地上의 수법이었다.

세 자 높이를 기준으로 하여 상하의 기층氣層을 완전 어긋나게 만드는 풍행지상의 장세는 반석처럼 견고하던 남궁월의 중심을 여지없이 흔들어 놓았다.

"어엇?"

풍랑 속의 조각배처럼 몸을 크게 휘청거리는 남궁월. 그런 그에게 우근의 우권이 소리 없이 밀려들었다. 돌비석도 으스러뜨린다는 개방의 파옥권破玉拳이었다.

이 은밀하고 신속한 진격 앞에 남궁월은 속절없이 옆구리를 허용할 수밖에 없었다.

"흡!"

급히 운용한 호체진기護體眞氣 덕분에 심맥은 상하지 않았지만 항문까지 찌르르 울리는 지독한 고통은 모면할 수 없었다.

우르릉!

옆구리를 잔뜩 웅크린 채 주춤거리는 남궁월을 향해 진위뢰의 우렛소리가 또다시 밀려들었다. 전면을 짓눌러 오는 압력이 어찌나 대단한지 뒤로 물러나고픈 욕망이 저절로 일어났다.

그러나 남궁월은 뒤로 물러나는 대신 어금니를 더욱 세차게 깨물었다.

'물러나면 죽도 밥도 안 된다!'

근신육박에 장기가 있는 남궁월로선 참으로 어렵사리 좁혀 놓은 거리가 아니던가! 여기서 물러나면 우근의 무명장법은 더욱 기세를 올릴 것이다. 그것은 결코 남궁월이 바라는 바가 아니었다.

"이야압!"

남궁월은 상처 입은 맹수처럼 거친 포효를 터뜨리며 진위뢰의 막강한 압력 속으로 몸을 던졌다.

파라락!

몸에 걸친 헐렁한 장포가 찢어질 듯 펄럭거렸다. 얼굴 근육이 우스꽝스럽게 일그러지는가 싶더니 콧구멍에서 뜨거운 핏물이 확 뿜어져 나왔다. 살갗과 근육과 뼈, 육신을 구성하는 모든 기관들이 한목소리로 고통을 호소해 왔다.

그러나 남궁월은 극한의 인내력으로써 그러한 고난을 이겨 냈다. 맨몸뚱이로 뚫어 낸 진위뢰의 압력 너머에는 밉살스럽기 짝이 없는 우근의 얼굴이 있었다.

"죽엇!"

남궁월은 우근의 얼굴을 향해 묵철수갑을 낀 우수를 곧게 찔러 넣었다. 수라마조공 중에서 가장 쾌속한 초식인 이 수라멸절修羅滅絶의 가공할 살기 앞에 우근의 얼굴은 금세라도 다진 고깃덩이처럼 처참하게 변할 것만 같았다. 그러나…….

빵!

우근의 코앞에서 요란한 금속성이 터져 나왔다. 그와 동시에 오른손을 타고 무서운 통증이 밀려들었다. 남궁월은 두 눈을 부릅뜨고 말았다.

"어, 어떻게……?"

코피로 물든 남궁월의 메마른 입술 사이로 불신에 찬 목소리가 새어 나왔다. 그가 찔러 낸 묵철수갑은 우근의 얼굴 바로 앞에서 멈춰 있었다. 묵철수갑의 양 측면을 찍어 누르고 있는 한 쌍의 두툼한 손바닥이 그렇게 만든 것이다.

맷돌에 오른손을 통째로 갈리는 듯한 고통 속에서도 남궁월은 감탄하는 마음이 되지 않을 수 없었다.

'이 거지 놈은 정말로 대단하다!'

필생의 공력으로 펼쳐 낸 수라멸절이건만, 그것마저도 막아 낼 줄이야!

우근의 쌍장에 봉쇄되었던 묵철수갑이 어느 순간 자유를 되찾았다. 거의 같은 시각, 남궁월의 가슴에 끔직한 충격이 가해졌다. 그의 몸뚱이는 마치 투석기에서 발사된 돌멩이처럼 후방으로 쭉 날아갔다.

그렇게 사 장여를 날아가 엉덩방아를 찧은 남궁월은 용수철처럼 솟구치며 신형을 일으켜 세웠다. 그러나 곧바로 새우처럼 허리를 구부리지 않을 수 없었다.

"왝!"

주먹만 한 핏덩이들이 흙바닥에 뚝뚝 떨어졌다. 높은 산에 올랐을 때처럼 양 고막이 먹먹했다. 모두 심각한 내상의 징후들이었다.

그런 남궁월에게 날아든 우근의 외침은, 삼 년을 절치부심해 온 남궁월의 자존심을 처참히 뭉개 놓기에 부족함이 없는 것이었다.

"남궁월, 자네는 삼 년 전에 비해 조금도 나아지지 않았군. 나는 이번에도 원형리정圓亨利貞은 써 보지도 못했어."

원형리정은 무명장법 중 가장 무서운 초식의 이름이었다. 그러므로 우근의 이 말은, 남궁월 정도의 상대에겐 자신의 모든 능력을 드러낼 필요가 없다는 뜻이었다.

돌로 조각한 듯 비정하기만 하던 남궁월의 두 눈에 시뻘건 핏발이 곤두섰다. 분노 때문일까, 아니면 자괴감 때문일까? 그는 또다시 거센 핏줄기를 토해 내기 시작했다.

"쿨룩! 쿨룩! 크아아악!"

오장육부까지 토해 놓을 듯한 격렬한 토혈이 모두 가셨다. 남궁월은 구부리고 있던 허리를 천천히 폈다.

"순순히 투항하면 목숨만은 살려 주마."

승리감에 젖은 우근의 말에 남궁월은 돌연 하늘을 바라보며 대소를 터뜨렸다.

"우근아, 우근아, 네 장력은 그런대로 쓸 만하다만 사람을 알아보는 눈깔만큼은 여전히 글러 먹었구나! 으하하하!"

한바탕 처절한 광소를 토해 놓은 남궁월은 형편없이 망가진 오른손을 들어 입가에 묻은 핏자국을 쓸어 냈다.

"싸움은 아직 끝나지 않았다."

남궁월은 진기를 억지로 끌어 올렸다. 하얗게 질린 얼굴 여기저기로 지렁이 같은 힘줄들이 툭툭 튀어 올랐다. 그의 내상이 얼마나 심각한지를 보여 주는 단적인 증거였다. 그러나 그는 조금도 개의치 않았다. 우근에게 약한 모습을 보이느니, 단전이 파괴되고 심맥이 끊어지는 편이 백배 나았다.

"사지 중 하나는 지옥으로 데리고 가 주마."

남궁월은 음산히 뇌까리며 멀쩡한 왼손을 가슴 앞으로 치켜 올렸다. 일순간 그의 두 눈에선 형형한 안광이 뿜어 나왔다. 내상을 입은 사람이라곤 믿어지지 않는 서슬 푸른 기세였다.

우근은 고개를 무겁게 끄덕인 뒤, 두 팔을 벌려 무명장법의 기수식인 좌천우지세를 다시 취했다. 무인답게 죽기를 바라는 적에게 무인다운 최후를 선사할 작정인 듯했다.

"간다!"

남궁월은 좌수의 묵철수갑을 쭉 뻗어 낸 채 우근을 향해 무서운 속도로 돌진했다. 이것이야말로 옥쇄玉碎, 정면으로 부딪쳐 구슬처럼 산산이 부서지겠다는 비장한 공격이 아닐 수 없었다.

그런데 그때였다.

"십일비영께선 부디 생명을 소중히 여기시길!"

어디선가 밀려든 한 줄기 부드러운 장력이 남궁월의 측신을 때려 왔다. 강한 역도는 담겨 있지 않았지만 시기와 방위가 매우 교묘한 탓에, 남궁월은 꼴사나운 게걸음으로 주춤주춤 밀려날 수밖에 없다.

"어떤 놈이……?"

남궁월은 당장이라도 씹어 먹을 듯한 무시무시한 눈초리로 장력을 날린 사람을 노려보았다. 그 사람의 정체는 바르, 그 내심을 도무지 짐작할 수 없는 추면 밀승이었다.

바르는 남궁월을 향해 공손히 합장을 올렸다.

"하늘을 나는 새도 피곤함을 느끼면 둥지로 돌아가야 하는 법. 오늘은 이만 철수하는 편이 좋을 것 같습니다."

남궁월은 전신을 와들와들 떨다가 크게 부르짖었다.

"그대가 감히!"

그러나 남궁월의 노성은 더 이상 이어지지 않았다. 이미 무리한 운기로 내부의 조화가 무너질 대로 무너진 상태였다. 그는 눈을 하얗게 까뒤집으며 앞으로 천천히 고꾸라졌다.

그런 남궁월을 받아 부축한 사람은 바르였다. 삼 장의 거리를 순식간에 지워 버리는 바르의 놀라운 경신술에 지켜보던 우근은 혀를 내두르지 않을 수 없었다.

바르는 남궁월에게 금빛 환약 세 알을 복용시킨 뒤 바닥에 조심스럽게 눕혔다. 그러고는 우근을 향해 천천히 신형을 세웠다.

"우 방주, 오늘은 우리가 패했음을 인정하겠소. 이만 물러가게 해 주시오."

우근은 어처구니없다는 표정으로 바르를 쳐다보다가 코웃음을 쳤다.

"싸움을 걸 땐 언제고, 불리할 것 같으니 그만 끝내자? 하하!

스스로 뻔뻔하다는 생각은 해 본 적이 없소?"

그러나 바르는 침착했다.

"합당한 대가를 치르겠소."

"대가?"

"나는 매혼대법에 사용된 마약의 해독법을 알고 있소."

우근은 어깨를 움찔했다. 그런 우근에게 바르의 말이 이어졌다.

"중원의 의술로는 양귀비와 살비파를 동시에 해독할 수 없소. 비방을 알지 못하면 개방의 소주 분타주는 반년을 넘기지 못하고 폐인이 되고 말 것이오. 어떻소?"

우근은 바르의 두 눈을 똑바로 바라보았다. 마치 눈동자를 통해 그 내심을 읽어 내려는 듯이. 그러나 바르의 눈동자는 거짓말처럼 완벽하게 정지되어 있었다. 저런 눈동자로부터 뭔가를 읽어 낸다는 것은 인간의 심리에 아무리 달통한 사람이라고 해도 절대로 불가능한 일일 것 같았다.

그때 어디선가 처절한 비명이 울려 나왔다.

"까악!"

우근은 비명이 울려 온 방향으로 고개를 돌렸다. 거기엔 유태성의 장검에 앞가슴을 길게 베인 채 바닥으로 쓰러지는 늑대탈 괴인의 모습이 있었다. 갈라진 붉은 장포 사이로 드러난 가슴은 놀랍게도 여인의 것이지만, 그저 참혹하기만 할 뿐 다른 어떤 감흥도 주지 못하고 있었다.

우근의 시선은 이제 마지막으로 남겨진 전장 쪽으로 자연스럽게 옮아갔다. 석대문과 방령이 두 사람의 적을 맞아 펼치는 이 대 이의 격전도 이제는 거의 막바지에 접어들어 있었다. 강동의 늙고 젊은 두 검객은 진정 무서웠다. 그들을 상대하는 두

적은, 각각의 실력이 결코 예사롭지 않음에도 불구하고 서로가 등을 맞댄 채 방어에만 급급할 따름이었다.

바르가 다시 말했다.

"비방을 아는 건 오직 나뿐이오. 그리고 나는 몸이 무척 빠르다고 자부하고 있소."

물론 이것은 협박이었다.

우근은 숙고에 들어갔다. 승기를 잡았다고는 하지만 꺼리는 바가 아주 없지는 않았다. 무엇보다도 의식을 잃은 지 오래인 방기옥과 호유광의 상세가 염려스러웠다.

"좋다."

우근은 무겁게 대답한 뒤 전장을 향해 외쳤다.

"석 아우와 방 노영웅께선 검을 멈추십시오. 싸움은 이제 끝났습니다."

이에 질세라 바르도 동료들을 향해 종전의 협상이 맺어졌음을 알렸다.

영문도 모르는 채 싸움을 멈출 수밖에 없었던 방령이 앙앙불락한 얼굴로 우근에게 다가와 물었다.

"거의 끝난 마당인데 무슨 연유로 싸움을 멈추라는 것이오?"

"그게 말입니다……."

우근은 미안함을 감추지 못한 얼굴로 종전에 관한 자초지종을 설명했다.

이 무렵 바르는 십여 보쯤 떨어진 곳에 서 있는 소나무 밑동에 곧게 세운 오른쪽 인지로 뭔가를 새기고 있었다.

잠시 후 본래의 자리로 돌아온 바르가 우근을 향해 말했다.

"비방은 저곳에 남겨 놓았소. 이젠 떠나도 되겠소?"

우근은 바르의 추악한 얼굴을 다시 한 번 바라보았다. 신비한 구석이 많긴 하지만 간교한 속임수를 부릴 위인 같지는 않아 보였다.

"그렇게 하시오."

우근은 고개를 끄덕였다.

바르는 일행을 이끌고 떠났다. 부상자가 더 많은 그들이지만 시신까지 말끔히 수습해 가는 것을 보면 들개 떼처럼 규율 없는 무리는 아닌 것 같았다.

그들이 사라진 방향을 잠시 바라보던 우근이 천천히 고개를 내려 자신의 손바닥을 내려다보았다. 그의 양 손바닥은 손금의 형태를 알아볼 수 없을 만큼 심하게 찢긴 상태였다. 강호기병江湖奇兵의 하나로 꼽히는 철수객의 묵철수갑을 맨손으로 으스러뜨린 대가였다.

'나와 호유광 둘이서만 왔다면 어찌 되었을까?'

이 질문에 대한 답은 금세 나왔다. 무척이나 불길한 답이었다.

'지금쯤 이 부근 어딘가에 묻혔겠지.'

쓴웃음을 지은 우근은 갈가리 찢긴 가슴 자락을 뜯어 내 양손을 둘둘 감쌌다.

다른 일행은 바닥에 쓰러져 있는 방기옥과 호유광을 살피고 있었다. 안색들이 특별히 어둡지 않은 것을 보면 심각한 상세는 아닌 것 같았다.

우근은 일행에게로 다가갔다.

"자, 소주로 갑시다. 이젠 위 형님에게 몹쓸 짓을 한 간사한 자를 잡아내야죠."

우근의 얼굴은 어느새 밝아져 있었다.

노사부老師父

(1)

사창紗窓을 통해 흘러들어 온 햇살이 실내에 감도는 은은한 다향과 잘 어울리는 오후였다.

"천궁千穹."

귓전으로 흘러든 나직한 호명에 천궁은 실내에 들어온 이후 줄곧 내리깔고 있던 시선을 조심스럽게 들었다.

소철은 천궁에게 시선을 주지 않고 있었다. 창문 쪽으로 비스듬히 돌려놓은 의자에 몸을 깊이 묻은 채 무릎께에 펼쳐 놓은 한 권의 고서만 바라보고 있을 뿐이었다. 하지만 천궁은 개의치 않았다. 설령 소철의 다음 말이 내일 아침에나 이어진다고 해도, 그는 한 점 불만 없이 기다릴 수 있는 사람이었다.

다행히 소철은 천궁을 오래 기다리게 만들지 않았다.

"강남에 잠깐 다녀올까 하는데……."

천궁의 눈빛이 잠깐 흔들렸다. 이것은 큰 일탈이었다. 소철은 지난 몇 해간 신무전이 있는 이곳 산동 일대를 벗어난 적이 없었다.

"첫째와 셋째가 동행할 걸세."

천궁의 눈빛이 또 한 번 흔들렸다. 세 제자 중 둘을 대동한다는 것은 이번 강남행의 의미가 결코 가볍지 않음을 보여 주는 증거였다.

그러나 천궁의 마음에서 일어난 동요는 금방 가라앉았다. 소철이 누구를 대동하든, 또 행차의 의미가 무엇이든 그가 상관할 바 아니었다. 그의 관심사는 보다 세부적인 문제였다.

"행선지를 하교해 주십시오."

스락.

책장 넘기는 소리가 가볍게 울리고, 이어 소철의 대답이 뒤따랐다.

"소주 부근에 있는 석가장이네."

천궁은 우직한 성정답게 강호 정세에 그리 밝은 편이 아니었지만, 그래도 강동의 석가장이 당금 강호에서 누리는 명성과 그 명성의 중심부에 우뚝 선 젊은 가주 석대문의 이름 석 자 정도는 들어 본 적이 있었다.

"사람을 보내 통고하겠습니다."

통고라고 했다. 이것이 강북 무림의 절대자 소철의 행차 방식이었다. 사람을 보내 통고하고, 영접할 날짜를 약속받은 뒤, 그것을 바탕으로 행차의 제반 일정을 짜 나가는 것이다. 그리고 천궁이 기억하는 한 이 방식에 예외는 없었다. 상대가 누구든, 그곳이 어디든 말이다.

그런데 이번에는 달랐다. 소철은 읽고 있던 책에서 시선을 떼어 천궁을 바라보았다.

"결례가 될지도 모르니 가서 알리는 것으로 하지."

천궁의 눈빛이 세 번째로 흔들렸다.

결례라니? 석가장에 어떤 대단한 고인이 있어 천하의 소철로 하여금 결례란 단어를 입 밖에 내도록 만든단 말인가!

'석대문?'

하지만 천궁은 곧바로 그 생각을 접었다. 석대문이 비록 당금 강호에서 가장 주목받는 신성 중 하나라고 하지만, 소철과 비교하면 젖비린내 나는 애송이에 불과했다. 그 정도로는 어림도 없었다. 천궁이 아닌 천하의 누구라도 이렇게밖에는 생각할 수 없었을 것이다.

아쉽게도 소철은 천궁의 호기심을 풀어 주려 하지 않았다.

"요란하게 보이고 싶진 않으니 수행 인원은 최소로 잡게. 출발은 모레 아침에 하겠네."

이 말이 끝났을 때, 소철의 시선은 이미 책장으로 돌아가 있었다.

천궁은 잠시 머뭇거렸지만 앞서와 마찬가지로 이내 평정을 되찾을 수 있었다. 소철이 실체라면 그는 그림자였다. 그림자에게 호기심은 어울리지 않았다. 실체가 움직이면 그림자는 따를 뿐이다.

"준비하겠습니다."

천궁은 소철을 향해 허리를 깊이 숙였다. 실체와 그림자의 짧은 면담은 이렇게 끝났다.

2

배첩拜帖을 받아 펼친 순간, 썩은 술내를 풀풀 풍기는 노인의 손은 분명히 떨렸다. 비록 지극히 미약하여 눈여겨보지 않으면 발견하기 힘든 떨림에 불과했지만, 배첩을 건넨 당사자인 도정은 그것을 놓치지 않았다.

'수전증은 아닌 것 같고…….'

도정은 뒤통수를 긁었다. 근래에 생긴, 뭔가 납득하기 힘든 일을 발견했을 때 하는 버릇이었다.

손이 떨렸다는 것은 배첩에 적힌 이름을 안다는 증거였다. 그것은 조금도 이상한 일이 아니었다. 까막눈이 아니라면, 그리고 이 석가장이 무림세가가 분명하다면, 아무리 천한 비복이라도 배첩에 적힌 이름 정도는 알아보는 게 정상이었다.

도정이 정작 납득할 수 없는 일은 그 떨림이 순식간에 가라앉았다는 사실이다. 감히 순식간에 말이다!

도정의 이런 곤혹을 아는지 모르는지, 노인은 배첩을 곱게 접어 품에 넣은 뒤 두 손을 모아 눈썹 높이로 들어 올렸다.

"귀빈께서 왕림하셨구려. 환영하오."

도정은 순간적으로 두 눈을 비비고 싶은 충동을 느꼈다. 조금 전까지만 해도 세가의 정문 앞을 쓸던 늙고 추레한 비복이 정녕 이 사람이 맞는 것일까? 비굴하지도, 그렇다고 거만하지도 않은 절도 있는 환영 인사에 도정은 자신도 모르게 노인을 향해 마주 포권하고 말았다.

"환대에 감사드립니다."

포권을 푼 노인은 조금 떨어진 곳에 서 있던 장년인 하나를 불렀다.

"송대, 이리 와 보게."

송대라 불린 장년인이 종종 걸음으로 다가오더니 도정의 얼굴을 흘끔거렸다. 수수한 의복이며 손에 쥔 빗자루 등이 노인과 마찬가지로 비복의 행색이지만, 노인으로부터 비롯된 혼란에서 아직 헤어나지 못한 도정으로선 감히 소홀히 대할 수 없었다.

"먼 길을 오신 분들이네. 즉시 빈청賓廳으로 안내해 드리게."

노인이 말하자 송대는 인상을 찌푸렸다.

"직접 하시지 그래요. 난 지금 할 일이 많은데……."

"누군가 한 사람은 윗분들께 알려야 할 게 아닌가. 귀한 손님이니 쓸데없는 소릴랑은 집어치우고 대접에 소홀함이 없도록 주의하게나."

"쳇, 알았어요."

이 짧은 대화를 듣는 동안 도정은 두 가지 사실을 확인할 수 있었다. 첫째, 송대란 자는 실實과 명名이 일치하는 비복이 분명하고, 둘째, 그런 송대로부터 그리 공경을 받지 못하는 노인은 실은 잘 모르지만 명만큼은 비복이 분명했다. 그러자 더욱 궁금해졌다. 대체 노인의 실은 무엇일까?

실과 명 사이에 아리송한 괴리를 가진 그 노인이 도정을 향해 고개를 돌렸다.

"우선 저 사람을 따라 빈청으로 가시지요. 윗분들께서 곧 납시실 거외다."

"말씀을 따르겠습니다."

노인은 도정에게 슬쩍 목례를 보낸 뒤 정문 안으로 들어갔다. 처음 배첩을 받을 때만 해도 비탈길 소나무처럼 구부정하던 노인의 허리가 지금은 무슨 조화에서인지 비 갠 뒤 대나무처럼 싱싱해 보였다.

'그것참…….'
도정의 오른손은 다시금 뒤통수로 올라가고 있었다.

　가주의 친동생 석대전이 차갑고 오만한 성격의 소유자란 점은 세가의 모든 식솔이 아는 사실이었다. 그리고 그것이 십일 년 전 세가 내에서 벌어진 어떤 비극적인 사건의 결과라는 점 또한 석가장의 밥을 먹는 이라면 모르는 사람이 없는 사실이었다. 석가장의 총관 정효도 물론 그런 사실들을 잘 알고 있었다. 하지만…….
　'그래도 이 정도일 줄은 몰랐군.'
　정효는 석대전의 얼굴을 바라보며 이런 생각을 떠올렸다.
　제아무리 차갑고 오만하다고 해도 이십 대 초반의 피 끓는 나이를 부정할 수는 없을 터. 감정을 다스리는 데에도 분명 한계가 있으련만, 석대전은 이미 오래전에 그 한계를 초월한 것처럼 보였다. 그게 아니고서야 저 배첩을 보고서도 표정 하나 변하지 않을 수는 없는 일이었다.
　정효는 배첩에 적힌 글귀를 똑똑히 기억하고 있었다.

　　신무전주 소철이 뵙기를 청하오[神武殿主 蘇詰 請謁].

　소철이 누군가!
　당금 강호를 양분하고 있는 양대 세력 중 한 곳의 주인이자, 백도에서 가장 막강한 영향력을 행사하는 절대적인 권력자가 아닌가!

소림사의 방장대사, 무당파의 장문진인조차도 눈 아래에 두고 굽어본다는 그 소철이 아무런 사전 통고 없이 달랑 배첩 한 장에 기대어 이 석가장을 방문한 것이다. 그리고 지금 그 소철을 상대해야 하는 사람은, 가주 부재 시 가주의 권한과 의무를 대행하는 이가주 석대전인 것이다. 안절부절못하는 모습까지는 아니더라도 최소한 황망해하는 표정은 지어 보이는 게 정상일 텐데…….

　"하필 이런 때…….”

　이 말이 석대전이 겉으로 드러낸 유일한 반응이었으니 정효로서는 그저 경이로울 따름이었다.

　"수행원의 규모는 얼마나 됩니까?"

　석대전의 물음에 정효는 아는 바를 대답했다.

　"이십 명 안팎입니다."

　"생각보다는 적군요. 지금은 어디에?"

　"빈청으로 모셨습니다."

　석대전은 주먹 쥔 오른손으로 자신의 오른쪽 볼을 툭툭 두드리기 시작했다. 석씨 형제들의 성장 과정을 어린 시절부터 지켜봐 온 정효는 지금 석대전에게 뭔가 고민거리가 있음을 알 수 있었다.

　이 상황에서 고민거리란 단 한 가지뿐. 낮도깨비처럼 불쑥 찾아온 어마어마한 귀빈을 어떻게 대접하느냐 하는 것 외에 다른 고민거리가 있을 리 없었다.

　이런 종류의 경험이 풍부한 정효는 젊은 가주 대행의 고민을 덜어 주고 싶었다.

　"우선 빈청으로 가셔서 소 전주와 인사를 나누십시오. 거기서 조금 이야기를 나누시다가 기회를 봐서 만심각滿心閣으로 자리를 옮기시면 됩니다."

볼을 두드리던 석대전의 손길이 멎었다.

"만심각에는 왜……?"

"만심각 일 층 대전에 곧 연석이 마련될 겁니다."

"빠르군요."

아마도 칭찬의 의미였으리라. 그래서 정효는 고개를 흔들었다.

"저는 별로 한 일이 없습니다. 연석에 관한 부분은 주모主母
님께서 하신 말씀을 그대로 옮긴 데 불과하니까요."

정효에게 주모 소리를 들을 수 있는 이는 오직 한 사람뿐이었다. 바로 석가장의 안주인이자 석대전에게는 형수가 되는 석
부인이었다. 처녀 적에 왕씨 성을 쓰던 그녀는 여인답지 않게
호방한 가운데도 세심했고, 그래서 웬만한 일에는 당황하는 법
이 없었다.

"형수님께서 벌써 이 소식을 아신단 말입니까?"

이렇게 묻는 석대전의 미간엔 작은 주름이 잡혀 있었다.

"예. 이리로 오는 길에 주모님을 뵈었습니다. 화 노인으로부
터 따로 전갈을 받으신 눈치시더군요."

"화 노인요?"

정효는 고개를 갸웃거렸다.

"말씀드리지 않았나요? 처음 정문에서 손님들을 맞은 사람이
바로 화 노인입니다."

석대전의 미간에 잡힌 주름들이 더욱 선명해졌다. 그것을 놓
치지 않은 정효는 완곡한 말로 화 노인을 두둔했다.

"누구를 통하지 않고 곧장 주모께 알린 점은 조금 주제넘다
는 생각도 듭니다만, 어쨌거나 화 노인 덕분에 일 처리가 순조

로워졌으니 탓할 문제만은 아니라고 봅니다."

석대전은 한참을 아무 말 없이 서 있었다. 꽉 다문 입 매무새
는, 비록 차갑고 오만하기는 해도 난폭하지는 않은 이 청년이
참으로 드물게 화를 내고 있음을 보여 주고 있었다.

'아마도…… 그것 때문이겠지.'

정효는 어렴풋이나마 이해할 수 있을 것 같았다. 웬만한 일
에는 관심조차 두지 않는 석대전이 왜 화 노인에 관련된 일만큼
은 유독 날카롭게 반응하는지를.

석가장은 무림세가답게 위계에 매우 엄격했지만, 오직 두 사
람만큼은 모든 위계로부터 완전히 독립되어 있었다. 세가의 후
원에 자리 잡은 초당에서 차 밭을 가꾸며 소일하는 괴팍한 늙은
이 운 노사부와 밤낮으로 술독만 끼고 보내는 문지기 아닌 문지
기 화 노인이 바로 그들이었다.

그중 화 노인은 어린 석씨 형제들에게 있어서 혈육만큼이나
가까운 존재였다. 세가에 머무는 날보다 세가를 비우는 날이 더
많았던 전대 가주 석안을 대신하여 그는 아이들에게 좋은 친구
가 되어 주었고, 세심한 보호자가 되어 주었으며, 자애로운 스
승이 되어 주었다.

그 가운데에도 석대전과 화 노인의 관계는 각별했다. 어린 시
절, 석대전은 툭 건드리기만 해도 눈물부터 쏟아 내던 유약한 아
이였다. 그리고 화 노인은 그런 석대전을 가장 아끼고 사랑했다.
기르던 작은 새가 죽은 날이라든지 부친에게서 꾸지람을 들은
날에는, 세가 사람들은 울먹이는 어린 석대전을 구부정한 등에
업은 채 달래 주는 화 노인의 모습을 심심찮게 볼 수 있었다.

그래서일까? 악몽 같은 그 비극을 겪은 뒤 전혀 다른 사람이
된 것처럼 차갑고 오만하게 변해 버린 석대전을 화 노인은 좀처

럼 인정하려 들지 않았다. 그의 눈에 비친 지금의 석대전은 과거의 고통을 이기지 못해 아직까지도 방황하고 있는 가련한 어린아이에 지나지 않는지도 모른다.

물론 석대전도 화 노인의 그런 심정을 모르지는 않을 것이다. 그래서 싫은 것이다. 화 노인이 미운 건 아니지만 그로 인해 자꾸만 되살아나는 유년의 기억, 뇌리에서 지워 버리기 위해 다정다감한 천성마저도 버려야만 했던 그 끔찍한 기억이 미운 것이다. 견디기 힘든 것이다.

"후우."

어딘지 공허한 느낌을 주는 작은 한숨 소리가 정효를 상념에서 돌아오게 만들었다.

단 한 번의 한숨으로 심화를 모두 다스린 것일까? 석대전의 표정은 평소처럼 돌아와 있었다. 희로애락을 읽어 낼 수 없는 완벽한 무표정함. 바닷속 깊은 곳으로 침잠한 광물의 차가움.

정효는 지난 십일 년간 석대전이 홀로 키워 온 장벽이 얼마나 높고 단단한지 알 것 같았다. 화날 땐 화내고 슬플 땐 슬퍼하면 차라리 마음 편하련만.

이윽고 석대전이 입을 열었다.

"빈청으로 가겠습니다. 동행해 주시겠습니까?"

정효는 석대전의 얼굴을 물끄러미 바라보다가 천천히 허리를 구부렸다.

"명을 받들겠습니다."

⌒⌒

방문단의 첫인상은 점령군 같았다.

적의나 욕망 따위는 눈곱만큼도 찾아볼 수 없는 그들에게 점령군이라는 표현은 분명 심한 면이 있겠지만, 석대전은 빈청에 모여 있는 그들을 바라보는 동안 자신도 모르게 그런 생각을 떠올리게 되었다.

단지 머무는 것만으로도 공간을 자연스럽게 장악하는 기세. 저들에게는 그런 기세가 있었다. 강북 무림의 패주, 북악 신무전에서 나온 이들다웠다.

석대전은 짧게 심호흡을 한 뒤 빈청 안으로 발을 들여놓았다.

스물 안팎의 사내들로 구성된 방문단 가운데 한 사람이 석대전의 앞으로 다가왔다.

"석 소협, 오랜만입니다."

반가운 목소리로 인사를 건네는 사람은 눈매가 선해 보이는 잘생긴 청년이었다. 석대전은 그 청년이 누구인지를 금방 기억해 낼 수 있었다. 구양현. 신무전주 소철의 셋째 제자. 자신보다는 서너 살 연상인 것으로 기억하고 있었다.

석대전은 구양현을 향해 포권을 올렸다.

"반갑습니다. 형님 결혼식 때 뵙고 처음인 것 같군요."

구양현은 과거에도 이 석가장에 온 적이 있었다. 삼 년 전 석대문의 결혼식 때 신무전에서 파견한 축하 사절단의 일원이었기 때문이다. 석대전과 안면을 튼 것도 그때의 일이었다.

구양현은 삼 년 전과 마찬가지로 예의 바르고 우호적이었다.

"수련을 마치셨다는 소문은 들었습니다. 이참에 완전히 귀가하신 모양입니다."

석대전은 고개를 저었다.

"일이 있어 와 있을 뿐입니다. 정리되는 대로 사문으로 돌아가야겠지요."

석대전의 사문은 냉면무정검 방령이 창건한 강동의 명문, 사자검문이었다.

"그렇군요."라고 대답하면서 구양현이 석대전의 뒷전을 힐끔거렸다.

"한데 가주께선 어디에 계시는지?"

석대전은 당황하지 않고 차분히 대답했다.

"형님께선 지금 세가에 계시지 않습니다. 세가를 비우신 지 제법 여러 날 되었지요. 불민한 제가 귀인들을 영접하는 것도 바로 그 때문입니다."

구양현이 조심스럽게 물었다.

"가주께 혹 무슨 일이라도……?"

"자세한 사정은 저도 잘 모르겠습니다."

짧게 설명할 수 있는 이야기가 아닌지라 석대전은 적당히 얼버무렸다. 구양현은 아쉬운 눈치를 보였지만 이내 빙그레 웃었다.

"꼭 뵙고 싶었지만 어쩔 수 없지요. 누구를 탓하겠습니까? 시기를 맞추지 못한 제 박복함을 탓할 수밖에요."

그때 구양현의 등 뒤로 누군가의 목소리가 들려왔다.

"현아, 석 공자를 이리로 모셔 오너라."

구양현은 깜짝 놀란 표정을 지었다.

"이런, 사부님을 놔두고 이게 뭐 하는 짓이람! 석 소협, 사부님을 뵈러 갑시다."

구양현은 석대전을 이끌고 빈청 중앙으로 나아갔다.

빈청 중앙에는 둥근 다탁이 놓여 있었는데, 그 앞에 앉아 있던 노인 하나가 두 사람이 다가오자 천천히 몸을 일으켰다. 눈을 맞은 듯 새하얀 머리카락과 일신에 걸친 담청색 장포가 전체적으로 깔끔한 분위기를 풍기는 노인이었다.

"석 공자를 모시고 왔습니다."

구양현이 노인을 향해 머리를 조아리며 말했다. 노인은 고개를 한 번 끄덕인 뒤 석대전에게로 눈길을 주었다.

그 순간 석대전은 흠칫 어깨를 떨었다. 노인의 눈길과 마주친 순간 한 줄기 괴이한 기분이 전신을 엄습해 왔기 때문이다. 그 기분을 어떻게 형용할 수 있을까? 머리 위를 덮쳐 오는 거대한 파도를 망연히 바라보기만 하는 기분이랄까?

다행히도 그러한 기분은 금방 사라졌다. 감각에 머문 시간이 너무도 짧아, 애당초 착각한 게 아닌가 하는 의심마저 들 지경이었다. 그러나 석대전은 자신이 결코 착각하지 않았음을 확신할 수 있었다. 거대한 파도는 존재하지 않았지만 그보다 더욱 거대한 인간은 존재했다. 신무전주 소철. 강북 무림의 절대자.

석대전은 소철을 향해 읍례揖禮를 올렸다.

"석가장의 모든 식솔들을 대표하여 왕림을 환영합니다. 소생은 폐가에서 둘째 가주직을 맡고 있는 석대전이라고 합니다."

현기증을 느낄 만큼 아찔하던 첫 대면의 느낌과는 달리 소철은 소탈한 미소로 석대전의 읍례에 답해 주었다.

"불청객을 너무 환대해 주시는구먼. 반갑네."

하대가 오히려 자연스러운 것은 소철이기에 가능한 일이리라.

읍례를 마친 석대전이 허리를 편 뒤 말했다.

"먼 길을 오셨는데 공연한 걸음을 하시게 한 것 같아 몹시 송구스럽습니다."

소철은 고개를 살짝 갸웃거렸다.

"공연한 걸음이라니?"

"가형께서 부재중이라 드리는 말씀입니다."

"아하, 석 공자는 노부가 석 가주를 만나러 왔다고 생각하신 게로군."

이번에는 석대전이 어리둥절해졌다. 소철 같은 절대자의 흥미를 끌 만한 인물은 세가 내에 오직 석대문 한 사람밖에 없으리라 철석같이 믿어 왔기 때문이다.

"물론 석 가주까지 만날 수 있다면 더할 나위 없이 좋은 일이 겠지. 하지만 노부가 이번에 불원천리 찾아온 것은 석 가주를 만나기 위함이 아니라네."

"그러면 누구를……?"

"노부는 운 노사부를 뵈러 왔다네."

"예?"

감정을 좀처럼 얼굴에 드러내지 않는 석대전이지만 이번만큼은 얼빠진 표정을 지을 수밖에 없었다.

"왜 그러시는가? 혹시 그분도 세가를 비우신 겐가?"

석대전은 황망하게 고개를 저었다.

"아, 아닙니다."

"그래? 헛걸음을 한 게 아니어서 다행이군."

이렇게 안도하는 소철에게, 석대전은 잠시 주저하다가 물었다.

"외람된 줄은 아오나, 무슨 용건으로 그 어른을 뵈려 하시는지 여쭤 봐도 되겠습니까?"

"그건 왜 묻는가?"

"별다른 뜻이 있는 것은 아닙니다. 다만 오래전부터 바깥출입을 폐하신 어른인지라 찾는 분이 계시다는 사실이 신기해서 여쭙는 것입니다."

소철은 빙긋 웃었다.

"누군가 소개해 주더군. 찾아뵈면 많은 것을 가르침 받을 수 있을 거라고 말일세."

말투로 미루어 소철은 운 노사부를 진심으로 높이 평가하고 있는 것 같았다. 그것은 실로 신기한 일이 아닐 수 없었다. 석대전이 아는 운 노사부는, 조금 심하게 말하자면, 죽을 날만 기다리는 폐물과 마찬가지였다. 누군가로부터 높은 평가를 받을 만한 위치에 있는 사람은 절대 아닌 것이다. 그리고 그 '누군가'가 만약 소철이라면 더 말할 나위도 없었다.

석대전은 동행한 정효를 돌아보았다.

"정 총관, 운 노사부를 만심각으로 모셔 오도록 하세요."

"알겠습니다."

정효가 대답하고 자리를 뜨려 하는데 소철이 손을 들어 그를 만류했다.

"그건 도리가 아닌 듯하구먼. 일개 무부에 불과한 노부가 어찌 왕후王侯처럼 가르침을 내리실 스승에게 오라 가라 한단 말인가. 정 총관이라고 했는가? 가능하다면 노부를 그분이 계신 곳으로 안내해 주게나."

정효는 가타부타 대답을 못 하고 석대전의 눈치를 살폈다. 석대전이 소철에게 말했다.

"지금 만심각에는 환영 연회가 준비되어 있습니다. 웬만하면 그곳에서 뵙도록 하시지요."

그러나 소철은 고개를 저었다.

"아닐세. 번잡한 자리에서 청할 만한 가르침이 아니야. 게다가 잔치란 원래 나 같은 늙은이가 빠져 줘야 더 흥이 나는 법이지."

"그런 황공한 말씀을……."

석대전이 민망해하는 표정으로 말끝을 흐리자, 소철은 뒤를 돌아보며 누군가에게 물었다.

"정아, 내 말이 맞느냐, 틀리느냐?"

소철의 질문이 향한 사람은 두어 걸음 떨어진 곳에서 구양현과 함께 시립해 있던 마의 장한이었다. 그런데 그는 감히 대신 무전주의 질문을 받고도 부스스한 머리카락을 두어 번 긁적이더니 이렇게 되묻는 것이었다.

"에…… 솔직히 대답 드려도 될까요?"

작은 한숨으로 대꾸를 대신한 소철이 다시 석대전을 바라보며 조금 구슬픈 표정을 지었다.

"제자에게 솔직한 대답을 듣고 싶지 않은 걸 보니 내가 늙은 게 맞는 모양일세. 내 뜻대로 해 주겠는가?"

석대전은 소철과 마의 장한을 번갈아 쳐다보다가 마음을 정했다. 주빈이 빠진 연회를 치르고 싶지는 않았지만, 소철이 저렇게까지 나오는 데야 더 이상 어쩔 수 없었다.

"말씀을 따르겠습니다. 정 총관, 전주님을 후원으로 안내해 드리세요."

가주 대행의 지시에 복명하는 정효를 보며 소철은 만족한 미소를 지었다.

"고맙네."

(3)

만심각의 일 층 대전.

땅거미가 시작되는 창 너머로는 계절이 바뀜을 알리는 풀벌레 소리가 운치 있고, 창을 통해 흘러들어 오는 저녁 바람에는 정원의 꽃향기가 은은하게 배어 있었다.

대전 가운데엔 열두 개의 긴 탁자들이 '올π' 자 모양으로 배설되어 있었다. 오십 명이 넘는 사람들이 동시에 앉을 수 있을 만큼 넉넉한 자리였다.

좌석의 배치를 살펴보면, 신무전 손님들과 석가장 가신들이 각각 동쪽과 서쪽으로 나뉘어 앉았고, 올 자의 머리에 해당하는 상석에는 양측을 대표하는 도정과 구양현과 석대전 세 사람이 의자를 나란히 하여 앉아 있었다.

본격적인 연회는 아직 시작되지 않은 듯, 탁자를 차지하고 있는 것은 간단한 다과가 전부였다.

대전 안의 분위기는 무척 서먹했다. 충분히 그럴 만한 일이었다. 맞은편에 앉은 초면인 사람을 빤히 바라보며 풀 우려낸 물을 마신다는 것은 누구에게나 어색한 일이 아닐 수 없었다. 간간이 들리는 것이라곤 서먹함을 얼버무리려는 헛기침 소리뿐.

그 서먹함 속으로 걸걸한 목소리가 뛰어들었다.

"젠장, 답답해 못 참겠군!"

오십여 쌍의 시선들이 목소리의 주인에게로 일제히 꽂혔다. 상석의 한자리를 차지하고 있는 도정이 바로 그 주인공이었다.

도정은 사람들의 시선이 자신에게 쏠린 것도 의식하지 못한 듯 뒷머리를 잡고 낑낑대다가, 옆자리에 앉은 구양현에게 머리통을 불쑥 들이밀었다.

"막내야, 이것 좀 어떻게 해 봐라."

구양현은 훅 밀려드는 퀴퀴한 머리 냄새에 눈살을 찌푸렸다.

"뭐 말입니까?"

"안 보여? 그 머리띠 말이다."

과연 도정의 올 굵은 고수머리는 한 가닥 새하얀 머리띠에 단단히 틀어 잡혀 있었다. 구양현은 혀를 찼다. 오늘 아침 객사客舍를 출발하기 전, 도정이 한 말이 떠올랐기 때문이다.

　"형수님께 약속하셨다면서요? 석가장분들과 처음 만나는 자리에선 이 머리띠를 꼭 매고 있겠다고요."

　객사를 출발하기 전, 도정은 그렇게 말하며 제 손으로 직접 머리띠를 동여맸다. 심지어는 제대로 묶였는지 확인해 달라며 구양현으로 하여금 여러 번 당겨 보게까지 했다. 그러고는 우쭐거리며 꺼낸, "진정한 남자는 약속을 소중히 여겨야지."라는 말까지도 구양현은 똑똑히 기억하고 있었다.

　구양현의 면박에도 도정은 들이민 머리통을 빼지 않았다.

　"막내, 넌 그래서 글렀다는 거야. 내가 누누이 말했잖아. 진정한 남자는 시시콜콜한 기억에 얽매여선 안 된다고 말이야."

　어이가 없어진 구양현은 그저 실소만 흘릴 뿐이었다.

　"목 아파. 빨리 좀 어떻게 해 보라니까."

　거듭된 채근에 구양현은 별수 없이 도정의 냄새나는 뒷머리에 손가락을 찔러 넣었다. 그런데 뜻밖에도 간단하지가 않았다. 대부분의 사내들이 그러하듯, 이런 종류의 매듭과 씨름하는 일은 구양현에게도 몹시 생경했기 때문이다.

　그런데 바로 그때, 의자 뒤편에서 다가온 손 하나가 구양현의 손을 살며시 밀어내는 것이었다.

　흠칫 놀란 구양현이 고개를 돌렸다. 어느 틈엔가 그의 의자 뒤에는 한 사람이 다가와 있었다. 구름처럼 틀어 올린 머리카락과 초승달처럼 휘어진 눈매가 보는 이의 마음을 포근히 만들어 주는 삼십 대 미부였다.

　'어?'

구양현은 미부를 향해 뭐라 말하려 했다. 그녀는 부드러운 눈웃음과 함께 희고 긴 손가락을 내밀어 그의 입술을 살짝 눌렀다. 그러고는 구양현을 대신하여 도정의 머리띠를 풀기 시작했다.

여자의 손길에는 사내들에겐 없는 오묘한 힘이 깃들어 있었다. 그토록 오달지던 매듭이 미부의 손길 아래에선 너무도 간단히 풀렸다. 해방을 얻은 지저분한 머리카락들이 도정의 얼굴로 주르륵 흩어져 내렸다.

"어, 시원하다! 막내야, 고맙…….."

도정의 사례는 중도에서 뚝 잘렸다. 그의 두 눈이 왕방울처럼 휘둥그레졌다.

미부는 도정의 얼굴을 바라보며 생긋 웃었다.

"머리를 자주 안 감는 건 여전하시네요, 도 오라버니."

도정은 미부의 얼굴을 손가락으로 가리키며 "어? 어?" 소리만 연발했다.

"갑자기 벙어리가 되셨나요? 오랜만에 만난 동생에게 인사 한마디 안 해 주시네요."

미부가 핀잔을 주자 도정의 말문이 비로소 터졌다.

"그, 그대는 신기보神機堡의 왕王 소저?"

"어머, 실례예요. 이젠 석 부인이라고 부르셔야죠."

미부의 지적에 도정은 돌연 한숨을 푹 내쉬었다.

"맞아, 그대가 시집간 곳이 바로 여기였군."

"벌써 잊어버리셨나요? 호호!"

입을 가리며 소리 내어 웃는 이 미부의 처녀 적 이름은 왕도군.

산동의 명문 신기보 출신인 그녀는 도정과는 막역한 사이

였다. 친오빠인 신기보주 왕민王敏과 도정이 둘도 없는 불알친
구 사이이기 때문이었다.

오빠 동생 하고 지내는 사이란 게 대개 그러하듯, 도정과 왕
도군의 관계도 발전적인 국면으로 접어들 뻔한 적이 있었다. 그
러나 하늘이 정해 준 인연은 따로 있었는지 두 사람의 관계는
더 이상 진전되지 않았고, 삼 년 전 왕도군이 강동제일인 석대
문에게 출가함으로써 이제는 완전히 끝난 과거의 추억이 되어
버렸다.

"정말로 까맣게 잊고 있었소, 절대로 잊지 않을 줄 알았는
데."

도정의 말에 석 부인은 조금 서운하다는 표정을 지었다.

"부인께서 잘해 주시는 모양이네요. 저 같은 건 까맣게 잊어
버릴 만큼요."

도정은 고개를 끄덕였다.

"그녀는 내게 항상 잘해 준다오. 물론 그대의 남편도 그렇겠
지?"

"아무렴요. 하지만 너무 고지식한 양반이라 조금 재미없기
도 하지요. 그래서인지 요즘은 가끔씩 도 오라버니 생각이 나
던걸요."

"무, 무슨 재미도 없는 농담을……."

석 부인이 눈웃음까지 살살 치며 놀리자 도정은 떠꺼머리총
각처럼 얼굴을 붉혔다.

이제껏 듣기만 하던 석대전이 대화에 끼어들었다.

"두 분이 서로 아시는 사이였다니 정말 놀랍습니다."

석 부인이 그를 돌아보며 말했다.

"도련님은 모르셨을 거예요. 가군家君과 혼인하던 날, 저 양

반이 들이닥쳐 소란을 부리면 어쩌나 하고 제가 얼마나 마음 졸였는지를요."

발끈한 도정이 따져 물었다.

"내가 그대의 혼인식장에서 왜 소란을 부린단 말이오?"

석 부인은 도정의 눈을 빤히 들여다보며 되물었다.

"날 버리고 다른 작자에게 시집가면 혼인식 날 모두 뒤집어 버리겠다고 으름장 놓던 일을 벌써 잊으셨나 보죠?"

도정은 눈알을 뒤룩뒤룩 굴리다가 가까스로 대답했다.

"시시콜콜한 기억에 얽매여선 결코……."

"결코 진정한 남자라 할 수 없겠죠. 어련하시겠어요."

석 부인이 도정의 머리에서 끌러 낸 머리띠를 살랑살랑 흔들어 보이자 도정은 입을 꾹 다물고 말았다. 석 부인은 그런 도정을 향해 싱긋 웃어 보이고는 신무전의 방문단이 앉은 동쪽 좌석을 향해 말했다.

"오래 기다리셨습니다. 부족한 살림이지만 정성을 다해 준비했으니 부디 맛있게 드시고 여독을 달래시기 바랍니다."

석 부인이 짝, 짝, 손뼉을 치자 대전의 문이 활짝 열리며 양손에 큰 접시를 든 하인들이 줄지어 들어오기 시작했다. 붉은 봉지封紙가 떼인 술 단지와 형형색색의 요리들이 담긴 접시 들이 식탁에 차례차례 놓였다. 향긋한 주향과 구수한 음식 냄새가 서먹하게 식어 있던 대전의 공기를 기분 좋은 온도로 달구기 시작했다.

모든 이들의 움직임이 부쩍 부산해진 와중에 유독 구양현의 시선을 잡아끄는 사람이 있었다. 그 사람은 연분홍 나군羅裙에 얇은 하늘색 배자褙子를 입은, 이미 소녀라고 부를 나이는 넘긴 여인이었다.

후리후리한 키에 시원한 이목구비가 마치 여름날의 숲 기운처럼 상쾌한 분위기를 안겨 주는 여인.

그 여인은 구양현이 앉은 상석 쪽으로 곧장 다가오더니, 석 부인에게 말을 걸었다.

"언니, 처녀 적 친구란 분이 바로 이분인가요?"

석 부인이 짓궂게 대답했다.

"바로 보았어요, 아가씨. 여기 계신 도 대협이 제 처녀 적 짝사랑이었죠."

"어머! 큰오라버니 돌아오시면 꼭 알려 드려야겠네, 연적이 나타났으니 조심하시라고."

도정은 또 한 번 얼굴을 붉혔다.

"무, 무슨 재미도 없는 농담을⋯⋯."

여자 둘이서 남자 하나를 바보로 만들기란 이처럼 간단했다. 여인의 시선이 이번엔 구양현에게 옮아 왔다.

"한데 이분은⋯⋯?"

그러자 석 부인이 구양현을 여인에게 소개했다.

"기억 안 나세요? 제 혼인식 때 축하주를 드시러 와 주신 신무전의 구양 소협이시잖아요."

"아!"

여인은 눈을 크게 뜨며 활짝 웃었다. 그 순간 구양현은 자신도 모르게 콧잔등을 찡그리고 말았다. 여인의 웃음은 전광처럼 강렬하게 그의 심장을 두드리고 있었다. 이것은 그가 한 번도 경험하지 못한 지독한 자극이었다.

석 부인이 구양현을 돌아보며 말했다.

"구양 소협도 기억 못 하시나 봐요? 이래서 사내들은 곤란하다니까. 잘 생각해 보세요. 강동제일가의 꽃, 제 시누이예요."

여인이 구양현에게 머리를 살짝 숙여 보였다.

"석지란石芝蘭이라고 합니다."

'석……지란?'

구양현은 머리를 세게 얻어맞은 사람처럼 멍한 표정을 지었다. 여인의 이름이 석지란이 분명하다면 분명 초면은 아니었다. 삼 년 전의 혼인식장에서도 석지란이란 이름을 가진 사람과 인사를 나눈 기억이 있기 때문이었다.

그런데 너무 달랐다. 콧잔등에 주근깨가 송송하던 어리고 토실토실한 소녀가 불과 삼 년 사이에 이런 늘씬한 미녀로 변해 그에게 다시 인사를 건네고 있는 것이다.

소녀와 여인은 이만큼이나 다른 것일까?

남자들로선 절대로 이해할 수 없는 여성의 신비였다.

이런 구양현의 심중을 읽은 듯, 석 부인이 의미심장한 미소를 떠올리며 말했다.

"분위기를 보아하니, 잘하면 제 쪽에서 축하주를 얻어먹을 일이 생기겠는걸요."

아까는 두 여자가 한 남자를 놀리더니, 이번엔 한 여자가 두 남녀를 놀리고 있었다.

구양현과 석지란은 홍조 띤 얼굴로 서로를 돌아보다가 그 눈길이 얄궂어 또 한 번 얼굴을 붉히고 말았다.

그 흔한 당호 하나 달려 있지 않은 작은 초당이었다.

특별히 망가진 데는 눈에 띄지 않지만 낡고 오래된 흔적이 곳곳에 남아 있어 발 한 번 세게 구르면 폭삭 무너질 것 같았다.

운 노사부는 그 초당을 닮은 낡고 오래된 노인이었다. 어찌나 낡고 오래되었는지, 마주하고 있는 백발의 소철이 청년처럼 보일 지경이었다.

그러나 소철은 처음 초당에 오를 때의 근공함을 여전히 지키고 있었다. 속된 잣대로는 진실한 덕을 잴 수 없는 법. 진인眞人의 위대함은 외관의 미추와 무관함을 그는 잘 알고 있었다.

"천궁."

소철이 조용히 말했다. 그러자 붉은 비단으로 포장한 목궤를 든 중년의 사내가 초당 안으로 들어왔다. 소철의 경호를 책임지는 무영군의 대장 천궁이었다. 다른 수행원들은 모두 만심각의 연회에 참석했지만 오직 천궁만은 소철을 따라 이곳으로 왔다. 무영군은 그림자가 없다지만 그는 소철의 그림자, 어느 순간에건 곁을 떠나지 않았다.

"여기 두고 가게."

소철의 지시에 천궁은 들고 온 목궤를 소철의 앞에 내려놓은 뒤, 뒷걸음질로 물러갔다.

소철은 목궤를 운 노사부 쪽으로 슬며시 밀었다. 운 노사부는 축 늘어진 눈까풀을 힘겹게 들어 올려 그것을 내려다보았다.

"이게 뭐요?"

"선생과의 인연을 기념하기 위해 마련한 약소한 예물입니다. 부디 거절하지 마시길."

운 노사부는 이빨이 모두 빠져 가뜩이나 합죽한 입을 더욱 합죽하게 만들며 웃었다.

"예물이라…… 들어 본 지 삼십 년은 되는 말 같구려. 부자란 역시 좋구먼."

운 노사부는 목궤의 포장을 서슴없이 풀었다. 그 안에는 찻잎을 우려내는 데 쓰이는 차관茶罐 하나와 조그만 찻잔 네 개가 담겨 있었다. 가늘게 접은 눈으로 그것들을 살피던 운 노사부의 늙은 얼굴에 이내 놀라움의 기색이 떠올랐다.

"이건 다성茶聖의 진품이 아니오?"

소철은 담담히 웃으며 대답했다.

"그렇습니다. 안진경顔眞卿이 다성 육우陸羽에게 선물한 물건이지요."

육우와 안진경은 모두 당나라 때 사람이다. 〈다경茶經〉을 저술하여 후세에 다성으로 추앙받는 육우는 당대의 최고 명필이던 안진경과 지음知音의 교분을 나누었다고 한다. 지금 목궤 안에 들어 있는 다기들은 당시 호주자사湖州刺史로 있던 안진경이 육우에게 선물한 진품으로, 다인들 사이에서는 값을 따질 수 없는 보물로 알려져 있었다.

마른 나뭇가지 같은 손가락으로 차관 옆에 적힌 안진경의 관지款識를 어루만지는 운 노사부는 기쁨을 감추지 못했다.

"이 귀한 걸 어찌……?"

"모든 물건에는 참된 주인이 있는 법이지요. 저 같은 속인에게는 있어 봐야 큰 소용이 없는 물건입니다."

소철의 대답이 끝나기도 전에 운 노사부는 자리에서 일어섰다.

"이럴 때가 아니군."

그는 노구를 이끌고 초당 밖으로 나가더니 찻물을 끓이는 데 사용하는 풍로와 탕관을 들고 돌아왔다.

"다성의 운치를 맛볼 수 있다니 이 늙은이가 어제 용꿈이라도 꾼 모양이오."

아마도 이 자리에서 곧바로 차를 끓이려는 모양이었다. 차나 마시러 이곳에 온 것은 아니지만, 소철은 담담히 웃기만 할 뿐 늙은 다인의 흥취를 깨뜨리려 들지 않았다.

호로로롱.

탕관 바닥에서부터 솟구치는 물거품이 길게 꿴 구슬과도 같았다. 이윽고 물 끓는 소리가 울리기 시작하는데 마치 노련한 기수가 말을 몰아 달리듯 그침이 없이 이어져 나왔다. 여기서 조금만 더 지나면 차를 우려내기 가장 좋다는, 이른바 순숙純熟의 상태가 되는 것이다.

"어디 보자."

물 끓는 소리에 귀를 기울이던 운 노사부는 이쯤이면 되었다고 여겼는지 풍로에서 탕관을 내렸다. 표주박으로 끓는 물을 떠서 차관과 찻잔에 담아 두는 이유는 잠시 후 이루어질 차와 물의 어울림을 보다 윤택하게 만들기 위함이리라.

"나는 중투中投를 즐기오만?"

운 노사부의 말에 소철은 고개를 끄덕였다.

"저도 그걸로 하겠습니다."

중투란 차관에 물을 반쯤 부은 뒤 찻잎을 넣고 물을 마저 채우는 방식이었다. 찻잎을 넣는 방식은 이외에도 상투上投와 하투下投가 있는데, 차를 끓여 내오는 시비를 따로 두고 있는 소철로선 입에 익지 않은 용어였다.

잠시 후 두 사람의 앞에 두 개의 찻잔이 놓였다.

"자, 드셔 보시오. 올해는 햇빛이 강해서 그런지 신맛을 없애기가 힘들더구려."

끽다삼조喫茶三條라 하여, 차를 즐기는 데에는 세 가지 조건이 구비되어야 한다고 했다. 천시天時에 맞춰 차를 만들어야 하고, 수덕水德에 맞춰 차를 끓여야 하며, 인도人道를 좇아 차를 마셔야 하는 것이다. 앞선 두 가지가 운 노사부의 몫이라면, 뒤의 한 가지는 소철의 몫.

소철은 우선 오른손 소매를 두 번 걷었다. 이어 왼손으로 잔받침을 가슴 높이에 받치고 오른손으로 조심스레 잔을 들어 한 모금 머금었다. 잔 받침을 받쳐 든 왼손은 산같이 장중한데 찻잔을 든 오른손은 물처럼 고요하니 이야말로 다도의 모범이라 할 만한 자세가 아닐 수 없었다.

그 모습을 유심히 바라보던 운 노사부가 작게 투덜거렸다.

"그 녀석이 이 늙은이에 관해 미주알고주알 많이 주절거린 모양이구려."

소철은 뜨끔 놀랐다. 운 노사부가 말한 '그 녀석'이 신무전의 군사 운소유를 지칭하는 것임을 잘 알기 때문이었다. 소철이 육우의 다기를 예물로 가져온 것도, 그리고 평소와는 다르게 격식에 맞춰 차를 마신 것도, 모두 운소유가 사전에 준 언질 덕분이었다.

산동에 있는 운소유가 강동에 있는 운 노사부에 관해 속속들이 아는 까닭은 간단했다. 두 사람은 부자지간이기 때문이다.

"아드님께 많은 도움을 받는 형편이지요. 이곳에 계신 줄 알았다면 진작 찾아뵙고 인사를 올렸을 겁니다."

소철의 언행은 지극히 곡진했다. 만일 그를 아는 다른 사람이 이 자리에 있었다면 자신의 눈과 귀를 의심했을지도 모른다.

그러나 이 운 노사부란 위인은 소철로부터 이런 공경을 받는 게 얼마나 대단한 일인지를 전혀 알아주지 않았다. 운 노사부는 심히 못마땅하다는 듯 몇 올 남지 않은 눈썹을 파르르 떨며 말했다.

"내 뜻을 저버리고 뛰쳐나간 지가 벌써 삼십 년이오. 놈이 무슨 짓을 하고 다녔건 내 알 바 아니니, 놈의 얘기를 계속 늘어놓을 작정이거든 예물이고 뭐고 몽땅 싸 가지고 돌아가도록 하시오.”

참으로 매몰찬 말이 아닐 수 없었다.

머쓱해진 소철은 응대할 말을 찾지 못하고 들고 있던 차를 한 모금 들이켰다. 삼조에 맞춰 다성의 진품에 담아낸 차라도 기분이 이러하니 맛이 살아날 리 없었다.

작은 유등 하나에 의지한 어둠침침한 초당 안으로 어색한 침묵이 흐르기 시작했다.

<hr />

석지란의 볼은 발그레하니 달아올라 있었다. 이번엔 부끄러워서 그런 것이 아니었다. 한 잔 두 잔 홀짝거린 달콤한 죽엽청竹葉靑에 자신도 모르는 사이 취해 버린 것이다.

석지란을 취하게 만든 것은 비단 죽엽청의 주기만이 아니었다. 팔만 뻗으면 닿을 거리에 앉아 있는 한 사내도 그녀의 정신을 혼미하게 만드는 데 큰 부분을 차지했다. 그 사내는 바로 구양현, 그녀와는 다섯 살 터울인 장부였다.

사실 석지란은 이 대전에 처음 들어올 때부터 구양현의 존재를 의식하고 있었다. 그녀가 구양현의 헌앙한 얼굴을 뇌리에 처음 새긴 곳은 삼 년 전에 거행된 석대문의 혼인식장이었다. 당시 그녀의 나이는 열일곱. 사춘기 소녀의 티를 벗고 성숙한 여인으로 발돋움하던 그녀에게 출신 좋고 재기발랄하며 외모까지 준수한 구양현은 그야말로 완벽한 이상형일 수밖에 없었다. 삼년의 세월이 아무리 길기로서니 그녀가 어찌 구양현을 잊을 수 있겠는가.

그러면서도 짐짓 기억 못 한 체 꾸민 것은 처녀 특유의 앙큼한 내숭이었는데, 그 심정을 어렴풋이나마 짐작한 사람은 같은 시기를 보낸 적이 있는 석 부인뿐일 것이다.

어쨌거나 삼 년의 세월을 뛰어넘어 다시 만난 구양현은 석지란이 상상 속에서 키워 온 것보다도 훨씬 더 멋진 청년으로 성장해 있었다. 그런 구양현과 어깨를 나란히 한 채 은은한 체취를 맡아 가며 술잔을 나누려니, 매 순간이 혼백을 뒤흔드는 황홀한 시간이라. 그러니 시간이 흐를수록 그녀의 얼굴이 점점 달아오를 수밖에.

석지란이 그러는 동안에도 술자리의 분위기는 계속 무르익어 가고 있었다.

석가장의 가신들이 자리한 서쪽 탁자에서 누군가 벌떡 일어나더니 신무전의 방문단이 자리한 동쪽 탁자를 향해 외쳤다.

"이 몸은 석가장에서 작은 직책 하나를 맡고 있는 역화歷華라고 하오. 신무전 형제들의 왕림을 환영하는 뜻에서 이 자리에서 일 배를 들리다."

부리부리한 호목에 얼굴 가득 고슴도치 수염이 빽빽한 그 사람은 석가장의 삼당三堂 중에서 집법당執法堂의 당주직을 맡고 있는 역화였다. 성정이 급하고 권법이 강맹하여 벽력권霹靂拳이라는 별호를 얻고 있었다.

역화의 일 배는 연회석상에서 과시해도 좋을 만큼 기특한 면이 있었다. 반 말(1말은 약 18리터)이 들어가는 술 단지 하나를 그대로 잔으로 쓴 것이다.

벌컥! 벌컥!

목젖이 열심히 요동치는 가운데 한 단지의 소흥주가 역화의 배 속으로 들어갔다. 이 사람의 벽력같은 기세는 단지 주먹 씀 씀이에 국한된 것이 아닌 모양이었다.

역화는 술 단지를 거꾸로 뒤집어 탈탈 흔들어 보인 뒤, '자! 어떻게 하겠느냐?'라는 표정으로 동쪽 탁자를 둘러보았다. 이 도발에 대한 반응은 곧바로 일어났다.

"좋구나! 이 몸은 신무전에서 밥이나 축내는 이충李沖이라 하오. 역 형제의 호기에 화답하는 의미로 이 몸 또한 일 배를 뒤집어 보겠소."

동쪽 탁자에서도 한 사람이 일어났다. 중키에 얼굴이 넙데데한 초로인이었다. 물론 석가장 식솔들 중 누구도 그를 신무전의 밥버러지로 여기진 않았다. 술버러지라면 또 모르지만.

벌컥! 벌컥!

한 단지의 소흥주가 깨끗이 비워졌다. 단지를 비우는 속도가 벽력권 역화에 비해 조금도 뒤지지 않는 것 같았다. 장군에 명군인 격이었다.

그리고 이것이 시발이 되었다.

"이 사람은 석가장에서 말 먹이나 베러 다니는……."

"소생은 신무전에서 잔심부름이나 하는……."

동서로 한 사람씩 일어서서 자랑이라도 하듯 스스로의 비천함을 고백한 뒤 술 단지를 비워 나가는데, 한 방울이라도 남기는 날엔 더욱 비천해진다고 여기는 모양인지 그 기세가 나중에 가서는 살벌해 보이기까지 했다.

"풋, 남자들이란……."

그 모습을 보던 석 부인은 웃음을 금치 못했다. 그리고 그녀의 웃음은 '진정한 남자'의 투지에 불을 댕겼다.

탕!

요란한 소리와 함께 상석의 탁자가 진저리를 쳤다. 부근에 있던 사람들은 음식 국물이 튈까 몸을 움츠렸다. 탁자를 후려치며 기세 좋게 일어난 사람은, 머리띠를 푼 뒤부터 봉두난발이 되어 버린 신무전주의 대제자 도정이었다.

"나, 도정은 용 같고 범 같은 영웅들이 비천함을 자처하는 꼴을 더 이상 지켜보고 있을 수 없소이다! 대저 이런 종류의 시합이란 주장끼리의 겨룸으로 결판이 나는 법! 나, 도정은 여기 계신 석 이가주와 더불어 일 배의 자웅을 가려 보겠소!"

말과 함께 탁자에 쿵, 올려놓는 것은 한 말은 족히 들어가는 커다란 술 단지였다. 그러고는 누가 말릴 새도 없이 단지를 번쩍 들어 올리더니 입에다 대고 그대로 들이붓는 것이었다.

꿀꺼덕! 꿀꺼덕! 꿀꺼덕!

목구멍의 넓이가 대체 얼마나 되는 건지 폭포수처럼 쏟아져 나오는 술 줄기가 입 밖으로는 한 방울도 넘치지 않고 있었다. 그러나 한 말을 한 호흡에 들이켜는 일은 그것이 술이든 물이든 인간의 신체 구조상 무리가 따를 수밖에 없었다.

"헉! 크허헉!"

술 단지를 입술로부터 떼어 낸 도정은 오랫동안 목 졸렸던 사람처럼 큰 숨을 헐떡거렸다. 그래도 불그죽죽해진 눈가로 떠오르는 양양한 기색은, 힘든 일을 완수해 낸 자만이 누릴 수 있는 성취감의 표현일 것이다.

도정은 어깨를 들썩거리면서 석대전을 바라보았다. 이제는 네 차례라는 뜻이었다.

도정에겐 무척 불행한 일이지만, 석대전은 도정이 늘 주장하는 '진정한 남자'와는 거리가 멀었다.

"소생은 술을 잘하지 못합니다."

"어?"

"지금도 충분히 과음한 상탭니다. 더 이상 마셨다가는 손님들 앞에서 실수라도 저지를까 우려되는군요. 술내기는 소생이 진 것으로 하겠습니다."

매우 예의 바르지만, 재고를 권할 마음은 도저히 일지 않는 냉담한 목소리였다.

"어? 어?"

도정은 앉지도 못하고 서지도 못한 엉거주춤한 자세로 바보처럼 눈만 끔뻑일 수밖에 없었다.

"풋, 남자들이란……."

그 모습을 본 석 부인이 다시 웃었다.

깨끗한 물로 헹궈 낸 찻잔의 물기를 닦는 데에는 마포만큼 좋은 물건이 없다. 그래서 소철은 소매를 팔뚝까지 걷어 올린 채 한 장의 마포 헝겊을 들고 찻잔을 닦고 있었다. 천하의 신무전주에게 찻잔 설거지를 시키다니 이야말로 호랑이에 목줄 채워 집 지키게 하는 형국인데, 그것을 아는지 모르는지 운 노사부는 다구를 챙기기에 여념이 없었다.

설거지가 끝났다.

운 노사부가 소철을 향해 물었다.

"어떻소, 직접 찻잔을 헹궈 보니 차를 대하는 마음이 조금 새로워지는 것 같지 않소?"

소철은 쓴웃음을 머금었다. 한 번 설거지로 그런 마음이 생긴다면 다인 소리 아무나 들을 수 있을 것이다.

"제가 이번에 석가장을 찾은 것은 노사부께 여쭙고 싶은 것이 있기 때문입니다."

소철이 안색을 바르게 하고 말했다. 대면한 지 한 시진이 훨씬 지난 뒤에야 나온 본론이었다.

운 노사부가 구부정한 허리를 슬며시 펴 올렸다.

"그래요? 어디 말씀해 보시오."

소철이 단도직입적으로 물었다.

"혈랑곡과 혈랑곡주에 대해 아십니까?"

"호, 혈랑곡과 혈랑곡주요?"

말로는 놀란 듯 이렇게 되물었지만 운 노사부는 그리 놀란 기색이 아니었다.

소철은 운 노사부가 저런 반응을 보일 줄 예상하고 있었다. 이번 행보를 떠나기 전 신무전의 군사 운소유는 그에게 이렇게 말했다. 자신의 부친이 모르는 비밀은 천하에 존재하지 않을 거라고. 직접 대면해 보니 과연 운소유의 말은 과장이 아니었다. 지금 소철의 눈에 비친 운 노사부는 세상의 모든 비밀을 품은 채 오랜 세월 땅속 깊은 곳에 묻혀 있는 거대한 항아리 같았다. 항아리의 뚜껑을 열기 위해선 땅을 파는 수고를 마다해선 안 되는 법.

"고견을 여쭙기 전에 제가 아는 이야기부터 말씀드리는 것이 순서라고 생각합니다."

소철의 이 말에 운 노사부는 어린아이처럼 눈을 반짝였다.

"난 어릴 적부터 이야기를 듣는 것을 무척 좋아했다오. 특히 형님께서 해 주시던 이야기를 아주 좋아했지."

운 노사부의 다소 과장스러운 반색에, 소철은 잠시 숨을 고른 뒤 이야기를 꺼내기 시작했다. 오랜 세월, 기억 속에만 꽁꽁 담아 두었던 이야기였다.

"제가 혈랑곡주와 만난 것은 세상 사람들이 곤륜지회라고 부르는 자리였습니다."

곤륜지회.

그것은 사십삼 년 전 곤륜산 무망애에서 펼쳐진 네 명의 절대고수 간의 회합을 가리키는 말이었다.

곤륜지회를 성사시키는 데 가장 큰 공헌을 한 사람은, 네 명의 절대 고수 중에는 포함되지 않았지만 결국 오대고수라는 이름으로 그들과 한 반열에 오르게 된 천하제일의 기인 천선자였다.

소철은 가끔 스스로에게 이런 질문을 던져 보았다. '만일 곤륜지회가 열리지 않았다면 내가 지금까지 살아 있었을까?'라는.

대답은 언제나 '아니다!'였다. 만일 곤륜지회가 열리지 않았다면 그가 이끄는 신무전은 물론이거니와 지금의 강호를 구성하는 모든 존재들의 운명은 끔찍한 나락으로 떨어졌을 것이다. 왜냐하면 당시 강호를 양분하던 신무전과 무양문이 정면으로 충돌하는 최악의 사태가 벌어졌을 것이기 때문이다.

그런 의미에서 볼 때, 천선자는 소철의 은인이자 강호 전체의 은인이라고도 볼 수 있었다. 소철이 제자들로 하여금 천선자의 자취를 순례하도록 지시한 것도 그러한 높은 덕을 잊지 않았기 때문이다.

소철이 천선자의 모습을 처음 대한 것은 영락 초엽을 붉게 물들인 '낙일평의 치'가 벌어진 직후의 일이었다.

서문숭이 이끄는 여산백련교의 후예들에 의해 단행된 '낙일평의 치'는, 당시 단일 세력으로는 강호 최강을 자부하던 신무전을 전시에 준하는 긴장 상태로 몰고 갔다. 그럴 수밖에 없었다. 과거 여산백련교를 무너뜨린 토벌군의 핵심에는 신주소가神州蘇家라는 이름으로 불리던 한 위대한 가문이 있었는데, 그 신주소가가 바로 신문전의 전신前身이었던 것이다.

그러니 서문숭이 뽑아 든 복수의 칼날이 어찌 신무전을 그냥 지나칠 리 있겠는가!

아니나 다를까, 대륙의 동남쪽 복건 땅에 무양문이라는 이름으로 새로운 둥지를 튼 서문숭은 곧장 신무전을 향해 설욕의 도전장을 던져 왔다. 건곤일척의 대회전大會戰을 통해 전대의 구원舊怨과 당대의 쟁패爭覇를 한꺼번에 결판내자는 내용의 도전장이었다.

그 도전장을 받아 든 소철은 설렘과 두려움을 동시에 느꼈다. 정상에 선 무인으로서 최강의 적수와 자웅을 겨룬다는 것은 분명 설레는 일이었지만, 그 여파가 얼마나 참혹할 것인가를 생각하면 두려운 마음이 일지 않을 수 없는 것이다.

천하에는 전란의 먹구름이 드리우는 듯했다. 모든 강호인이 숨을 죽인 채 두 영웅의 움직임에 촉각을 곤두세웠다.

낡은 음양관陰陽冠에 후리후리한 일신에 수수한 잿빛 도포를 걸친 도사 한 사람이 소철을 찾아온 것은 바로 그 무렵의 일이었다.

스스로를 천선자라 밝힌 그 도사가 소철의 앞에 모습을 드러내기까지는 약간의 소란이 뒤따랐다. 소철 정도 되는 인물은 만나고 싶다고 해서 아무나 만날 수 있는 부류가 절대 아니기 때문이었다. 천선자는 자신이 그 '아무나'의 범주에 포함되지 않는다는 사실을 실력으로 입증해 보였다.

금성철벽 같다던 무영군의 방어망이 천선자의 가벼운 소매짓 몇 번에 무너져 내렸다.

  ─방휼蚌鷸이 서로 다투니 오직 바위 뒤 어부만이 즐거워하도다!

  천선자가 무영군을 향해 소맷자락을 놀리며 읊조린 말이었다. 그리고 그 말이 소철의 마음을 움직였다. 소철은 손을 들어 싸움을 멈추게 한 뒤 천선자를 안으로 청했다.

  ─방금 하신 말씀이 무슨 뜻인지 여쭤 봐도 되겠소?

  ─방휼, 다시 말해 큰 조개와 도요새가 다투면 바위 뒤에서 기다리고 있던 어부는 힘 안 들이고 그 둘 모두를 잡아 갈 수 있지요. 당금 천하의 형세가 바로 그러하여 드리는 말씀입니다.

  소철은 눈살을 찌푸렸다.

  ─하면 보이지 않는 곳에 숨어서 본좌와 서문숭이 양패구상兩敗俱傷하기를 기다리는 무리가 있다는 말씀이오?

  천선자는 빙그레 웃은 뒤 대답했다.

  ─믿기 어려우십니까? 천하는 넓습니다. 이 넓은 천하에 영웅이라 할 만한 인물이 오직 소 전주와 서문 문주, 두 분뿐이라고 생각하시는 것은 아니겠지요?

  소철은 인정하지 않았다.

  ─도장의 말씀엔 허황된 부분이 있구려. 만일 그처럼 대단한 고인이 있다면 어찌 지금껏 모습을 드러내지 않았겠소?

  ─방휼은 바위 뒤에 숨은 어부를 보지 못합니다. 보이는 것만이 전부라고 생각하면 어부에게 잡히는 방휼의 어리석음을 범하게 되지요. 빈도가 알기로 당금 천하에는 두 분말고도 최소한 두 사람의 고인이 더 있습니다.

  천선자는 정확한 숫자까지 제시하고 있었다. 소철은 눈살을 찡그리면서도 묻지 않을 수 없었다.

−그들이 누구요?

−한 사람은 그 행적의 신비함이 천하의 누구도 추측할 수 없다는 혈랑곡주요, 다른 한 사람은 대내에서 제일 고수로 알려진 비각의 각주 잠룡야지요.

소철은 눈살을 찌푸렸다. 그로서는 하나같이 금시초문인 명호들이었다.

−도장께선 없는 이야기를 지어 하시는구려.

−빈도는 그들 중 혈랑곡주와 손 속을 겨뤄 볼 기회가 있었습니다. 전주께서 이루신 무공의 고명함이야 천하가 다 인정하는 터이나, 빈도가 보기엔 혈랑곡주를 반드시 꺾을 수 있다고 장담하시기는 어려울 것 같더군요. 또한 신무전의 위세가 비록 천하를 뒤덮는다지만, 어둠 속에 웅크린 혈랑곡의 힘을 압도하리라고는 믿지 않습니다.

소철의 눈가가 실룩거렸다.

−본좌의 귀에는 마치…… 믿지 못하겠다면 직접 시험해 보라는 뜻처럼 들리오만……?

천선자는 의미심장한 웃음으로써 그 짐작이 맞았음을 확인시켜 주었다. 이것은 명백한 도전. 그리고 소철은 도전을 피하는 사람이 아니었다. 자존심도 상했거니와, 처음 본 순간부터 천선자의 능력에 적잖은 흥미를 느꼈기 때문이다.

비무가 벌어졌다. 강호에는 전혀 알려지지 않은, 신무전 내에서도 극소수만이 지켜본 비밀스러운 비무였다.

비무가 시작된 지 얼마 지나지 않아, 소철은 자신이 허깨비와 상대하는 게 아닌가 하는 의구심을 느끼게 되었다.

서문숭이 혜성처럼 등장하기 전까지는 자타가 공인하는 천하제일 고수이던 소철이었다. 그런데 그 소철이 쏟아 내는 경천동

지할 신공절초神功絶招들 속에서도 천선자는 조금도 위태로워 보이지 않았다.

천선자는 계곡에 부는 한 줄기 바람 같았고, 허공에 날리는 작은 꽃씨 같았다. 그의 몸 주위엔 마법처럼 불가사의한 장막이 둘려 있어 어떠한 힘, 어떠한 기세도 그를 구속할 수 없는 것 같았다.

소철은 깨달았다. 저 온유한 공력에 자신이 패할 일은 없겠지만, 자신 또한 저 공력을 깨뜨리기란 지극히 어렵다는 사실을.

─허허, 이런 괴상한 싸움은 내 평생 처음 겪어 보는구려.

소철은 이렇게 말하며 공력을 거두었다. 그때까지 두 사람 사이에 오간 초수招數는 자그마치 이백여 초. 그러나 두 사람의 이마엔 땀 한 방울 맺혀 있지 않았다. 상한 곳이라곤 옷자락 한 군데도 없었다.

비무를 마친 두 사람이 다시 마주 앉았다.

─천하가 넓다는 도장의 말씀, 이제는 믿겠소. 도장께선 이 사람이 어떻게 하길 원하시오?

─빈도는 오직 두 영웅께서 방휼지쟁蚌鷸之爭의 어리석음을 범하지 않기만을 바랄 뿐입니다.

─나와 서문숭이 격돌하면 오직 혈랑곡주만이 이로움을 얻을 거라는 말씀이구려.

천선자는 가타부타 대답하지 않고 빙그레 웃기만 했다.

─도장의 고견은 충분히 알겠소만 문제가 그리 간단치 않소. 내가 아무리 피하려고 한들 결국은 서문숭 쪽에서 가만있지 않을 터이니 말이오. 어부지리가 두렵다 하여 가만히 앉아 목숨을 내줄 수는 없는 일 아니겠소?

─문제는 서문 문주의 의향이라, 이 말씀이군요.

-그런 셈이오.

소철이 고개를 끄덕였지만, 곧이어 천선자가 꺼낸 이야기를 듣고는 혀를 내두를 수밖에 없었다.

-빈도는 이곳에 오기 전 이미 서문 문주를 만났습니다. 다행히 서문 문주께서도 빈도의 말에 귀를 기울여 주시더군요.

소철은 천선자의 얼굴을 물끄러미 바라보았다. 서문숭이 설마 사람이 좋아 천선자의 말을 거저 믿어 주었을까? 절대로 그럴 리 없었다. 그렇다는 것은…….

-도장께 진정으로 탄복했소이다!

소철은 천선자를 향해 정중히 포권을 올렸다. 그것은 감탄을 넘어 경이롭기까지 한 일이었다. 사천 땅의 작은 도관道觀에 머문다고 했다. 강호에는 반 토막 명호조차 알려지지 않은 사람이었다. 그런 사람이 스스로의 주장을 설파하기 위해 당금 천하에서 가장 무서운 세력 두 군데를 혈혈단신으로 방문했고, 그곳의 우두머리들과 모두 겨루어 끝내는 불승불패不勝不敗의 화국和局을 이루어 낸 것이다.

천선자가 말했다.

-두 분께서 함께 동의하셨으니 이번의 대회전은 후일로 미루는 것으로 알겠습니다. 하나, 만일 이대로 아무 일 없었던 것처럼 넘어간다면, 두 영웅께서는 간교한 도사의 요언에 놀아나 일파 종주로서의 체면을 손상시켰다는 조롱을 면치 못하실 겁니다. 그것을 피하기 위해 빈도가 한번 천하 고인들의 회합 자리를 주선해 보도록 하겠습니다.

-천하 고인이라면?

-혈랑곡주와 잠룡야를 직접 대하시기 전까지는 전주께서도 빈도의 말을 완전히 믿진 않으실 게 아닙니까. 전주와 무양문의

서문 문주, 거기에 혈랑곡주와 잠룡야까지. 이렇게 네 분의 고인이 한자리에 모여 무공의 고하와 천하의 대세를 함께 논할 수 있다면, 이 어찌 의미 있는 일이 아니겠습니까.

소철은 가슴이 뛰는 것을 느꼈다. 정말로 그런 자리가 성사된다면 그것은 고금에 드문 일대의 행사가 될 것이 분명했다.

ー준비가 끝나면 전갈을 드리겠습니다.

천선자는 이 말을 남기고 신무전을 떠났다.

천선자로부터 전갈이 도착한 것은 그로부터 석 달이 지난 뒤였다. 이듬해 원단元旦에 만나자는 내용이었다. 혹시 있을지도 모르는 불상사를 방비하기 위해 장소는 각자의 세력권에서 멀리 떨어진 곤륜산 무망애로 정한다고 했고, 각자가 데려올 수 있는 인원 또한 오직 한 사람으로 제한한다고 했다.

이듬해 원단.

소철은 한 사람의 수행원을 데리고 눈 덮인 곤륜산에 올랐다. 그리고 그는 그 자리에서 마침내 만나게 되었다. 귀신 들린 듯한 붉은빛에 휩싸인 늑대 탈의 괴인, 혈랑곡주를.

"……곤륜지회의 결과에 관해서는 세간에 알려진 그대로입니다. 네 사람은 서로의 고하를 가리기 위해 사흘 밤낮을 겨루었지만, 결국 서로의 능력에 탄복한 채 회합을 마치게 되었습니다. 그 뒤 네 사람은 공동의 명의로 무망애 아래에 곤륜지회를 기념하는 석비를 세웠습니다. 그 석비에 주선자인 천선자의 명호까지 새긴 것은, 비록 회합에는 참석하지 않았지만 그의 능력이 결코 참석한 사람들에 비해 뒤지지 않음을 네 사람 모두 잘 알고 있었기 때문입니다."

꽤 긴 이야기가 끝났다. 이제껏 경청만 하던 운 노사부의 입에서 낮은 읊조림이 흘러나왔다.

"북악신무 남패무양 구중비각 신비혈랑 만용천선이라……."

지난 사십여 년 동안 인구에 회자되어 온 오대고수를 일컫는 이십 자 구였다. 소철은 고개를 끄덕였다.

"바로 그렇습니다."

운 노사부는 눈을 지그시 감더니 상체를 가늘게 앞뒤로 흔들기 시작했다. 무슨 생각을 하는 것일까? 소철은 인내심을 갖고 그의 사색이 끝나기를 기다렸다.

잠시 후 앞뒤로 흔들리던 운 노사부의 상체가 딱 멈추었다. 그러고는 주름에 덮인 눈까풀이 천천히 들렸다.

"소유 녀석이 전주께 무슨 소리를 했는지 대충 짐작이 가오. 아마도 혈랑곡에 대해 나보다 잘 아는 사람은 없다는 식으로 지껄였겠지. 하기야 틀린 말은 아닐 게요. 이 늙은이는 분명 혈랑곡에 대해 남들이 모르는 부분까지 알고 있으니까. 그러나 이 자리에서 전주께 밝힐 수는 없소. 이 늙은이는 아주 오래전 맹세한 바 있소. 때가 오기 전까지는 혈랑곡에 대한 비밀을 절대로 발설하지 않기로 말이오."

소철이 급히 물었다.

"그때가 언제입니까?"

운 노사부는 고개를 저었다.

"미안하지만 그것 또한 밝힐 수 없소, 다만 아주 가까워졌다는 것밖에는."

소철은 실망스러운 안색으로 입술을 다물었다. 그의 신색을 슬쩍 살핀 운 노사부가 부드러운 목소리로 말했다.

"먼 길을 오셨는데 아무 소득도 없이 돌아가시게 해서는 도리가 아니겠지요. 궁금하게 여기는 문제가 있다면 꺼내 놓아 보시오. 맹세에 어긋나지 않는 한 내 답변해 드리리다.”

애당초 협박이나 회유가 먹혀들 상대가 아니었다. 아쉬움이야 물론 작지 않았지만, 소철은 이 정도로 만족할 수밖에 없었다. 그는 마음을 차분히 가라앉힌 뒤 말을 꺼냈다.

“제자 중 한 아이가 얼마 전 사천을 여행하던 중 혈랑곡도들에 의해 위험에 처했는데, 어떤 청년이 나타나 그 아이의 목숨을 구해 주었다고 합니다.”

운 노사부가 늙은 목에 달린 고개를 갸웃거렸다.

“흐음, 그래서요?”

소철이 물었다.

“혹시 석대원이란 청년을 아십니까?”

“혹시 석대원이란 분을 아십니까?”

소철이 한 것과 동일한 질문이 구양현의 입에서 튀어나온 것은, 환영연에 참석한 모든 사람들의 얼굴이 도정의 그것만큼이나 붉게 달아오른 무렵의 일이었다.

그 질문은 마치 커다란 유리판에 떨어진 단단한 쇠구슬처럼, 흥겹게 돌아가던 연회장의 분위기를 순식간에 깨뜨려 버렸다. 서쪽에 앉아 있던 석가장의 가신들은 사악한 마술에 걸린 것처럼 일제히 몸을 굳혔고, 그러한 기운은 순식간에 탁자 두 개를 뛰어넘어 동쪽에 앉아 있던 손님들의 손길까지도 멈추게 만들었다.

질식할 것 같은 침묵이 연회장을 감돌았다. 잠시 후 그 침묵을 깨고 누군가의 냉랭한 목소리가 들려왔다.

"구양 소협께서 그 이름을 어찌 아시는지?"

이 질문을 한 사람은 구양현과 더불어 상석에 앉아 있는 석대전이었다. 구양현은 대전 내의 모든 시선이 자신에게 집중되는 것을 느꼈다. 그는 당황스러웠고, 한편으로는 의아함을 감출 수 없었다. 대체 석가장에서 석대원이란 이름이 가지는 의미가 무엇이기에 이처럼 기이한 반응을 보이는 것일까?

구양현이 말했다.

"얼마 전 사천을 지나다가 누군가로부터 구명의 은혜를 입은 일이 있습니다. 그분의 성함이 바로 석대원이었지요."

구양현의 대답이 끝나기가 무섭게 또 다른 질문이 터져 나왔다.

"나이는 얼마나 되죠? 얼굴은 어떻게 생겼나요?"

이번에는 바로 옆자리에 앉은 석지란이었다. 보기 좋은 홍조가 감돌던 그녀의 얼굴에는 까닭 모를 절박함이 서려 있었다.

"나이는 스물다섯이라고 했습니다. 그리고 얼굴은……."

구양현은 말을 멈추고 석대전을 슬쩍 바라본 뒤 다시 말했다.

"소생이 그분의 이야기를 꺼낸 이유를 솔직히 말씀드리면, 그분의 풍모가 삼 년 전에 뵌 석대문, 석 가주와 많이 닮았기 때문입니다. 그래서……."

"그만!"

석대전이 자리를 박차며 일어섰다. 그가 앉아 있던 등받이 높은 의자가 뒤로 쓰러지며 요란한 소리가 울려 나왔다.

"그의 이야기는 꺼내지 마시오! 그는 이 석가장과 아무런 관계도 없는 사람이오!"

석대전이 부르짖었다. 그 목소리며 표정은, 그를 아는 석가장의 모든 식솔들이 깜짝 놀랄 만큼 격렬한 것이었다.

그들을 놀라게 만드는 일은 거기서 그치지 않았다.

"오라버니!"

앙칼진 노성이 석대전에게 날아들었다. 석가장 식솔들에겐 '단봉각의 관음보살님'으로 불리던 석지란이었다.

"아원 오라버니에게 대체 무슨 잘못이 있죠? 그는 당시 아무것도 모르는 철부지 아이였어요. 오라버니는 왜 아직까지도 그를 미워하는 거죠? 이제는 모두 잊을 때가 되지 않았나요?"

"소, 소란…… 네가……!"

석대전은 두 손으로 식탁의 모서리를 움켜쥔 채 어깨를 부들부들 떨었다. 그드득, 소리와 함께 단단한 오동나무로 만든 식탁의 모서리가 종잇장처럼 찢겨 나가고 있었다. 그러나 석지란은 조금도 두려워하는 기색을 보이지 않았다. 그녀는 고개를 똑바로 치켜세운 채 당당한 눈빛으로 석대전을 노려볼 따름이었다.

이들 오누이의 눈싸움은 길게 이어지지 않았다.

"음!"

외마디 무거운 신음과 함께 석대전이 몸을 획 돌렸다. 그러고는 한마디 인사도 남기지 않은 채 그대로 연회장을 빠져나갔다.

주인이 그렇게 자리를 뜨자 연회장 안에는 무겁고 답답한 기운이 감돌았다. 이 모든 것을 자신의 탓으로 여긴 구양현은 좌불안석의 심정이 될 수밖에 없었다.

그런 구양현의 귓전에 잔뜩 가라앉은 석지란의 목소리가 들려왔다.

"오라버니의 결례를 용서해 주세요. 소협께서 하신 질문엔 소녀가 대신 답변해 드리겠어요."

구양현은 황급히 손을 내저었다.

"아, 아닙니다! 용서를 구해야 할 사람은 괜한 이야기로 여러분들의 심기를 어지럽힌 제 쪽입니다."

석지란은 살며시 고개를 흔들었다.

"소협께서는 아무 잘못 없으세요. 애당초 누구의 잘못이라고도 할 수 없는 문제니까요. 으음…… 이야기를 꺼내려고 하니 어디서부터 말씀드려야 할지 모르겠군요. 그토록 오랫동안 우리 가문을 괴롭혀 온 일인데……."

조금 전까지만 해도 봄꽃처럼 해맑던 석지란의 얼굴에 고통스러워하는 기색이 떠올랐다. 어떤 종류의 기억은 단지 되새기는 것만으로도 이토록 아픈 것이다.

그녀는 아랫입술을 한 번 꼭 깨문 뒤 이야기를 꺼냈다.

"지금으로부터 십일 년 전의 일이지요."

"흠, 전주의 제자분이 우리 아원이를 만났다고? 그것참 공교로운 일이로구려."

소철이 물었다.

"하면 석대원이란 청년이 이곳 출신이란 말씀이십니까?"

운 노사부는 당연한 걸 묻는다는 듯 고개를 주억거렸다.

"여부가 있겠소. 이 석가장의 전대 가주인 석안은 두 명의 부인을 통해 네 명의 자식을 낳았소. 첫째 부인에겐 아들 둘에 딸하나를, 둘째 부인에겐 아들 하나를. 그중 둘째 부인의 몸에서 본 아들이 아원이오. 석안이 집안을 잘 다스려 적서嫡庶의 구분이 없었으니, 서열로 따지면 아원은 그의 둘째 아들이 되는 셈이오."

운 노사부의 대답은 놀라운 것이 아닐 수 없었다.

사천 순례를 무사히 마치고 신무전으로 귀환한 구양현으로부터 석대원에 관한 소식을 접한 소철은 한 가닥 의구심을 품지 않을 수 없었다. 구양현의 말에 따르면 석대원은 천선자의 후예라고 했다. 석대원을 처음 만난 곳이 적심관이라고 하니 충분히 신빙성 있는 얘기였다. 그런데 문제는 석대원과 그 노복이 혈랑곡도들과 염련의 졸개들을 물리칠 때 펼친 수법이었다. 당시의 정황을 구양현의 입을 통해 상세히 전해 들은 소철은, 그들 노소가 펼친 수법이 혈랑곡주의 양대 절학과 매우 유사하다는 사실을 알아차리게 되었다.

천선자의 후예가 어떤 연유로 혈랑곡주의 절학을 지니게 된 것일까?

소철은 아무리 궁리해도 그 해답을 알 길이 없었다. 그런 까닭으로 운 노사부에게 석대원을 아느냐고 물은 것인데, 석대원이 바로 이 석가장 출신이라는 뜻밖의 대답을 듣게 된 것이다.

소철은 심중의 놀라움을 가라앉힌 뒤, 다시 물었다.

"한데 석대원이란 청년이 석가장을 떠난 이유는 무엇입니까?"

운 노사부는 대답 대신 소철에게 되물었다.

"혹시 이 집의 전대 가주 석안이 어떻게 세상을 떠났는지 아시오?"

소철은 운 노사부가 왜 이런 질문을 던지는지 의아했지만 알고 있는 바대로 대답했다.

"검군자 석안은 자객에게 살해당한 것으로 알고 있습니다만……."

운 노사부는 고개를 끄덕였다.

"자객이라…… 하긴 그렇게 말할 수도 있을 게요. 그러니까……
지금으로부터 십일 년 전의 일이었소."

───❖───

"연벽제? 검왕 연벽제 말씀인가요?"

구양현은 자신도 모르게 목소리가 커지고 말았다. 방금 석지
란의 입에서 나온 이름 하나에 너무도 놀라 버린 탓이었다.

강호인치고 그 이름을 모르는 자 과연 있을까?

곤륜지회의 오대고수라는 명칭이 등장한 지 어언 사십여 년.
후대인들 중에서 그들을 대신하거나 혹은 능가할 수 있는 인물
을 꼽으라면 언제나 일순위로 언급되는 강자가 바로 검왕 연벽
제였다.

"그래요. 선친을 살해한 악적이 바로 그 연벽제였지요. 우리
가문의 모든 불행은 거기서부터 비롯되었어요."

석지란의 목소리는 얼음장처럼 싸늘했다.

구양현으로선 솔직히 믿기 어려운 이야기였다. 석가장의 전
대 가주인 검군자 석안이 비록 쟁쟁한 명성을 떨친 백도의 대협
임엔 분명했지만, 명성과 무공, 어느 면을 놓고 보더라도 연벽
제에게는 미치지 못했다. 다시 말해, 연벽제에겐 자객의 오명을
무릅쓰면서까지 석안을 살해할 만한 이유가 없었던 것이다.

그러나 믿기 어렵다 하여 모두가 거짓은 아니었다. 입술을
꼭 깨문 채 어깨를 오들오들 떨고 있는 석지란의 모습에서 구양
현은 수만 가지 논리보다 더욱 분명한 진정성을 느꼈다.

물론 모두가 그처럼 생각한 것은 아니었다.

"궁금한 점이 두 가지 있소."

무거운 목소리로 질문을 던진 사람은 도정이었다. 조금 전만 해도 인사불성이 아닌가 의심스럽던 그였건만, 지금은 취기라곤 눈곱만치도 찾아볼 수 없는 바위 같은 자세를 유지하고 있었다.

"첫째, 연벽제가 왜 자신의 매제를 해쳤단 말이오?"

도정의 질문에 석지란은 고개를 저었다.

"그 이유는 소녀도 알지 못합니다. 아마도 누군가의 사주를 받았겠지요."

"좋소. 그리고 또 한 가지, 그 일이 왜 세상에는 전혀 알려지지 않은 것이오?"

"그것은…… 선친의 뒤를 이어 가주에 오르신 큰오라버니께서 그 일에 대해 일체 함구를 명하셨기 때문이에요."

이번엔 구양현이 물었다.

"한데 석대원, 석 형이 대체 그 사건과 무슨 관계가 있기에……?"

석지란의 고운 입술이 고통으로 다시 한 번 일그러졌다.

"연벽제는 아원 오라버니의 외삼촌이었어요. 그는 둘째 어머님의 친정 오라비였거든요."

"아!"

구양현은 자신도 모르게 큰 탄식을 토해 내고 말았다. 문득 그의 뇌리를 두드리는 목소리가 있었다.

─소생 같은 야인이 어찌 그런 명문과 인연을 둘 복이 있겠습니까?

청류산 적심관에서, 석가장의 당대 주인인 석대문과 인척 관계가 아니냐는 구양현의 질문에 석대원은 이렇게 대답하며 웃었다. 그러나 그것은 웃음이 아닌 눈물이요, 통곡이었다. 구양현은 비로소 석대원이란 사내가 어떤 길을 걸어왔는지 대충이나마 짐작할 수 있을 것 같았다. 그것은 오직 고통으로만 점철된 가시밭길이었다.

그러는 사이에도 석지란의 이야기는 계속 이어지고 있었다.

"바로 이 만심각이었어요. 연벽제, 그 악적은 선친을 살해한 것도 부족해 지독한 폭약까지 동원했지요. 아마도 쉽게 도주할 목적에서였겠지요. 결국 만심각은 불길에 휩싸이고, 우리는 선친의 시신조차 제대로 수습하지 못하는 불효를 저지르게 되었죠."

구양현은 자신도 모르게 주위를 둘러보았다. 주인 되는 이의 성품을 느낄 수 있는 검박한 건물이었다. 쓰라린 과거의 흔적은 전혀 엿볼 수 없었다.

"흉수가 연벽제로 밝혀진 직후, 연벽제와 인척 관계인 둘째 어머님과 아원 오라버니는 가신들에 의해 세가의 뇌옥에 갇히셨어요. 그리고, 그리고 그다음 날 아침…….."

석지란은 어깨를 부르르 떨었다.

"……뇌옥의 딱딱한 바닥에서 눈을 뜬 아원 오라버니는 끔찍한 광경을 목격하게 되었죠, 바로 옆에서 주무시던 둘째 어머님께서 뇌옥 대들보에 목을 매신 광경을."

구양현은 자신도 모르게 눈을 질끈 감았다. 석대원이 짓던 웃음이, 밝으면서도 허허로운 그 웃음이 그의 뇌리에 다시 떠오르고 있었다.

"둘째 어머님께서는 자진하시기 전 손가락을 깨물어 나온 피로 유서를 남기셨어요. 아원 오라버니만큼은 온전한 몸으로 세가를 나갈 수 있도록 선처해 달라는 내용이었죠. 후환을 남길 수 없다며 펄펄 뛰는 가신들도 있었지만, 큰오라버니께선 그분의 마지막 바람을 저버리지 않으셨어요."

한 방울 눈물이 석지란의 볼을 타고 아래로 흘러내렸다. 그 눈물은 그대로 한 줄기 불화살이 되어 구양현의 가슴에 꽂혔다.

"아원 오라버니가 세가를 떠나시던 날, 큰오라버니께서도 눈물을 흘리셨지요. 물론 철부지 나이였던 막내 오라버니와 소녀는 울며불며 난리를 쳤고요. 정문 앞에는 회색 옷을 입은 어떤 사람이 아전 오라버니를 기다리고 있었지요. 그 사람이 누군지 아는 사람은 아무도 없었어요. 오직 문지기 화 노인만이 알은체를 하시더군요. 아원 오라버니는 대문의 문턱을 넘어서다가 돌아보며 큰오라버니께 이렇게 말했죠. '형, 아전과 소란을 잘 돌봐 줘.' 그때 아원 오라버니는 웃고 계셨어요. 더 이상은 울 수 없어 어쩔 수 없이 웃는 그런 웃음을. 겨우 열네 살짜리 어린아이가 말이죠. 흑!"

석지란은 마침내 무너졌다.

술자리의 흥은 깨진 지 오래였다. 모든 사람들은 어둡고 우울한 표정으로 그녀의 오열을 지켜보기만 할 뿐이었다.

―소란, 이거 너 가져.
오라비는 꼬마 계집애에게 무언가를 불쑥 내민다.
―이게 뭔데?
―이건 우담화優曇華라는 꽃이야.
―우담화?
―며칠 전 화 노인한테 들었는데 세상에서 제일 예쁘고 귀한

꽃이 바로 우담화래. 삼천 년에 한 번씩 핀다나?

 -와! 그런 꽃이 다 있어? 어? 근데 이건 왜 이렇게 못생겼어?

 꼬마 계집애는 얼굴을 찡그린다. 나무를 깎아서 만든 꽃은 여섯 살 꼬마 계집애의 눈에도 전설 속의 꽃으론 절대 비치지 않을 만큼 조잡해 보이기 때문이다.

 -헤헤, 내 솜씨가 엉터리라 그렇지, 뭐. 하지만 다음엔 분명히 소란 너처럼 예쁜 우담화를 만들 수 있을 거야.

 오라비는 머리를 긁적인다. 그 손가락에 묶인 하얀 붕대가 꼬마 계집애의 코끝을 찡하게 만든다.

 -고마워. 역시 아원 오라버니가 최고야.

 -아전이한테는 비밀이다. 걔가 알면 자기에게도 만들어 달라고 조를 텐데, 손가락이 이 모양이라서 당분간은 조각칼을 잡을 수 없거든.

 -알았어.

 오라비는 어른스럽게 웃는다.

 꼬마 계집에도 따라서 웃는다.

 그리고 그 웃음은 십 수 년이 지난 오늘, 이제는 더 이상 꼬마 계집애가 아닌 석지란의 마음속에 깊이 새겨져 있는 것이다.

 얼굴을 탁자에 묻고 흐느끼던 석지란은 따스한 손길이 어깨에 얹히는 것을 느끼고는 고개를 들었다. 그곳엔 그녀를 바라보는 구양현의 슬픈 눈동자가 있었다.

 "석 소저, 너무 슬퍼하지 마세요."

 상체를 세운 석지란은 소매로 얼른 눈가를 찍어 냈다.

 "못난 계집이 손님들 앞에서 추한 꼴을 보였군요. 죄송합니다."

구양현은 석지란의 두 눈을 물끄러미 들여다보다가 조용한 목소리로 말했다.

　"이 점 한 가지만큼은 맹세라도 할 수 있습니다. 석 형은 제가 이제껏 만난 사람 중 최고의 장부였습니다."

　"아원이 추방당하던 날, 정문 밖에는 한 사람이 그 아이를 기다리고 있었소. 한자고韓子庫라는 이름을 가진 사람인데, 노부와는 막역한 사이라고 할 수 있소이다."

　소철은 잠시 생각하다가 물었다.

　"하면 석대원이라는 청년과 함께 다닌다는 한씨 성을 가진 노복이 바로⋯⋯?"

　"그렇소."

　대답을 한 운 노사부는 웃음기 담은 눈초리로 소철의 얼굴을 바라본 뒤 덧붙였다.

　"전주께서도 한 번은 만나 본 적 있는 사람일 게요."

　'내가 한자고란 자를 만난 적이 있다고?'

　소철은 기억을 열심히 더듬어 보았지만, 만나기는커녕 한자고라는 이름조차 들은 적이 없었다. 그에 따른 의혹이야 자연히 일어났지만 운 노사부의 눈치를 보니 당장 알려 줄 것 같지는 않았다. 소철은 고개를 짧게 끄덕이고는 화제를 돌렸다.

　"석대원이란 청년에 대해 한 가지 더 여쭤 봐도 될까요?"

　운 노사부는 선선히 승낙했다.

　"그러시구려."

　"제가 석대원이란 청년에게 흥미를 느낀 것은 그의 무공으로부터 혈랑곡주의 자취를 엿보았기 때문입니다. 그래서 드리는 질문인데, 그가 혈랑곡주의 전인입니까?"

운 노사부는 한동안 대답하지 않고 상체를 좌우로 천천히 흔들다가 불쑥 입을 열었다.

"방금 전주께서 한자고라는 사람을 본 적이 있을 거라는 내 말, 기억하시오?"

노망이 나지 않은 이상 당연히 기억한다. 소철은 고개를 끄덕였다.

"그렇습니다."

운 노사부가 다시 물었다.

"곤륜지회 때 있었던 일들도 똑똑히 기억하신다고 했고?"

"그렇습니다."

소철이 앞서와 같은 대답을 하자, 운 노사부가 세 번째로 물었다.

"그날 곤륜산 무망애에 혈랑곡주와 함께 오른 약관의 청년을 기억하시오?"

물론 기억하고 있었다. 홍안의 나이임에도 예민하고 강퍅해 보이는 얼굴이 인상적인 그 청년에게 붙은 별칭은 혈랑검동血狼劍童이었다. 혈랑곡주가 사용하는 붉은 검, 혈랑검을 들고 다니는 시동이란 뜻이었다. 그리고 혈랑검동은 혈랑곡도라고 불리는 혈랑곡주의 추종자들 중에서 세상에 얼굴과 이름을 드러낸 유일한 인물로 알려져 있었다.

"기억합니다. 한데 혈랑검동은 왜……?"

상대의 질문에 시인한 소철이 조심스럽게 반문했다. 그러자 운 노사부의 합죽한 입가에 의미심장한 미소가 떠올랐다.

"지금 아원과 함께 다니는 한자고가 바로 그 청년이라오."

이 말을 들은 소철은 자신도 모르게 몸을 움찔거리고 말았다.

천하제일의 신비인이자, 신무대종 소철로 하여금 두려움을 느끼게 만든 유일무이한 존재 혈랑곡주! 그런데 그 혈랑곡주를 수발들던 혈랑검동이 이제는 석대원이라는 강호 초출의 청년을 모시는 노복의 신분으로서 강호에 다시금 모습을 나타낸 것이었다.

'혈랑…… 그 붉은 늑대가 마침내 재림하는가!'

소철은 그 혈랑곡주의 붉은 그림자가 사십삼 년이라는 긴 세월을 뛰어넘어 자신의 머리 위로 덮쳐 오는 듯한 기분에 사로잡혔다.

중추화산 仲秋華山

(1)

한 사람이 있었다.

그가 이끌던 문파는, 비록 지금은 아니지만, 한때는 그 이름만으로도 천하를 진동하던 유서 깊은 명문 대파였다.

그는 뜨거운 협심과 고강한 무공을 동시에 갖추고 있었다. 그래서 그는 대협이라 불렸다. 대협이란 호칭은 그에게 매우 잘 어울리는 것이었고, 어느 누구도 그 호칭의 적절함을 부정하려 들지 못했다.

어느 날 사악한 무리가 창궐했다. 이미 오래전 멸절된 것으로 알려진 여산백련교의 후예들이었다. 서문숭이라는 젊은 효웅을 앞세운 채 낙일평의 너른 평원에 다시 모습을 드러낸 그들은, 과거 자신들의 선조들을 핍박했던 백도의 제 문파들을 대상으로 십년봉문의 보복을 단행했다. 강호사에 깊은 상처로 각인된 '낙일평의 치'가 바로 이 사건이었다.

많은 문파들이 분루를 삼키며 서문숭이 강요한 십년봉문의 치욕을 받아들였다. 그중에는 그가 이끌던 문파도 속해 있었다. 무쇠를 녹일 듯한 뜨거운 협의심도, 악인과 도적 들을 무찌르던 고강한 무공도 서문숭이란 거대한 벽 앞에선 아무 소용도 없었다.

그는 절망했다. 모든 것이 무너지는 것 같았다. 첫 번째로 찾아온 절망.

그러나 이 절망은 오래가지 않았다. 그에게는 폭풍우 치는 밤을 걷어 내어 줄 찬란한 아침 햇살과도 같은 희망이 남아 있었다. 그의 대제자. 어린 나이에 그에게 거둬져 이제는 한 사람의 어엿한 장부로 성장한 제자가 바로 그 희망이었다.

무공에 대한 대제자의 천재성은 가히 절대적이라고 할 수 있었다. 강호를 돌아다니며 무수한 영재 기재들을 만나 본 그였지만 제자를 능가하는 천재는 본 적이 없었다. 그것을 증명이라도 하듯, 제자는 스물세 살의 젊은 나이로 사문의 매화검법梅花劍法을, 무당파의 태극혜검太極慧劍과 더불어 천하 정종 검법의 양대 산맥으로 불리는 동시에 사부인 그조차도 오십 줄에 이르도록 팔 성의 경지를 넘기지 못한 그 희대의 절학을 대성하는 기적을 이루어 냈다.

그에게 희망을 준 것은 단지 무공만이 아니었다. 제자는 정의롭고 용감했다. 매사에 사려 깊었으며 명예를 귀중히 여길 줄 알았다. 그는 이런 제자가 자랑스러웠다. 제자가 자신을 능가하는 진정한 대협이 되어 나락으로 떨어진 문파를 재건하리라 믿어 의심치 않았다.

그러는 동안 봉문의 시한인 십 년이 끝났다.

산문을 가로막은 붉은 봉인을 떼어 내던 날, 제자는 사문을 욕보인 원수 서문숭의 수급을 가지고 오겠노라는 피 끓는 다짐을 남긴 채 산을 내려갔다.

그는 산문 아래로 수십 리를 더 내려가 제자의 무운을 기원해 주었다. 때는 가을이었다. 따뜻하고 너그러운 햇살이 제자의 넓은 등으로 쏟아지고 있었다.

그러나 제자는 돌아오지 않았다. 설욕에 실패하여 원수의 손에 죽임을 당하기라도 했다면 차라리 나으련만, 제자는 다른 이유로 돌아오지 않았다. 어처구니없게도 제자는 원수의 발아래 머리를 조아리고 충성을 맹세한 것이다.

그는 절망했다. 모든 것이 무너지는 것 같았다. 두 번째로 찾아온 절망.

더 이상은 구원을 바랄 수 있는 어떠한 희망도 존재하지 않았기에, 이번 절망은 십 년 전의 그것보다 더욱 무자비하게 그의 영혼과 육신을 함께 함몰시켰다.

그것과 더불어, 한때 구파일방의 한자리를 당당히 차지하던 검도의 명문 화산파는 완전히 몰락하고 말았다.

─◆─

"꺼져라!"

터질 듯한 분노가 담긴 외침과 함께, 목침이라는 이름으로 사람들의 머리 아래서 애용되던 네모난 나무토막 하나가 허공을 갈랐다. 그 나무토막은 목표로 삼은 한 남자의 이마를 정확히 때렸다.

빡!

남자의 이마에서 핏물이 배어 나왔다. 이마 정중앙에서 시작된 핏물은 미간을 횡으로 가른 굵은 흉터를 따라 흘러내리더니 인중과 턱을 뒤덮은 북슬북슬한 수염에 고였다.

미간의 흉터가 실룩거렸다.

억센 눈썹이 파르르 떨렸다.

그 아래로 움푹 들어간 한 쌍의 심유한 눈동자 속으로 고통의 빛이 차올랐다.

단단한 목침에 이마가 깨졌으니 어찌 고통스럽지 않겠느냐마는, 남자의 고통은 깨진 육체에서 비롯된 것이 아니었다. 이십 년이 넘는 세월을 하루같이 괴롭혀 온 영혼의 상처가 남자를 다시금 지긋지긋한 고통의 수렁 속으로 밀어 넣고 있었다.

"썩 꺼지라는데, 이, 이 고얀 놈! 이제는 내 말이 말같이 들리지도 않는 게냐!"

주동민朱東閔은 혈관을 타고 치밀어 오르는 거센 분노를 견디지 못해 온몸을 사시나무처럼 와들와들 떨고 있었다.

한때는 복마대협伏魔大俠이란 영광스러운 명호로 불리던 그였다. 소림사, 무당파와 어깨를 나란히 하던 대화산파의 장문인이던 그였다. 그러나 지금은 아니었다. 지금의 주동민은 몸조차 제대로 가누지 못하는 병든 늙은이에 불과했다. 목침을 던져 사람을 다치게 했다는 사실이 믿어지지 않을 정도였다.

활짝 열린 문 하나를 사이에 두고 주동민이 들어 있는 방과 마주한 마당.

주동민의 대제자이자 한때는 화산파의 유일한 희망으로 불리던 제갈휘는 바로 그곳에 피를 흘리며 서 있었다. 감히 마루로 올라갈 수 없었던 것일까? 제갈휘는 흙바닥에 천천히 무릎을 꿇는다.

"휘가 사부님의 수일壽日을 경하드립니다."

제갈휘는 머리를 바닥에 조아려 절을 올렸다. 이마에서 솟는 핏물이 마른 흙에 방울져 떨어지며 검은 얼룩을 그리고 있었다.

그런 제갈휘의 뒤통수 위로 차가운 조소가 실렸다.

"사부? 이 자리에 네 사부가 있다는 말이냐?"

제갈휘는 바닥에 대었던 고개를 천천히 들었다. 어느덧 사십 대의 중간 자락을 건너는 나이. 미간을 가로지른 커다란 흉터만 아니라면 중년의 여유와 중후함을 동시에 엿볼 수 있는 멋진 얼굴이었다.

"만수무강을 축원합니다. 부디 강녕하십시오."

제갈휘의 이 말이 채 끝나기도 전, 주동민이 든 방으로부터 악에 받친 듯한 웃음소리가 터져 나왔다.

"으하하하! 네가 나를 조롱하고 싶은 게로구나. 그래, 마음껏 조롱해 봐라, 지체 높으신 호교십군의 일군장 나리!"

제갈휘의 고개가 바닥을 향해 떨어졌다. 앞니가 아랫입술 속으로 파고들며 비릿한 피비린내가 입 속으로 차올랐다. 매년 이 맘때마다 반복되는 일. 하지만 부친처럼 받들던 사부 주동민의 조소로부터 그가 받는 것은 모멸감이 아니었다.

그것은 자책감이었다.

천천히 몸을 일으킨 제갈휘는 품에서 깨끗한 베로 잘 포장한 꾸러미 하나를 꺼냈다.

"해동에서 건너온 산삼입니다. 제자가 미우시더라도 이것만은 꼭 드시고 기운을 되찾으십시오."

제갈휘는 꾸러미를 마루 아래 서 있던 백의 청년에게 내밀었다. 커다란 눈이 어딘지 모르게 유약한 느낌을 풍기는 청년의 이름은 주백상朱白祥. 주동민의 외아들이자 이제는 형편없이 몰락해 버린 이 화산파를 지키는 유일한 문도이기도 했다.

주백상은 난처한 눈길로 수중의 산삼 꾸러미와 방 안의 주동민을 번갈아 바라보았다. 얼결에 받긴 했지만 어떻게 처리해야 할지 고민하는 눈치였다.

주동민의 주름진 입가에 싸늘한 미소가 떠올랐다.

"오호, 해동의 산삼이라? 그래, 어디 가져와 보거라."

주동민의 허락이 떨어지자 주백상은 반색을 하며 산삼 꾸러미를 들고 마루로 올라갔다.

"이리 다오."

주동민은 아들의 손으로부터 건네받은 산삼 꾸러미를 차가운 눈길로 내려다보더니 마당의 제갈휘에게 말했다.

"흐흐, 네놈이 산삼이 아니라 진시황의 불로초를 구해 온들, 내가 '아이쿠, 감사합니다!' 굽실거리며 받을 줄 알았더냐?"

주동민은 꾸러미를 풀어 보지도 않고 머리맡에 놓인 타구唾具 (침을 뱉는 그릇) 속으로 던져 넣었다. 그러고는 등잔을 기울여 기름을 부었다.

틱. 틱.

부싯돌 부딪치는 소리와 함께 타구가 불꽃에 휩싸였다. 타구에서 피어 오른 매캐한 연기가 순식간에 방 안을 가득 메웠다. 병중인 부친의 건강을 염려한 주백상이 불덩어리를 담은 타구를 황급히 방문 밖으로 내갔다.

"볼일 다 봤으면 어서 꺼져라!"

쾅!

요란한 소리와 함께 방문이 닫혔다.

마당에 선 제갈휘는 눈 하나 깜짝하지 않고 그 모든 광경을 지켜보고 있었다. 타구를 비운 주백상이 쭈뼛거리며 다가와 눈치를 살펴보지만, 그 무표정한 얼굴에선 어떤 감정도 읽을 수 없었다.

"아버님께선 여전히 사형을 만나고 싶어 하지 않으시는 것 같군요. 도움을 드리지 못해 죄송합니다."

제갈휘는 주백상을 돌아보았다. 남자답게 생긴 입술에 처연해 보이는 미소가 슬쩍 맺히는 듯했다.

"피가 멎질 않네요. 잠깐만 기다리십시오."

주백상은 자신의 방으로 달려가 약제와 붕대를 가져왔다.

지혈산止血散을 뿌리고, 금창약金瘡藥을 바르고, 붕대를 감고…… 주백상이 상처를 치료하는 동안 제갈휘는 석상처럼 우두커니 선 채 아무런 말도 하지 않았다. 아니, 말뿐 아니라 눈 한 번 깜빡이지도 않았다.

치료가 모두 끝나자 제갈휘는 닫힌 방문을 향해 다시 한 번 무릎을 꿇고 절을 올렸다.

"내년 수일에 다시 오겠습니다. 그동안 옥체 보중하소서."

방 안으로부터 돌아온 대답은 없었지만 제갈휘는 오랫동안 바닥에 엎드려 있었다. 그 넓은 어깨에 한 줄기 잔물결 같은 경련이 지나갔다면, 주백상이 잘못 본 것일까?

이윽고 제갈휘가 몸을 일으켰다. 그의 두 눈은 이전보다 조금 붉어진 것 같았다. 후우, 하는 나직한 한숨이 그의 입술 사이로 흘러나왔다.

제갈휘는 몸을 돌려 산문을 향해 걸음을 옮겼다.

옛사람들은 중원오악中原五岳의 산세를 비교해 말하기를, '항산은 움직이는 듯 신비롭고, 태산은 앉은 듯 장중하며, 화산은 서 있는 듯 가파르고, 형산은 나는 듯 가벼우며, 숭산은 누운 듯 은일하다[恒山如行 泰山如坐 華山而立 衡山如飛 嵩山如臥].'라고 했다.

이렇듯 산세의 험준함으로는 오악 중에서도 으뜸으로 꼽히는 서악西岳 화산.

중국을 남북으로 가로지르는 진령산맥秦嶺山脈의 한 줄기로 섬서성 동부에 위치하고 있으며, 조양朝陽, 낙안落雁, 연화連花, 운대雲臺, 옥녀玉女의 다섯 봉오리가 마치 인간의 손가락처럼 가지런히 솟아 있다 하여 오지산五指山이라는 이름으로도 불린다.

화산 연화봉 중턱에는 화산파의 산문이 서 있었다.

아름드리 느티나무 기둥과 질 좋은 오동나무 현판이 예전엔 무척이나 위풍당당했을 산문이었다. 하지만 지금은 아니었다. 개미구멍 숭숭 뚫린 기둥과 이리저리 뒤틀린 현판은 위엄은커녕 흉물스럽기만 할 따름이었다. 그렇게 힘겹게 서 있는 산문은 화산파의 과거와 현재를 말해 주는 듯했다.

"이 산문도 손을 볼 때가 지난 것 같군."

제갈휘는 머리 위에 위태롭게 매달린 현판을 올려다보며 말했다. 그러자 배웅을 위해 이곳까지 따라 내려온 주백상이 쓴웃음을 지었다.

"사람이 없는 집인데 대문만 번듯하면 뭐하겠습니까?"

자조가 짙게 배인 주백상의 말에 제갈휘는 아무런 대꾸도 할 수 없었다. 조심스러운 손길로 칠이 벗겨진 느티나무 기둥을 몇 차례 쓰다듬을 뿐이었다.

이윽고 제갈휘가 주백상을 돌아보며 말했다.

"이제 그만 올라가 보게나."

주백상은 잠시 주저하다가 제갈휘에게 말했다.

"겉으로는 저러셔도 가끔은 사형 소식을 궁금해하십니다. 머 잖아 사형을 용서하시는 날이 올 겁니다."

그러나 목소리는 점점 기어들어 가고 있었다.

제갈휘는 픽 웃었다. 여리고 착한 사제였다. 거짓말도 제대로 못하는.

"모든 게 내 탓이지. 아, 그리고 이거."

제갈휘는 품에서 꾸러미 하나를 꺼내어 주백상에게 내밀었다. 아까의 것과 마찬가지로 깨끗한 베로 잘 포장된 꾸러미였다.

주백상이 눈을 끔뻑이며 물었다.

"이게 뭡니까?"

"아까 얘기한 해동 산삼이네. 모두 여섯 뿌린데 한 뿌리씩 달여서 아침 공복에 올리도록 하게. 한 뿌리가 삼 일분이니 보름 넘게 드실 수 있을 걸세. 그러면 기력이 많이 회복되시겠지."

주백상의 눈이 휘둥그레졌다.

"그럼 아까 그 꾸러미는?"

제갈휘의 입가에 웃음이 떠올랐다. 저 하늘에 걸린 새털구름처럼 보기 좋은 웃음이었다.

"사부님께선 늘 내게 간교한 놈이라고 욕을 하셨지. 잘 보신 게야. 아까 그 물건은 해동의 장사치들이 곧잘 산삼이라고 속이는 도라지라는 풀뿌리라네."

"사형!"

주백상의 눈가가 축축이 젖어 왔다.

주동민의 생일인 팔월 보름이면 한 해도 빠짐없이 화산을 찾아오는 제갈휘. 그런 제갈휘를 대함에 있어 주동민은 폭언과 모욕으로 일관해 왔다. 제갈휘의 멋진 얼굴을 종으로 길게 가르고 지나간 흉터 또한 십여 년 전 주동민의 검이 남긴 흔적이었다. 이러한 수모 앞에서는 부처님이라도 돌아앉을 법하지만, 주동민을 대하는 제갈휘의 태도는 오직 공경스러울 뿐이었다.

"내년에 보세."

제갈휘는 몸을 돌려 산길을 내려갔다. 때는 가을이었다. 따뜻하고 너그러운 햇살이 그의 넓은 등으로 쏟아지고 있었다.

(2)

사기로 만들어진 작은 잔 하나가 길쭉한 손가락에서 뱅글뱅글 맴돌고 있다. 그 속에 담긴 담황색 액체는 금방이라도 넘칠 것처럼 찰랑거린다. 그러나 손가락의 주인은 이 방면에 있어서 꽤나 재주가 좋은지 잔 밖으로 넘치는 건 한 방울도 없다.

사실 손가락의 주인인 양진삼楊眞三은 이것 말고도 재주가 많은 사람이었다. 그는 당대의 석학과 비교해도 좋을 만한 높은 학문과 무양문 호교십군 중 한 자리를 차지할 만한 고강한 무공을 동시에 갖춘 문무겸전의 인재였다. 뿐만 아니라 그는 어떠한 자리에서든 좌중을 휘어잡을 만한 교묘한 화술의 소유자였고, 예禮, 악樂, 사射, 어御, 서書, 수數의 육예六藝에 달통했으며, 심지어는 광대들이나 익혔을 법한 각종 잡기들까지 능숙하게 펼칠 수 있었다.

그런 잡기들 중에서도 특히 뭔가를 손가락에 올려놓고 돌리는 재주는 양진삼이 매우 자신 있어 하는 종목이었다. 때문에 그는 손가락으로는 사기잔을 돌리면서도 눈으로는 보고 싶은 것을 다 보고, 입으로는 하고 싶은 말을 다 할 수 있었다.

지금 양진삼의 맞은편에는 제갈휘가 앉아 있고, 그의 이마에는 하얀 붕대가 친친 감겨 있었다. 재주 많은 양진삼은 눈으로는 그 이마를 보고 입으로는 하고 싶은 말을 했다.

"참을성도 참 대단하시오. 아침도 거르고 올라가더니만 기껏 받아 온 게 그 흉터가 전부요? 나라면 그렇게 안 살겠소. 암, 그렇게는 안 살지."

양진삼의 목소리는 듣기에 매우 좋았다. 하기야 좋은 건 목소리만이 아니었다. 영리해 보이는 눈동자도 좋았고, 그린 듯 쭉 뻗은 콧날도 좋았고, 주사를 머금은 듯 혈색 좋은 입술도 좋았고, 옥가루를 바른 듯 깨끗한 피부도 좋았다. 이 모든 좋은 것들 덕분에 이십 대 청년처럼 싱싱해 보이는 양진삼이지만 실제 나이는 자그마치 서른여덟. 불혹이 낼 모레인 장년의 끝자락이었다.

제갈휘는 양진삼의 말에는 아무런 대꾸도 하지 않고 앞에 놓인 술잔을 단숨에 비워 버렸다. 이어 안주로 나온 소고기 볶음 한 점을 집어 입으로 가져가는데, 이빨 사이로 울려 나오는 우적거리는 소리가 지금의 불편한 심사를 대변해 주고 있었다.

그 모습을 바라보던 양진삼이 다시 말했다.

"화산의 노사부께선 대체 어떻게 해야 형님의 정성을 알아 주신다고 합니까? 문자 그대로 간과 뇌를 땅에 처발라야 된답니까?"

제갈휘의 입에서 울려 나오던 우적거리는 소리가 칼로 자른 듯 뚝 멎었다. 제갈휘는 고개를 들고 양진삼을 노려보았다. 그 서슬에 찔끔 놀란 양진삼은 하마터면 손가락으로 돌리고 있던 사기잔을 떨어뜨릴 뻔했다.

"하기야 원래부터가 강직한 어른이니 그러실 수도 있겠지요. 허, 허, 허."

양진삼은 어색한 웃음을 지으며 고개를 슬쩍 외로 꼬았다.

위태롭게 곤두서 있던 제갈휘의 눈길이 양진삼의 얼굴로부터 천천히 떨어져 나갔다. 보지 않고도 그 기색을 느낀 양진삼은 내심 안도의 한숨을 쉬었다.

'이러다 언젠가 한 방 맞지.'

천하가 감탄해 마지않는 절대적인 검법을 지녔음에도 일상의 거의 대부분을 소나 양처럼 양순하게 지내는 제갈휘였다. 그러나 그런 그에게도 건드려서는 안 되는 역린이 달려 있었다. 그와 단짝으로 붙어 다니는 양진삼이지만 역린을 건드린 뒷감당은 자신할 수 없었다.

제갈휘는 묵묵히 빈 잔에 술을 채웠다. 시퍼런 서슬은 사라졌지만 여전히 밝지 않은 표정이었다. 탁자 위의 공기는 자연히 무거웠고, 양진삼은 괜히 등덜미가 근지러워지는 기분이 들었다.

"재미없구려. 우리 다른 얘기나 합시다. 음, 무슨 얘기가 좋을까……."

탁.

가벼운 소리와 함께 양진삼의 손가락에서 맴돌던 사기잔이 탁자로 자리를 옮겼다.

"옳지, 소제가 이번에 새로 벼슬을 하게 된 얘기나 해야겠군요."

술잔을 들어 입가로 가져가던 제갈휘의 손길이 멎었다.

"벼슬?"

"그것도 제법 높은 벼슬이지요."

"무슨 벼슬이기에 이리 빼기는 겐가?"

양진삼은 눈썹을 이마 쪽으로 두어 번 밀어올린 뒤 목을 빳빳

이 세우며 말했다.

"소제, 이번에 금의위錦衣衛 부영반副令班이 되었습니다. 형님께서도 앞으론 소제에게 잘 보이셔야 할 겁니다."

줄곧 뜨악한 표정이던 제갈휘도 양진삼의 이 말 앞에서는 눈이 커지지 않을 수 없었다. 금의위 부영반이면 정말로 목에 힘 줄 만한 벼슬자리이기 때문이다.

만일 황제의 녹을 받는 신하들을 모아 놓고 천하에서 가장 무서운 장소를 두 군데만 말해 보라고 한다면 십중팔구는 금의위의 뇌옥과 동창東廠의 고문실을 꼽을 것이다. 일단 끌려 들어가면 죄의 유무와는 무관하게 제 발로는 절대 걸어 나올 수 없는 인세의 지옥이 바로 그 두 곳이기 때문이다.

감찰, 체포는 물론이거니와 고문과 심사, 나아가 재판권까지 행사함으로써 무소불위의 권력을 휘두르는 제국의 양대 특무 기관, 금의위와 동창!

그중 금의위는, 환관들이 모든 요직을 꿰찬 동창과는 달리 순수 무관들로 구성되어 있었다. 환관 왕진王振의 권세가 하늘을 찌르는 근자에는 동창에 비해 상대적으로 입지가 약해지긴 했지만, 그래도 금의위를 가벼이 여길 간 큰 사람은 대내외를 막론하고 찾아보기 힘든 실정이었다.

현재 금의위의 영반令班은 오군도독부五軍都督府 감찰사監察司를 지낸 바 있는 하도지河道之였다.

"아버지 잘 둔 사람은 좋겠군."

빈정거리는 말투와는 달리 제갈휘의 눈은 따듯하게 웃고 있었다.

제갈휘의 말처럼 양진삼의 출신은 매우 좋았다. 그의 가문은 삼 대에 걸쳐 아홉 명의 대부大夫와 열세 명의 거유巨儒를 배출

한 명문 중의 명문이었다. 거기에다가 그의 아버지는 전 황제의 장인이었고, 그의 누나는 현 황제의 친모였다. 다시 말해, 그는 현 황제에게 외숙부가 되는 셈이었다.

이처럼 쟁쟁한 배경은 양진삼으로 하여금 많은 것들을 가능하게 해 주었다. 국가 기관인 금의위와 강호 세력인 무양문에 동시에, 그것도 매우 높은 직위로 적籍을 둘 수 있다는 것도 그러한 예 중 하나였다.

제갈휘의 악의 없는 빈정거림에 양진삼은 크게 웃었다.

"형님도 별말씀을 다 하십니다. 그게 어디 그 어른 덕이랍니까? 모두 소제가 잘난 덕이지요. 하하!"

양진삼은 어깨를 과장되게 흔들며 가가대소했다.

제갈휘는 그 모습을 보며 빙그레 웃었지만 이내 시무룩한 표정을 짓고 말았다.

이들 두 사람은 단짝이라고 소문났을 만큼 친한 사이였다. 성격이 잘 맞은 덕도 있겠지만, 이들이 단짝이 된 보다 근본적인 이유는 종교적인 문제에서 찾을 수 있었다.

호교십군은 무공만 강하다고 하여 오를 수 있는 자리가 아니었다. 무공 못지않게 중요하게 여겨지는 항목은 명존에 대한 투철한 신앙심이었다. 무양문이 세상으로부터 오랜 세월 박해를 받아 온 백련교에 뿌리를 둔 까닭이었다.

그런 면에서 볼 때, 호교십군을 구성하는 열 명의 군장 중 비교도가 둘씩이나 포함되어 있다는 사실은 매우 이례적인 일이 아닐 수 없었다. 그 두 명의 비교도가 바로 제갈휘와 양진삼이었다.

대개의 경우 종교적인 유대감이란 함께 뭔가를 믿음으로써 형성되는 것이지만, 두 사람의 경우는 오히려 함께 뭔가를 믿지 않음으로써 유대감을 얻게 되었으니, 이 또한 종교의 힘이라고 한다면 너무 억지스러운 주장일까?

술잔을 비운 제갈휘가 소매로 입가를 훔치더니 투덜거렸다.

"금의위 부영반이면 이제는 더욱 얼굴 보기 힘들겠군."

서운함이 배인 이 푸념에 양진삼은 동감한다는 표정으로 고개를 끄덕였다.

"그러게 말입니다. 자리가 자리인 만큼 앞으로는 경사京師(북경)를 쉽게 비울 수 없을 테니까요. 때문에 소제도 지금 걱정이 태산입니다."

빈 잔에 다시 술을 따르던 제갈휘가 양진삼을 올려다보며 물었다.

"무슨 걱정?"

양진삼은 히죽 웃었다.

"가뜩이나 울상인 형님이 소제가 보고 싶어 더 울상이 되면 어쩌나 하는 걱정 말입니다."

"원, 사람도 실없기는……."

실소를 흘리는 제갈휘. 그러나 기분은 그리 밝아지지 않는 것 같았다.

양진삼은 내심 혀를 찼다. 제갈휘의 기분을 풀어 줄 요량으로 꺼낸 이야기인데, 분위기가 어째 그의 의도와는 다르게 점점 무거워지는 것 같았다.

'하여튼 생긴 것답지 않게 여린 양반이라니까.'

양진삼은 제갈휘의 입맛에 맞는 화제를 떠올리기 위해 다시금 머리를 굴려야 했다. 다행히 그의 영민한 머리는 상황에 알맞은 화제 하나를 금방 떠올릴 수 있었다.

"참, 형님께서 아셔야 할 일이 있습니다."

채운 잔을 막 입에 대려던 제갈휘가 양진삼을 바라보았다.

"이번에 서장에서 보낸 대규모 조공단朝貢團이 경사에 들어왔습니다."

제갈휘는 고개를 갸웃거렸다.

"이상하군. 요즘은 조공단이 올 때가 아니지 않는가."

"황상께서 특별히 청하셨다고 합니다."

"왜?"

양진삼은 눈썹을 찡긋거려 심중의 못마땅함을 표현한 뒤 설명해 주었다.

"탄귀비呑貴妃의 회임을 기원하는 불사를 대대적으로 여시려는 모양입니다."

탄귀비는 당금 황제가 가장 총애하는 애첩이었다. 오 년 전 토번국吐蕃國(티베트)에서 바친 공물 중 하나로 황궁에 들어온 그녀는 보는 이의 혼을 빼앗는 절륜한 미모와 무쇠도 녹일 듯한 간드러진 애교로 어린 황제의 마음을 송두리째 사로잡았다. 황제는 심지어 다른 사내들이 그녀의 얼굴을 쳐다보는 것조차 싫어서 그녀로 하여금 비단 면사를 쓰고 다니도록 명했다고 하니, 그녀에 대한 황제의 총애가 얼마나 지극한지 알 수 있었다.

"탄귀비의 회임을 기원해? 황제가 돌았나 보군."

제갈휘의 심드렁한 촌평에 양진삼은 눈을 동그랗게 떴다.

"그, 그런 불경한 발언을……!"

"그래서? 잡아 가기라도 하겠다는 건가?"

양진삼은 고개와 양손으로 동시에 사래질을 쳤다.

"소제가 어찌 감히……. 다만 소제의 체면과 자리와 처지를 생각해서라도 그런 거북한 말씀은 소제가 안 듣는 데서 해 주시면 감사하겠다, 이런 뜻입니다."

그러나 제갈휘는 양진삼의 소박한 바람을 들어주지 않았다. 그는 들고 있던 잔을 단숨에 비운 뒤 말했다.

"탄귀비를 어여삐 여기는 마음이야 젊은 혈기로 이해한다고 치세. 아무리 그래도 이 나라엔 엄연히 황후가 있다네. 씨를 보려거든 의당 황후에게서 봐야지, 만일 저러다 탄귀비가 덜컥 아들이라도 낳는 날에는 그 뒷일을 누가 감당하겠는가?"

고금을 막론하고 황권의 승계란 민감하기 이를 데 없는 사안이다. 일단 문제가 생기면 무수한 목숨들이 여름날 참외 꼭지처럼 날아가 버리는 것이다. 이를 모르지 않는 양진삼은 어깨를 으쓱거렸다.

"뭐, 제 책임은 아니니까 너무 뭐라고 그러지 마십시오."

제갈휘는 한두 번 더 냉소를 치다가 굳어진 안색을 가라앉혔다.

"하긴 자네에게 화낼 문제가 아니겠지. 좋아, 그건 그렇고, 내가 알아야 할 일이란 게 뭔가?"

양진삼은 빙긋 웃은 뒤 말했다.

"탄귀비가 토번국 출신인 만큼 그 회임을 기원하려면 서장의 승려들이 필요할 게 아닙니까. 그래서인지 이번 조공단에는 밀승들도 포함되어 있었습니다."

"그런데?"

"그런데 그 수가 지나치게 많아요. 정확히는 모르지만 이백 명이 훨씬 넘는 것 같았습니다."

"많긴 많군."

제갈휘가 고개를 끄덕였다. 하지만 그 수의 많음에 대해 별다른 문제의식을 갖지는 않은 기색이었다. 이에 양진삼은 목소리를 더욱 낮춰 말했다.

"더 중요한 것은 그들 대부분이 무공을 익혔다는 사실입니다. 게다가 우두머리로 보이는 몇 명은 소제도 감히 이긴다고 장담하지 못할 고수들로 보였습니다."

제갈휘의 미간에 붙은 길쭉한 흉터가 꿈틀거렸다.

양진삼의 무공은 일류, 그것도 초일류라고 할 수 있다. 전대의 이인異人인 무산삼은巫山三隱을 사사한 그는, 개개인이 능히 일방을 제패할 수 있다는 호교십군 가운데도 특별히 강자로 분류되는 고검과 분광검과 마경도인을 제외하면 누구에게도 윗자리를 양보하지 않는다는 극강의 고수였다.

"천하의 쾌찬快燦이 그렇게 말할 정도라면 예사로운 일은 분명 아니군."

제갈휘가 무겁게 말했다.

빠르고 화려하다는 의미의 '쾌찬'은 일종의 감탄사였다. 무양문주 서문숭은 양진삼과의 첫 대면 자리에서 그의 빠르고 화려한 무공 솜씨에 반한 나머지 자신도 모르게, "쾌찬이로다!" 하며 크게 부르짖었다고 한다. 그 후 쾌찬은 그대로 양진삼의 별호가 되었다.

"그 대단한 낙타 대가리들의 정체는 대체 뭘까요?"

양진삼이 미간을 좁히며 물었다. 물론 이 질문에 대한 답을 곧바로 들을 수 있으리라고 기대한 것은 아니었다. 그런데…….

"그들은 서장 밀교의 최고 수뇌부인 천룡팔부중입니다. 대단할 수밖에 없는 것이지요."

놀랍게도 양진삼은 자신의 질문에 대한 답을 곧바로 듣게 되었다. 그리고 그 답을 말한 사람은 제갈휘가 아니었다.

'누가……?'

양진삼은 목소리가 울린 방향으로 시선을 돌렸다. 주루의 일

층과 이 층을 잇는 계단. 좋은 소나무로 만든 튼튼한 발판들이 이 층으로부터 내려오는 한 사람의 발밑에서 거북한 신음을 토하고 있었다.

삐걱. 삐걱.

'저게…… 사람인가?'

양진삼의 입이 헤벌어졌다. 그도 그럴 것이, 지금 계단을 내려오는 남자는 그가 삼십팔 년을 살아오는 동안 단 한 번도 본 적이 없는 엄청난 거구의 소유자였던 것이다.

계단을 다 내려온 그 남자가 양진삼과 제갈휘가 앉은 탁자 쪽으로 다가왔다. 보폭도 얼마나 넓은지, 보통 사람들에겐 여러 걸음 걸릴 거리가 단지 세 걸음에 담겨 버렸다.

양진삼은 탁자 앞에 다다른 그 남자의 얼굴을 제대로 보기 위해 목뼈가 뻐근해지도록 올려다보아야만 했다.

텁수룩한 머리카락과 볕에 그을린 피부가 어딘지 모르게 야인의 냄새를 풍기는 황의의 남자. 사람을 대한다기보다는 낙타나 코끼리 같은 큰 동물을 대하는 기분이어서 나이를 식별하기가 쉽진 않지만, 새카만 체모와 맑은 눈빛으로 미루어 서른 살을 넘기지 않은 청년인 것 같았다.

그때 제갈휘가 자리에서 일어서며 황의 거한을 향해 포권을 올리는 것이었다.

"허! 모용 선배가 아니시오? 이게 대체 얼마 만입니까?"

'선배라고? 내가 나이를 잘못 봤나?'

양진삼은 잠시 의아하게 여겼지만, 황의 거한의 커다란 등판 뒤로 두 명의 노인이 다가와 있는 것을 발견하곤 제갈휘의 포권이 황의 거한을 향한 것이 아님을 알 수 있었다.

두 노인은 각각 청의와 회의를 입고 있었는데, 제갈휘의 인사에 화답한 쪽은 청의를 입은 노인이었다.

"영광이구려. 천하의 고검 대협께서 아직까지 이 늙은이를 기억해 주실 줄은 몰랐소이다."

한쪽 소매가 비정상적으로 헐렁한 것으로 미루어 외팔이임이 분명한 청의 노인은 마치 소림의 승려들이 그리하듯 하나뿐인 손을 눈썹 높이로 치켜 올려 제갈휘의 포권에 답례했다. 그 모습에 제갈휘가 표정을 굳히며 물었다.

"그 팔은 어쩌다가……?"

"마누라도 아닌 것이 내가 싫어졌는지 먼저 달아나더이다. 흐흐."

청의 노인은 대수롭지 않다는 듯이 어깨를 으쓱거렸다. 그때 황의 거한이 제갈휘와 양진삼을 향해 포권을 올렸다. 포개 쥔 주먹의 크기가 웬만한 장정 머리통만 했다.

"석대원이라고 합니다. 고담高談을 방해한 죄, 용서해 주시기 바랍니다."

소림승들과 헤어진 뒤 행보를 재촉한 석대원 일행이 화산에 당도한 날짜는 지금으로부터 이틀 전인 팔월 십삼일.

그들은 바로 이곳 연화찬청蓮花饌廳에 여장을 풀었다. 매 중추절마다 필연적으로 우울해질 수밖에 없는 제갈휘가 기분을 풀기 위해 들르는 곳이 이 연화찬청임을 알고 있었기 때문이다. 과연 제갈휘는 올해도 어김없이 연화찬청의 문턱을 넘어섰고, 석대원은 매우 자연스럽게 제갈휘와 대면할 수 있게 된 것이다.

그런데 뜻하지 않은 훼방꾼이 있었다.

"흥! 죄를 지은 줄은 아는 모양이구나!"

석대원의 인사에 제갈휘가 뭐라 답하기도 전, 양진삼이 매서운 콧방귀를 날리며 자리를 박차고 일어섰다. 석대원이 어리둥절한 표정으로 양진삼을 돌아보았다.

"여기 계신 형님은 원체가 부처님 가운데토막 같은 분인지라 어찌어찌 넘어가 주실지 모르지만, 본인은 남의 말을 엿듣는 도둑고양이 같은 놈과는 절대로 어울릴 생각이 없다!"

석대원의 눈초리가 점차 아래로 말려 내려가기 시작했다. 무슨 재미있는 구경거리라도 발견한 것처럼 말이다. 그에 아랑곳하지 않고 양진삼의 질타는 준열하게 이어졌다.

"봐서 안 되는 것을 보면 눈알이 뽑히고 듣지 말아야 할 것을 들으면 귀가 잘리는 것이 강호의 법도! 이 어르신께서 남의 말을 엿듣는 네놈의 못된 버릇을 고쳐 주마!"

양진삼의 기세가 자못 살벌해지자 제갈휘가 난처한 표정을 지으며 만류하고 나섰다.

"이보게, 그리 큰 잘못을 한 것도 아닌데 이럴 것까지야……."

양진삼은 제갈휘의 말허리를 매몰차게 잘랐다.

"형님은 가만히 계십시오. 소제에겐 중대한 문제입니다."

제갈휘는 미간을 찡그렸다. 다시 생각해 보니 양진삼의 속내를 짐작할 수 있을 것도 같았다. 두 사람이 오늘 나눈 대화 중에는 강호에 알려지면 곤란한 것들도 다수 포함되어 있었다. 이를테면 무양문의 호교십군 중 한 사람인 양진삼이 금의위의 고위 간부직에 오른 일 같은 것 말이다.

'이를 어쩐다?'

제갈휘는 석대원의 눈치를 살폈다. 고장난명孤掌難鳴이라고, 핏대를 올리는 게 단지 양진삼뿐이라면 말리지 못할 이유도 없었다. 문제는, 덩치만 봐도 충분히 짐작할 수 있듯이, 이 석대원이란 인물도 여간내기가 아닐 것 같다는 데 있었다.

제갈휘의 예감은 정확히 들어맞았다.

"그래서 소생의 못된 버릇을 어떻게 고치시겠다는 거요, 금의위 부영반 나리?"

석대원이 느물거리며 말했다. 양진삼의 두 눈썹이 역팔자로 팩 곤두섰다.

"따라와라!"

양진삼은 술집의 입구를 향해 성큼성큼 걸어가기 시작했다. 석대원은 제갈휘를 돌아보며 어깨를 한 번 으쓱거린 뒤 그의 뒤를 따라나섰다.

"이거야 원……."

제갈휘와 모용풍은 난처한 표정으로 서로를 마주 보았다.

❦

"너 오늘 큰일 났다."

연화찬청에서 제법 떨어진 난석亂石들로 둘러싸인 공터.

양진삼은 주먹을 흔들어 보이며 자신보다 머리통 두 개는 더 큰 석대원을 올려대고 있었다. 번쩍거리는 자줏빛 비단옷에 머리엔 담비 가죽으로 만든 예모禮帽까지 쓴 귀공자풍의 남자가 낡고 때 묻은 황의를 아무렇게나 걸친 덩치 큰 야인을 윽박지르는 모습은 다른 사람들의 눈에는 매우 희극적으로 비칠 수밖에 없었다. 하지만 양진삼은 전혀 개의치 않고 양어깨를 건들거리며 석대원의 주위를 천천히 돌고 있었다. 마치 스스로가 뒷골목의 왈패라도 되는 양.

"쾌찬이 마작을 해서 따낸 이름이 아니라는 것을 보여 주마."

뚝! 뚜둑!

양진삼의 양손에서 요란한 뼈 소리가 울려 나왔다. 공터 한

쪽에 서 있던 제갈휘는 그 소리를 들으며 내심 안도할 수 있었다. 요란하게 짖는 개는 물지 않는 법. 양진삼에게 진짜 싸울 의향이 없음을 확인한 것이다.

"자! 눈이 있으면 잘 봐 둬라!"

양진삼은 근처에 있던 주먹만 한 돌덩이를 줍더니 오른손 손바닥으로 힘껏 내리쳤다.

팍!

돌덩이가 산산이 부서졌다.

"어떠냐? 이 바위처럼 만들어 주랴?"

자신이 연출한 작품에 꽤나 만족했는지, 양진삼은 손바닥을 툭툭 털며 득의양양하게 말했다. 그러나 석대원은 그리 만족스럽지 않은 모양이었다.

"금의위의 바위는 모두 고만한 모양이군."

석대원은 몇 걸음 떨어진 곳에 서 있는 어른 몸통만 한 바위로 다가갔다. 그의 왼손에 붉은 기운이 감도는 듯싶더니…….

쩡!

섬뜩한 폭음과 함께 바위가 두 조각으로 갈라졌다. 절세의 혈옥수가 펼쳐진 것이다.

이를 목격한 양진삼의 안색이 가볍게 변했다. 하지만 그는 자존심을 꺾지 않았다.

"뻣뻣하게 나오는 걸로 보아 한가락이 있는 놈인 줄은 알고 있었지. 좋다, 오늘 네놈에게 금의위의 바위가 얼마나 커다란지 똑똑히 보여 주마!"

양진삼은 공터를 빙 둘러서 있는 난석들 가운데 가장 큰 놈에게로 걸어갔다. 칠 척이 넘는 석대원보다도 오히려 두어 자는 더 큰 우람한 바위였다.

이를 바라보는 모든 이들의 눈에 호기심의 기색이 감돌았다. 저만한 바위를 육장肉掌만으로 부순다는 것은 예사 공력으로는 어림도 없는 일이었다.

아니나 다를까, 막상 바위 앞에 선 양진삼은 켕기는 기분이 들지 않을 수 없었다. 기세에 밀리기는 싫어서 가장 큰 놈을 찍긴 했는데, 가까이서 보니 이건 숫제 집채만 하지 않은가.

과연 깰 수 있을까? 못 깨면 그 망신을 어떻게 수습할까?

오만 가지 생각이 양진삼의 머릿속을 스쳐 갔지만 이미 호랑이 등에 탄 형국이었다.

"그, 그래. 이 정도면 되겠군. 잘 봐라!"

그러나 양진삼은 눈을 부릅뜨고 우장을 번쩍 치켜 올렸다, 이 오른손이 주인의 체면을 지켜 주기를 간절히 바라면서.

양진삼의 체면을 지켜 준 것은 그의 오른손이 아니었다.

"잠깐!"

절묘한 순간에 터져 나온 석대원의 외침이 양진삼을 이 위태로운 시험대에서 내려올 수 있게 해 주었다. 양진삼은 내심 반가운 마음이 솟구쳤지만, 위엄 있는 표정을 애써 유지한 채 천천히 고개를 돌렸다.

"뭐냐?"

짐짓 귀찮다는 듯이 묻는 양진삼에게 석대원은 손가락으로 바위의 한 부분을 가리키며 말했다.

"웬만하면 놔두려고 했는데 아무리 생각해도 마음에 걸리는구려. 거기 적힌 글을 읽어 보시오."

양진삼은 눈을 크게 뜨고 석대원이 가리킨 곳을 바라보았다. 바위의 하단, 눈에 잘 띄지 않는 곳에는 '천년 풍상을 이겨 낸 이 바위처럼 우리의 사랑도 변치 않으리.'라는 낯간지러운 연문

戀文이 새겨져 있었다. 언제인지는 모르지만 화산의 산수를 구경 나온 연인 중 한 쌍이 남긴 글귀 같았다.

"금의위의 바위가 얼마나 큰지 증명하는 일도 중요하지만, 그렇다고 남녀 간의 사랑을 방해해서야 되겠소? 부순 걸로 인정해 드릴 테니 그만둡시다."

석대원이 느긋한 목소리로 말했다. 양진삼은 치켜 올린 오른손을 슬그머니 입가로 가져가며 헛기침을 했다.

"험! 하기야 풍류공자를 자처하는 이 몸이 선남선녀의 사랑을 방해할 수는 없는 일이지. 네 요청을 받아들여 이 바위는 봐주기로 하마. 험!"

석대원은 싱긋 웃었다.

"훌륭하오."

양진삼은 칭찬인지 조롱인지 분간할 수 없다면 일단 칭찬으로 받아들이고 보는 속 편한 사람이었다. 물론 그렇다고 해서 이 정도로 끝낼 생각은 없었다.

"너무 신나 할 것 없다. 바위를 봐준다고 했지 네놈을 봐준다고 하진 않았으니까. 자, 어떻게 해 줄까?"

양진삼의 깍지 낀 손에서 다시금 요란한 뼈 소리가 울려 나오기 시작했다.

석대원은 잠시 아무 대꾸도 하지 않았다. 다만 주먹 쥔 오른손으로 자신의 왼쪽 볼을 툭툭 두드릴 뿐이었다. 그러다가 불쑥 한마디를 내뱉는데, 그 말이 무척이나 재미있었다.

"우리 내기나 합시다."

"내기?"

"그렇소. 만일 내가 진다면 뭐든 당신이 시키는 대로 하리다."

팔방미인 양진삼은 각종 도박에도 물론 능했다. 꼬리를 뺄 이유가 전혀 없는 제안이었다.

"그래, 무슨 내기를 하자는 거냐?"

석대원은 촌각도 망설이지 않고 말했다.

"술내기요."

양진삼도 촌각도 망설이지 않고 외쳤다.

"안 돼!"

이 격렬한 반응에 가장 놀란 사람은 다른 누구도 아닌 양진삼 본인이었다. 그는 자신이 뱉은 말을 주워 삼키기 위해 애를 써야만 했다.

"아, 아니, 내기를 받아들이지 않겠다는 얘기가 아니라…… 어…… 그러니까 내 말인즉슨, 네가 정한 내기를 일방적으로 받아들인다면 그것은 내게 너무나도 불공평한 일이 될 수도 있다는 뜻이다. 에…… 다시 말해, 네가 나와 공평한 관계에서 술내기를 하려면 우선 내가 정한 내기에서 이겨야 한다 이 말이다."

말이 심히 장황한지라 석대원은 이를 제대로 해석하기 위해 인상을 찌푸리고 머리를 굴려야만 했다.

"공평과 불공평에 대한 당신의 논리에는 동의할 수 없지만, 어쨌거나 좋소. 당신이 정한 내기는 뭐요?"

양진삼은 재치 있는 사람답게 즉시 적당한 내깃감을 생각해 낼 수 있었다. 그는 품에서 작은 주머니 하나를 꺼냈다. 귀한 비단으로 만든 주머니였다.

"바로 쟁주爭珠다."

"쟁주?"

"이 주머니 안에는 구슬이 들어 있다. 네놈 같은 가난뱅이는 강도질을 하기 전엔 만져 보지 못할 값비싼 구슬이지. 이 주머니를 허공으로 던진 뒤, 땅에 떨어지기 전에 구슬을 취하는 쪽이 내기에서 이기는 것이다."

석대원은 잠시 생각하다가 토를 달았다.

"조건이 있소."

양진삼은 눈살을 찌푸렸다.

"보기보다 깐깐한 놈이군. 뭐냐?"

"서로에게 상처를 입히지는 말기로 합시다. 내 부실한 뼈마디로는 무양문 호교십군의 주먹질과 금의위 부영반의 발길질을 견딜 자신이 없어서 거는 조건이오."

"아하하! 승낙하마!"

풍자가 다분한 엄살임을 모르는 바는 아니지만, 그래도 양진삼은 호기롭게 웃을 수 있었다. 그러나 공터 구석에 구부정하니 서 있던 회의 노인이 석대원을 향해 던진 말까지 들은 뒤에는, 그는 더 이상 웃을 수 없게 되었다.

"소주, 기왕이면 내기에서 이긴 사람이 구슬도 갖는 걸로 하시오. 안 그랬다간 진짜 강도질이라도 나서야 할 판이오."

석대원과 양진삼은 두 손을 늘어뜨린 채 자연스럽게 서 있었다. 언뜻 보기엔 바람이라도 쐬는 듯한 한가한 신색이었다. 하지만 두 사람의 눈은 하나의 비단 주머니에 단단히 고정되어 있었다.

그 비단 주머니를 손에 쥔 사람은 엉겁결에 내기의 심판 겸 공증인이 되어 버린 제갈휘였다. 그는 내기에 나선 두 사람에게 물었다.

"준비는 되었는가?"

두 사람은 동시에 고개를 끄덕였다. 양쪽 모두 자신만만한 표정이었다.

제갈휘는 하늘을 올려다보았다. 석양이 비끼기 시작한 중추절의 하늘은 여전히 높고 푸르렀다. 유쾌한 사내들이 각자의 재주를 뽐내기엔 더할 나위 없이 좋은 무대가 될 것 같아 보였다.

제갈휘의 입가에 엷은 미소가 맺혔다. 다음 순간, 비단 주머니를 쥔 그의 손이 힘차게 위로 올라갔다.

"가네!"

휘익!

비단 주머니는 순식간에 하나의 점으로 화하며 하늘 꼭대기로 솟구쳐 올랐다. 거의 같은 시각, 두 줄기 우렁찬 기합이 제갈휘의 좌우에서 터져 나왔다.

"찻!"

"이얍!"

석대원과 양진삼의 신형이 비단 주머니를 좇아 무서운 속도로 하늘로 솟구쳤다. 크고 작은 두 마리 용이 승천하듯 거침없고 호쾌한 움직임이었다.

"멋지군."

지상에 남은 제갈휘가 작게 탄사를 터뜨렸다. 이것은 석대원을 향한 탄사였다. 쾌찬의 민첩함이야 천하가 다 인정하는 바였다. 그런데도 저 석대원이란 청년은 쾌찬에 못지않은 민첩한 몸놀림을 보여 주고 있는 것이다. 대체 무슨 수련을 쌓았기에 보통 사람의 두 배에 가까운 거구를 저리도 가볍게 놀리는 것일까?

'과연!'

지상의 제갈휘가 석대원의 몸놀림에 감탄하는 바로 그 시각, 상천제上天梯의 신법으로 하늘로 솟구쳐 오르던 석대원 역시 터져 나오는 탄사를 금할 길이 없었다.

　매우 미세한 차이에 불과하지만, 도약만큼은 분명히 자신이 빨랐다. 그리고 이 장 높이에 이를 때까지는 그러한 시간 차가 유효하게 작용하고 있었다.

　그러나 높이가 이 장을 넘어서는 순간, 양진삼의 상승 속도가 괴이하리만치 빨라졌다. 겨드랑이 밑에 보이지 않는 날개라도 달린 것일까? 양진삼은 두 팔을 휘젓는 가벼운 동작만으로 석대원을 간단히 추월해 버린 것이다.

　석대원은 양진삼에게 붙은 쾌찬이란 별호가 결코 과장이 아님을 깨달을 수 있었다. 경신술에 관한 한 달인이라는 칭송이 결코 과하지 않을 것 같았다. 물론 그렇다고 해서 내기에 질 생각은 전혀 없었다.

　석대원의 오른손이 머리 위로 쭉 뻗어 나갔다.

　'건방진 자식!'

　양진삼은 내심 코웃음을 치며 네 자 거리까지 다가온 비단 주머니를 향해 손을 뻗었다.

　석대원이란 자가 보여 준 신법도 그리 만만한 것은 아니나, 쾌찬 양진삼을 상대하기엔 분명 부족함이 있었다. 신법으로써 자신과 겨룰 만한 고인은 천하를 통틀어도 다섯을 넘지 않는다고 자부해 오던 그가 아니던가. 만일 상대하는 게 가능하다면, 저승에 있는 세 명의 사부들이, 제자를 좀 더 괴롭히지 못한 게 죽는 날까지도 한으로 남았던 그 무시무시한 사부들이, 못난 제자를 벌주기 위해 관 속에서 벌떡 일어날지도 모른다.

'그럴 일은 결코 없을 테니 부디 관 속에서 푹 쉬세요, 노인네들.'

양진삼은 단숨에 저 비단 주머니를 취함으로써, 사부들의 안락한 영면을 지켜 드리는 동시에 하늘 높은 줄 모르고 까부는 저 덩치 큰 촌놈의 콧대를 납작하게 만들어 주고 싶었다.

그런데 코앞까지 다가온 비단 주머니가 어찌 된 영문인지 손에 잡히질 않았다.

후웅!

하방으로부터 밀려온 한 줄기 부드러운 기운이 떨어져 내리던 비단 주머니를 다시 위로 밀어 올린 것이다. 굳이 아래를 내려다보지 않더라도 누구의 짓인지 알 것 같았다.

'어쭈?'

양진삼은 왼발로 오른발 발등을 가볍게 찍었다. 그리고 그렇게 얻어 낸 탄력을 바탕으로 재차 솟구치는 그의 몸놀림은 문자그대로 신기神技일 수밖에 없다. 하지만 생각을 행동으로 옮기는 데엔 약간의 시간이 필요했고, 그동안 그의 발바닥 바로 밑에는 석대원의 거구가 바짝 다가와 있었다.

'어디 맛 좀 봐라.'

양진삼의 두 눈에 기광이 감돌았다.

"한 형, 심심한데 누가 이기는지 내기나 할까?"

"……."

"신법의 민첩함을 겨루는 시합인 만큼 아무래도 쾌찬이 유리할 것 같은데, 한 형은 물론 석 공자를 응원하겠지?"

"……."

"그래서 내기를 하자는 걸세. 한 형은 석 공자에게 걸게. 난

쾌찬에게 걸겠네."

"모용 형."

"응?"

"내기에 걸 돈은 있는가?"

"……."

상실하허上實下虛의 운기로 몸을 최대한 가볍게 만듦으로써 비단 주머니와의 거리를 빠르게 좁혀 나가던 석대원은 눈살을 슬쩍 찌푸렸다. 자신과 두 자 남짓한 간격을 유지하며 상승하던 양진삼의 신형이 순간적으로 멈춰진 듯했기 때문이다.

다음 순간, 석대원의 어깨에 양진삼의 오른발이 얹혔다.

"엇?"

어깨와 발이 접촉한 시간은 찰나라고 해도 좋을 만큼 짧았지만, 그 여파는 가볍지 않았다. 양진삼이 발바닥을 통해 암암리에 밀어 보낸 암경이 석대원의 중심을 여지없이 무너뜨린 것이다.

석대원은 어깨의 위치를 재빨리 끌어내림으로써 상방으로부터 엄습한 역도를 풀어 버릴 수 있었지만, 상승하는 기세가 한풀 꺾인 것은 어쩔 수 없는 일이었다.

위를 향한 석대원의 시선과 아래를 향한 양진삼의 시선이 허공의 한 점에서 마주쳤다. 그 순간, 석대원의 굵은 눈썹이 털벌레처럼 꿈틀거렸다. 양진삼의 입가에 맺힌, 양진삼의 입장에서는 득의양양하고 석대원의 입장에서는 얄밉기 짝이 없는 미소 때문이었다.

"하아압!"

용음을 방불케 하는 웅장한 기합과 함께 석대원의 장대한 신형이 풍차처럼 회전하기 시작했다.

"휘이유!"

하늘을 올려다보던 제갈휘는 자신도 모르게 길게 휘파람을 불었다.

방금 석대원은 세 가지 공부를 연속해서 발휘했다. 양진삼의 암습을 풀어 버린 재주는 사량발천근四兩撥千斤의 내공이요, 몸을 회전할 때 사용한 재주는 음양전도陰陽轉倒의 운신술이며, 둥글게 움츠린 몸을 힘차게 튕김으로써 양진삼과의 거리를 순식간에 좁혀 가는 재주는 보는 것만으로도 탄성이 절로 나오는 궁신탄영弓身彈影의 신법이었다.

저런 수준 높은 공부를 자유자재로 펼칠 수 있다는 사실은 뼈를 깎는 수련과 무공에 대한 폭넓은 이해 없이는 절대로 불가능한 일이었다. 제갈휘는 석대원의 정체에 대해 더욱 큰 호기심을 느꼈다.

비단 주머니를 먼저 취한 사람은 양진삼이었다. 이때 그의 신형은 지면으로부터 자그마치 육 장이나 떨어진 허공에 머물러 있었다.

비단 주머니를 낚아챔과 동시에 양진삼은 아래를 슬쩍 내려다보았다. 궁신탄영의 경신술을 이용해 무서운 기세로 솟구쳐 오르는 석대원의 모습이 눈에 들어왔다.

'제법인걸.'

자신의 한 수에 맥없이 물러나리라고는 기대하지 않았지만, 그래도 저 정도로 맹렬하게 따라붙을 줄은 예상치 못한 터였다.

양진삼은 꼿꼿이 선 자세에서 왼쪽 다리를 오른쪽 다리 너머로 날쌔게 끌어당겼다. 그렇게 만들어 낸 탄력으로 넉 자가량을 수평으로 이동하는데, 그 움직임이 어찌나 매끄러운지 마치 얼음을 지치는 듯했다.

만일 석대원이 보통 사람이었다면 양진삼은 이 금계독립金鷄獨立의 한 수로써 석대원의 영향권으로부터 쉽게 벗어날 수 있었을 것이다. 그러나 석대원은 보통 사람이 아니었다. 아주 커다란 사람이었다.

화살처럼 곧게 날아오던 석대원이 어느 순간 사지를 활짝 펼쳤다. 그러자 믿을 수 없을 만큼 거대한 황색 그물이 허공 한가운데 만들어졌다. 양진삼의 안색이 가볍게 변했다.

"주머니를 내놓으시오!"

저음의 묵직한 목소리가 양진삼의 고막을 망치처럼 두드렸다. 그와 동시에 쇠스랑처럼 억세 보이는 다섯 손가락이 비단 주머니를 쥔 양진삼의 오른손을 향해 무서운 기세로 날아들었다.

양진삼은 눈살을 찌푸렸다. 손가락이 도달하기도 전부터 오른팔의 경문혈京門穴 부위가 저려 오는 것을 느낀 것이다. 서로에게 상처를 입히지 말자는 조건을 건 쪽은 석대원이었다. 하지만 이쪽에서 먼저 지은 죄가 있는 탓에 반칙이 아니냐고 따질 수도 없었다. 하기야 따질 경황도 없긴 했지만.

"쳇!"

양진삼은 연체동물처럼 상체를 괴이하게 뒤틀면서 석대원의 겨드랑이 아래로 몸을 빼냈다. 그러면서도 슬쩍 눈에 들어오는 석대원의 넓은 등짝에 날렵한 발길질 한 방을 잊지 않는 것은, 빚지고는 못 사는 그의 천성 탓이었다.

퍽!

석대원의 등판에서 가죽 북을 두드리는 듯한 소리가 터져 나왔다. 내력을 실은 발길질인 만큼 어지간히 아플 것임이 분명했다.

'흐흐! 맛이 어떠냐?'

발바닥을 통해 전달되어 온 느낌이 어찌나 통쾌한지 양진삼은 자신도 모르게 헤벌쭉 미소를 지었다. 그러나 그 웃음은 금방 사라질 수밖에 없었다. 중심을 잃고 쩔쩔매리라 예상했던 석대원이 신형을 번개같이 돌리며 쇠스랑 같은 다섯 손가락을 재차 뻗어 왔기 때문이다.

양진삼의 왼쪽 어깨가 그 다섯 손가락 안에 갇혔다.

"모용 선배, 저 청년은 대체 누굽니까? 어떤 대단한 고인의 문하이기에 저 나이에 저런 성취를 이룬 겁니까?"

"흐흐, 고검 대협께서도 아마 깜짝 놀라실 거외다. 저 석대원이란 친구는 바로 그 유명한 혈…… 윽!"

"……?"

"아니, 이 영감쟁이가 남의 옆구리는 왜 꼬집고 난리야? 석 공자가 혈랑곡주의 전인이란 사실이 뭐 그리 대단한 비밀이라고!"

'잡았다!'

석대원은 내심 득의의 외침을 터뜨렸다. 얄미울 만큼 재빠른 상대를 마침내 궁지에 몰아넣은 것이다.

양진삼의 한쪽 어깨를 송두리째 가둬 버린 석대원의 왼손이 힘차게 오므려졌다. 교묘하다고는 하기 힘들지만 일단 틀어잡히면 호랑이라도 꼼짝 못 할 만큼 무지막지한 금나술이었다. 그러나 아쉽게도 양진삼은 호랑이가 아니었다. 굳이 비유하자면 도마뱀 쪽에 가까웠다.

찌익!

양진삼이 입고 있던 자줏빛 비단옷의 어깨 자락이 길게 찢겨 나갔다. 꼬리를 남겨 놓고 달아나는 도마뱀처럼, 양진삼은 팔랑 거리는 천 조각만 남겨 놓은 채 석대원의 손아귀를 빠져나간 것 이다. 실로 눈으로 보고서도 믿기 어려운 귀신같은 몸놀림이 아 닐 수 없었다.

양진삼이 공격권에서 완전히 벗어나자 석대원은 당황하고 말 았다. 양진삼은 위를 바라보고 누운 자세로 지상을 향해 떨어져 내리고 있었다. 잠깐 사이에 벌어진 두 사람의 거리는 이 장 남 짓. 지면으로부터의 높이를 감안하면 천근추의 공력으로도 따 라잡기 힘든 거리였다. 이쯤 됐으면 승부는 물 건너간 셈.

'빌어먹을, 꽤나 뻐기겠군.'

바로 그때, 석대원의 두 눈이 번쩍 빛났다. 내기에 이겼으니 마땅히 의기양양해하고 있을 양진삼이건만, 지금 이 순간 그 얼 굴은 승자의 것이라고는 믿어지지 않을 만큼 심하게 우그러져 있었던 것이다. 이유가 뭘까?

'혹시……?'

양진삼은 신법의 고수답게 공간을 인지하는 능력이 뛰어 났다. 덕분에 그는 위를 향해 누운 자세로도 자신과 지면과의 거리를 정확히 가늠할 수 있었다. 이제 지면과의 거리는 불과 이 장. 공중제비로 몸을 가볍게 뒤집어 두 발을 땅에 붙이기만 하면 이번 내기는 그의 승리로 돌아가는 것이다. 그러나 그의 마음은 전혀 즐겁지 않았다.

찢어진 옷!

저 곰 같은 놈이 찢은 것은 비단옷 하나만이 아니다. 그의 하늘같은 자존심까지도 갈가리 찢어 놓은 것이다.

그리고 이러한 생각은 양진삼이 지닌 한 가지 기벽에서 비롯되었다. 바로 결벽증이었다.

석대원은 씩 웃었다. 혈옥수를 운용한 그의 왼손이 하방을 향해 힘차게 뻗어 나갔다.

착지를 위해 몸을 뒤집는 순간, 양진삼은 무시무시한 광풍이 머리카락을 스치며 지면 쪽으로 내리꽂히는 것을 느낄 수 있었다. 다음 순간…….

꽈앙!

요란한 폭음이 양진삼과 지면 사이의 공간에서 터져 나왔다. 양진삼의 길쭉한 눈매가 토끼처럼 동그래졌다. 혹여 바람결에 날리는 먼지 하나라도 옷자락에 묻을까 전전긍긍하는 그가 아니던가. 그런 그에게 엄청난 흙더미가 끼얹어진 것이다. 그것도 발아래로부터!

"으악!"

양진삼은 천만 자루의 검에 전신이 난자당하는 한이 있어도 결코 비명을 지르지 않는 철담鐵膽의 장부임에 분명하지만, 지금 이 순간만큼은 어쩔 수 없었다. 그는 뱀 굴에 빠진 처녀처럼 처절한 비명을 내지르면서 하방으로부터 솟구치는 흙먼지를 피하기 위해 다시금 허공으로 솟구치고 있었다.

올라가는 양진삼과 내려오는 석대원.

두 사람의 얼굴이 스쳐 지나갔다.

'어?'

양진삼의 확대된 동공 속으로 붉은 섬광 한 줄기가 스쳐 지나
갔다. 붉은빛 아스라한 사이로 떠오르는 미소 하나.

"내가 이겼소이다."

석대원은 왼손을 내밀며 말했다. 그의 손바닥에는 눈알만큼
이나 큼직한 진주 한 알이 놓여 있었다.

양진삼은 얼빠진 표정으로 석대원의 손바닥을 바라보다가 시
선을 자신의 오른손 쪽으로 돌렸다. 그의 오른손은 여전히 비단
주머니를 움켜쥐고 있었다. 그러나 그 비단 주머니는 이미 본래
의 기능을 상실한 뒤였다. 밑부분이 예리하게 잘려 나가 그 무
엇도 담을 수 없는 주머니는 더 이상 주머니라 부를 수 없을 터
였다.

뭔가에 홀린 듯한 양진삼의 눈길이 이번에는 자신의 몸 구석
구석을 더듬기 시작했다. 보는 이로 하여금 절로 경외감을 일으
키게 만들던 귀공자는 어디로 사라진 것일까? 지금 이 자리에
서 있는 사람은 먼지 구덩이 속을 헤매다 나온 상거지였다. 양
진삼의 얼굴이 천천히 일그러졌다.

짝! 짝! 짝!

"좋은 구경거리였네."

박수 소리와 함께 제갈휘가 석대원에게 다가왔다. 그는 석대
원을 향해 엄지손가락을 치켜세워 보였다.

"놀라운 장력에 놀라운 검법이었어. 진짜로 감탄했다네."

석대원이 이번 내기를 통해 드러낸 모든 재주들을 하나도 빼
놓지 않고 목격한 제갈휘였다. 특히 막판에 접어들어, 지면을
향해 내리꽂은 엄청난 장력과 비단 주머니의 밑부분을 베어 낸
절묘한 일 검은 거듭하여 떠올려도 감탄만 나올 따름이었다.

"과찬이십니다."

석대원은 담담히 웃으며 말했다. 그를 향해 마주 웃어 보인 제갈휘는 곧이어 양진삼을 돌아보며 안됐다는 듯이 말했다.

"쯧쯧, 이번만큼은 자네가 꼼짝없이 당했구먼."

"젠장!"

양진삼은 움켜쥐고 있던 비단 주머니를 땅바닥에 힘껏 팽개치더니 석대원을 향해 도발적으로 외쳤다.

"오냐, 이번 내기는 내가 졌다! 그러나 아직 술내기가 남았으니 너무 좋아하지는 마라! 내일 아침에 귓구멍으로도 토하게 만들어 주마!"

그러나 제갈휘는 고개를 절레절레 흔들 수밖에 없었다.

양진삼과 술내기. 안 봐도 결과가 뻔했다.

(3)

중추야仲秋夜.

구름 한 점 없는 하늘엔 휘영청 둥근 달이 떠올라 있었다.

보름달은 원圓이요, 원은 단합을 의미했다. 일 년 중 보름달이 가장 밝은 중추절의 다른 이름이 단원절團圓節인 까닭도 거기에 있었다.

보름달을 보노라면 옛 추억에 젖을 수밖에 없는 것이 인지상정이다. '고개 들어 밝은 달을 바라보고, 고개 숙여 고향을 그리워한다[擧頭望明月 低頭思故鄉].'는 두보의 유명한 시구도 바로 그러한 인정의 발로일 터. 때문에 객지에 나가 있는 사람들도 중추절만 되면 본능이 불러온 그리움에 젖어 고향의 가족 품으로 돌아오게 되는 것이다.

그래서 석대원은 중추절을 좋아하지 않았다. 돌아갈 수 없는 고향, 돌아갈 수 없는 가족을 향한 그리움이 너무나도 가슴에 사무치기에 그는 중추절을 좋아하지 않았다. 사창 밖에 내걸린 저 보름달도 마찬가지였다.

콸랑콸랑.

귀에 익숙한 소리가 음울한 상념을 밀어냈다. 술병이 술을 토해 놓는 소리인데, 그 소리가 듣기 좋은 걸 보니 나도 주당이 다 된 모양이란 생각에 실소가 나왔다.

석대원의 앞에 놓인 사기잔에 담황색 액체가 차올랐다. 가을밤과 잘 어울리는 담담한 주향이 코끝을 간질였다. 청자 술병을 기울여 그의 술잔을 채워 준 사람은 북슬북슬한 턱수염이 멋들어진 중년인, 바로 제갈휘였다.

외로운가?

남세스러운 일일지도 모르지만, 석대원은 자신을 바라보는 제갈휘의 눈빛에서 이런 질문을 읽을 수 있었다. 아니, 읽은 듯한 기분이 들었다. 그래서 자문해 보았다.

외로운가?

그렇다. 지난 십일 년을 하루도 빼놓지 않고 시달린 탓에 이제는 완전히 삶의 일부가 되었다고 여겨 온 외로움. 그래서 다시 한 번 자문했다.

그렇다면 그 외로움에 익숙해졌는가?

그런데 아닌 모양이었다. 오늘따라 천애天涯에 홀로 버려진 듯한 적막한 기분을 떨칠 수 없었다. 중추절, 저 보름달이 문제였다. 열린 사창 너머를 바라보며 석대원은 나직하게 한숨을 쉬고 말았다.

그때 제갈휘가 운명처럼, 아니 필연처럼 석대원에게 물었다.

"외로운가?"

석대원은 사창 너머에 주었던 시선을 돌려 제갈휘의 두 눈을 들여다보았다. 그 시선이 부담스러운 듯 제갈휘는 오히려 고개를 살짝 숙이며 말을 이었다.

"괜한 소리를 했나 보군. 이렇게 마주 앉아 바라보자니 문득 자네가 외로워하는 것 같다는 생각이 들어서 한 말일세. 그런데 다시 생각해 보니까 외로워하는 건 자네가 아니라 나인 것 같네. 음, 그러니 마음에 담아 두지 말게나."

스스로 빠진 감상에 쑥스러움을 느낀 듯 제갈휘는 필요 이상으로 장황한 말을 늘어놓고 있었다.

"외로우십니까?"

이번엔 석대원이 제갈휘에게 물었다.

"외롭냐고?"

독백처럼 반문하는 제갈휘의 얼굴에 미소가 맺혔다. 많은 사연, 많은 곡절을 담고 있는 그 비감한 미소가 제갈휘의 대답이었다.

제갈휘는 고개를 슬쩍 털어 내 그 미소를 지운 뒤, 자신의 잔으로 청자 술병을 가져갔다.

"제가 따르겠습니다."

석대원은 손을 내밀어 술병을 잡았다.

두 개의 술잔이 가득 찼다.

두 개의 술잔이 말끔히 비워졌다.

술자리를 시작한 지도 어느덧 한 시진이 넘어가고 있었다. 모용풍과 한로는 젊은 사람들에게 자리를 내준다는 핑계하에 일찌감치 객방으로 들어간 뒤였다. 탁자에 즐비한 것은 깨끗이 비어 버린 술병들. 그 수가 자그마치 열둘이다.

드물게도 조용한 술자리였다. 참과 비워짐을 무수히 반복한 두 개의 술잔과 달리 두 사람 사이에 오간 대화는 그리 많지 않았다. 그럼에도 불구하고 석대원은 일말의 어색함도 느끼지 않았다. 오히려 오랜 친구를 앞둔 듯한 자연스러운 기분을, 친밀감을, 나아가 동질감을 느꼈다. 그리고 석대원은 믿어 의심치 않았다, 제갈휘가 느끼는 기분 또한 자신의 그것과 크게 다르지 않으리라는 것을.

두어 순배 더 돈 무렵, 이제는 중추야의 달빛처럼 익숙해진 침묵을 깨고 제갈휘가 말문을 열었다.

"묻고 싶은 것이 있네."

석대원은 시선을 맞춤으로써 제갈휘의 질문을 기다렸다.

제갈휘가 물었다.

"자네가 정녕 혈랑곡주의 전인인가?"

"그렇습니다."

석대원은 곧바로 시인했다.

"모용 선배로부터 듣긴 했지만 솔직히 믿기 어려웠네. 그런데 사실인가 보군."

석대원은 제갈휘의 심정을 충분히 이해할 수 있었다. 검을 수련한 검객에게 있어서 혈랑곡주의 존재란 무한한 경배의 대상인 동시에 극단적인 공포의 상징이기도 했다. 쉽사리 믿지 않는 것도 무리가 아니었다.

호수처럼 고요한 눈으로 석대원의 두 눈을 정시하던 제갈휘가 다시 입을 열었다.

"고금 제일의 마검이라 불리는 혈랑검법의 명성은 철들기 전부터 귀에 못이 박히도록 들어왔지. 석대원이라고 했나?"

"예."

잠시 뜸을 들이던 제갈휘가 밑도 끝도 없이 사과를 했다.

"미안하네."

"예?"

의아해하던 석대원의 두 눈이 순간적으로 얼어붙었다.

소리도 없다.

형체도 없다.

그러나 분명히 감지할 수 있는 지극히 위험한 '그 무엇'이 자신의 인후를 향해 무서운 속도로 쏘아 온 것이다.

찰나의 순간, 육신을 움직인 것은 사고 이전의 반사 신경이었다. 석대원은 신체의 중심을 우측으로 가라앉히는 것과 동시에 오른손을 수도로 펼쳐 인후를 엄습해 온 '그 무엇'의 측면을 베어 갔다.

우당탕!

석대원이 앉아 있던 나무 의자가 요란한 소리와 함께 나뒹굴었다. 그리고 잠시의 정적.

"검객이 아니라면 반응이 늦을 테고, 검법이 미숙하면 반격이 없을 테지. 아까 공중에서 보여 준 몸놀림을 목격한 뒤로 자네가 검객인지 권사인지 헷갈렸는데, 이제는 확연히 알겠네. 자네는 검객일세. 허락도 없이 시험한 점을 용서해 주게."

제갈휘는 이렇게 말하며 내밀고 있던 오른손을 천천히 거둬들였다. 그 손에 쥐어진 물체를 확인한 순간 석대원은 자신도 모르게 짤막한 신음을 흘리고 말았다.

"음."

대나무를 결 따라 쪼개 만든 평범한 젓가락 한 짝. 그것이 제갈휘가 쥐고 있는 물체의 정체였다.

제갈휘는 그 젓가락을 석대원에게 뻗어 그저 가볍게 찔러 내는 시늉을 했을 뿐이었다. 그럼에도 불구하고 석대원은 천하에서 가장 날카로운 검에 인후를 꿰뚫리는 듯한 아찔한 위기감을 맛본 것이다.

만일 저 손에 쥐인 것이 젓가락이 아니라 진검이었다면?

만일 제갈휘의 마음속에 일말의 살기라도 깃들어 있었다면?

어느 하나라도 감당해 낼 자신이 없었다. 석대원은 심장이 싸늘하게 식는 기분을 느꼈다.

'과연…….'

그래서 명불허전이란 말이 생겼나 보다. 고검 제갈휘의 명성이 검왕 연벽제의 그것에 비해 조금도 뒤지지 않는 까닭을 석대원은 이제는 명확히 알 수 있었다.

석대원이 바닥에 쓰러진 의자를 일으킨 다음 다시 앉기를 기다려, 제갈휘가 말했다.

"한 가지 더 묻고 싶은 것이 있네."

"그러시지요."

제갈휘의 눈매가 조금 엄숙해졌다.

"근자에 혈랑곡도들이 일으키고 다니는 혈겁에 대해선 자네도 들어 봤으리라 믿네."

"그렇습니다."

"자네와는 무관한 일이겠지?"

석대원은 이번에도 망설이지 않고 대답했다.

"물론입니다."

제갈휘의 입가에 부드러운 미소가 어렸다.

"다행이네."

석대원으로선 약간 의외의 반응이었다. 자신의 말을 입증하기 위해 몇 마디 해명 정도는 곁들일 필요가 있을 줄 알았는데?

그래서 제갈휘에게 물었다.

"끝인가요?"

"그렇다네."

제갈휘의 대답은 간단했다. 석대원은 확인하듯 재차 물었다.

"제 말 한마디만으로 충분하다는 말씀인가요?"

눈썹을 슬쩍 찌푸리며 반문하는 제갈휘.

"뭐가 더 필요할까?"

"하지만 그래도……."

제갈휘는 석대원의 잔에 술을 채워 주었다.

"난 우부愚夫라네. 그래서 부친처럼 여기는 사부님께도 용서를 받지 못한 채 이십 년이 넘는 세월을 가슴앓이만 해 왔지. 하지만 그런 우부라도, 이 세상에는 두 가지 유형의 사람이 있다는 것을 안다네. 하나는 아까 내가 물은 것과 비슷한 종류의 질문에 대해 거짓말을 할 줄 아는 똑똑한 사람이고, 다른 하나는 거짓말을 할 줄 모르는 어리석은 사람이지. 자네는 죽었다 깨어나도 전자는 되지 못해."

석대원은 짐짓 인상을 쓰며 따져 물었다.

"제가 어리석다고 은근슬쩍 욕하시는 겁니까?"

"그런 셈인가? 하하!"

제갈휘가 앞서 웃고, 석대원이 뒤따라 웃었다.

오늘 처음 만난 두 사람이지만 그들에겐 통하는 점이 있었다. 그들의 영혼에는 비슷한 종류의 상처가 새겨져 있었다. 가장 가까워야 할 친인들로부터 배척당한 상처. 그 상처가 주는 고통 속에서 그들은 한없이 외로워해야만 했고, 그러한 외로움이 매개가 되어 그들은 각자의 삶에 드리워진 짙은 그늘을 공유할 수 있었다.

술잔을 부딪쳐 가는 두 사람의 마음속에는 지음을 만난 기쁨이 소리 없이 차오르고 있었다.

좋은 분위기를 깨뜨린 것은 주방으로부터 나온 점소이였다.
"헤헤, 중추가절을 맞이하여 저희 찬청에서 특별히 준비한 음식입니다."

점소이가 내민 접시에는 둥그런 월병이 여남은 개 놓여 있었다. 보름달을 닮아 그런 이름이 붙은 월병은 중추절에 반드시 먹어야 하는 음식으로 알려져 있었다. 오죽하면 '매봉중추每逢仲秋 배사월병倍思月餠'이라 하여, 매년 중추절이면 월병 생각이 더욱 간절하다는 속담까지 나왔겠는가.

"고맙네."

제갈휘는 전대에서 은자 한 닢을 꺼내어 점소이의 손에 쥐여 주었다. 뜻하지 않은 횡재에 놀란 점소이는 다리 잡힌 방아깨비처럼 머리를 열심히 조아렸다.

"고맙습니다! 고맙습니다! 그런데……."

점소이는 말끝을 흐리며 제갈휘의 옆자리를 바라보았다.

"여기 주무시는 손님은 소인이 방으로 모실까요?"

제갈휘와 석대원의 시선이 점소이의 손가락이 향한 곳으로 모였다. 그곳에는 탁자에 얼굴을 처박은 채 완전히 의식을 잃어버린 양진삼의 후줄근한 모습이 있었다. 양진삼이 지난 반나절 사이 보여 준 전락은 가히 극적이라 할 만했다. 귀공자에서 상거지로, 거기서 다시 만취한 주정뱅이로. 그럴 수밖에 없었다. 술잔 하나로 온갖 묘기를 다 부리는 양진삼이지만 정작 배 속에 집어넣을 수 있는 주량은 그리 독하지도 않은 죽엽청 세 잔이 한계였으니 말이다.

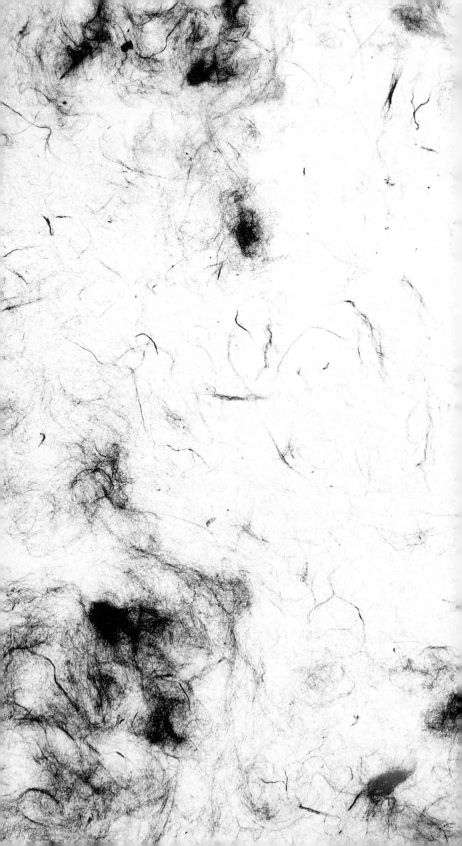

구출작전 救出作戰

(1)

초저녁이 막 지난 무렵인데도 사위는 캄캄하기만 했다. 밤사이 큰비라도 내리려는지 두꺼운 먹장구름이 가린 하늘엔 별도 달도 보이지 않았다.

농수濃水, 상강湘江, 원수沅水, 자수資水의 네 하천을 너른 품에 담았다가 다시 장강으로 흘려보내는 중원 제이의 담수호 동정호.

석대문은 흔들리는 뱃전에 서서 바다처럼 망망하게 펼쳐진 동정호의 수면을 바라보았다. 수면은 초저녁부터 불기 시작한 바람으로 출렁거리고 있었다. 습기를 동반한 쌀쌀한 바람에선 더 이상 여름날의 향기를 맡을 수 없는데, 뱃머리에 부딪치는 술캉술캉 물결 소리가 검객의 예민한 발바닥을 간질이고 있었다.

석대문이 탄 쾌속선의 목적지는 동정호 가운데 자리 잡은 작은 섬, 군산君山이었다. 옛 시인은 그 군산을 가리켜 '은 쟁반에 놓인 푸른 소라와 같다'고 했지만, 지금 석대문의 마음속에는 어떤 위험이 도사리고 있을지 모르는 사지처럼 여겨질 따름이었다.

휘이잉—.

바람이 갑자기 드세졌다. 석대문은 어깨 너머로 찢어질 듯 펄럭이는 피풍避風(바람막이용 외투)의 끈을 단단히 여몄다.

그때 누군가의 목소리가 들려왔다.

"여기 있었군."

석대문은 시선을 돌렸다. 그의 곁엔 자줏빛 피풍을 걸친 백발의 노인이 다가와 있었다. 노인의 허리엔 손잡이 부근에 금빛 사자 머리가 조각된 보검 한 자루가 걸려 있었다. 바로 금사신검, 사자검문의 노문주 방령의 신물이었다.

"바람이 찬데 선실에 들어와 있지 않고."

방령의 말에 석대문이 담담히 웃으며 대답했다.

"괜찮습니다. 오랜 더위 끝의 바람이라 그런지 차갑다기보다는 상쾌하게 느껴져서요."

방령의 차가운 얼굴에 한 가닥 쓸쓸한 기색이 어렸다.

"역시 젊음이란 좋군. 하지만 이 백부는 이제 송장이 다 됐나 보이. 무더운 여름도 그리 좋은 건 아니었지만, 바람이 차가워지면 팔다리부터 쑤셔 오기 시작하니."

"하하, 별말씀을 다 하십니다. 제 눈엔 아직 한창이신걸요."

석대문은 웃음으로 얼버무렸지만 방령의 말이 사실임을 알고 있었다. 저런 약한 소리를 늘어놓는다는 것 자체가 방령이 이미 늙은이가 되어 버렸다는 움직일 수 없는 증거이기 때문이었다.

십여 년 전만 해도 석씨 집안의 형제들에겐 방령만큼 무서운 사람이 없었다. 그들의 눈에 비친 방령은 눈길만 마주쳐도 고뿔에 걸릴 것 같은 동장군의 화신이나 마찬가지였다. 그 서슬 퍼런 냉기 앞에서는 아버지 석안마저도 감히 거스르지 못했으니, 어린 석씨 형제들이 이 얼음덩어리 같은 백부를 어찌 두려워하지 않았겠는가.

한데 지금은 어떤가?

석대문에게 비친 방령은 더 이상 동장군의 화신도, 얼음덩어리도 아니었다. 세월은 그의 얼굴에 깊은 주름을 새겨 놓았을 뿐만 아니라 차갑고 오만한 성정마저도 크게 감쇄시켰다. 이제 그는 자신보다 훨씬 커 버린 조카를 올려다보며 삭신의 버거움을 호소하는 진짜 늙은이가 되어 버린 것이다.

"그나저나 참 가관이군. 아무리 집 떠난 지 오래라지만 얼굴 꼴이 그게 뭔가?"

방령이 석대문을 슬쩍 돌아보며 타박을 주었다.

"그런가요?"

석대문은 손을 들어 자신의 얼굴을 더듬어 보았다. 평소 짧게 다듬고 다니던 수염이 손가락으로 배배 꼬아도 될 만큼 텁수룩하게 자라 있었다.

'그러고 보니 면도를 한 게 언제인지 기억도 나지 않는군.'

석대문은 쓰게 웃었다.

어디 면도뿐이랴. 여름 한 철 내내 메뚜기처럼 들녘을 쏘다녔으니 피부도 어지간히 그을렸을 터. 거울을 안 봐도 분명 산도적 상판이 되어 있을 터였다. 그러나 불만은 전혀 없었다. 그 대가로 실종된 숙부 양무청의 행적을 파악할 수 있었으니까.

석대문의 시선이 다시 뱃머리 너머로 향했다. 밤바다처럼 어둡고 망망한 동정호의 수면 위로 비로소 모습을 드러내기 시작한 군산. 어둠 속에 더욱 어둡게 떠오르는 그 음산한 음영을 바라보고 있노라니 혈관 속을 흐르는 핏물이 서서히 뜨거워지는 기분이었다. 그는 어린 시절 칡 줄기를 당길 때와 유사한 긴장을 느꼈다. 이 밑에 대체 얼마나 큰 칡뿌리가 숨어 있을까, 기대 반 두려움 반의 심정으로 당기던.

"흥분되는가?"

방령의 물음에 석대문은 고개를 끄덕였다.

"그렇습니다."

"솔직히 나도 흥분된다네. 이제야 비로소 양 아우를 구출할 수 있다고 생각하니, 노질을 하는 친구들에게 채찍이라도 휘두르고 싶은 심정이야."

"숙부님을 구출한다는 것도 물론 흥분되는 일입니다. 하지만 그것 외에도 한 가지가 더 저를 흥분시키는군요."

"그게 뭔가?"

석대문의 눈빛이 순간적으로 강렬해졌다.

"싸울 상대가 누구인지 마침내 알게 되었다는 점입니다."

개방의 소주 분타주 위백에게 사이한 요법을 걸어 양무청을 납치한 것도 모자라, 철수객 남궁월 같은 마두들을 대거 파견해 개방의 용두방주 우근을 해치려고 한 정체불명의 적. 이전까지는 단순히 혈랑곡도로만 알고 있던 그 적의 정체는 실로 놀라운 것이었다.

일조령 전투에서 승리한 석대문 일행은 그길로 개방의 소주 분타로 들이닥쳐 위백에게 요법을 건 간세를 색출해 낼 수 있었다. 당황하고 어리둥절한 얼굴로 우근의 뒤를 따르다가 간세의 얼굴을 확인한 위백은 벌린 입을 다물지 못했다. 자신이 얼마 전 맞아들인 젊은 부인 죽삼랑이 바로 그 간세였기 때문이다.

죽삼랑에 대한 위백의 애정은 석대문이 예상했던 것보다 훨씬 지극했다. 그럴 리가 없을 거라며, 뭔가 착각이 있을 거라며, 위백은 죽삼랑의 결백을 밝히기 위해 필사적으로 변호하고 나섰다. 그러나 논리보다는 소망에 더 가까운 그의 애절한 변호는 석대문이 제시한 몇 가지 움직일 수 없는 증거들 앞에서 모래성처럼 무너질 수밖에 없었다. 그는 더 이상 버티지 못하고 끈 떨어진 인형처럼 그 자리에 풀썩 주저앉고 말았다.

우근은 공사를 구분함에 있어서 서릿발처럼 엄정한 사람이었다. 그는 죽삼랑을 상대함에 있어 그녀가 의형 위백의 부인이라는 점을 조금도 고려해 주지 않았다.

죽삼랑의 여린 몸뚱이로 모진 형벌이 가해졌다. 그 과정에서 우근은 강호에서 암묵적으로 금해 온 오독최혼五毒催魂이나 절백침絶魄針 등의 끔찍한 수단을 동원하는 것도 마다하지 않았다.

매혹적인 미소를 짓던 입에서 찢어지는 비명이 터져 나왔다. 사내들을 현혹시키던 요염한 몸뚱이가 넝마처럼 너덜너덜하게 변했다. 그것은 차마 눈뜨고 보기 어려운 끔찍한 광경이 분명했지만, 우근은 눈 하나 깜짝하지 않았다. 일파를 이끄는 종주에게 있어서 비정함이란 필요악의 요소라는 것을, 우근은 이 한 번의 신문을 통해 몸소 보여 주었다.

죽삼랑은 오래 버티지 못하고 자신이 알고 있는 모든 것들을 털어놓았다. 그것을 요약하면 다음과 같았다.

一. 그녀는 석대문에 의해 살해된 사생이란 술법사의 지시로 위백에게 접근했다.

二. 사생은 비각이라는 집단에 속해 있었다.

三. 일개 하수인에 불과한 그녀의 신분으로선 자세히 알 수 없지만, 비각은 관부와 밀접한 관련이 있는 것 같았다.

四. 강호에서 혈랑곡도를 자처하며 혈겁을 일으켰던 흉수들은 모두 비각에서 파견 나왔거나 그 지시를 받은 자들이며 비각 안에는 남궁월이나 사생 같은 강자들이 다수 포진해 있다.

五. 비각은 강호에 몇 군데 전위 조직을 마련해 두고 있는데, 그녀가 아는 유일한 곳은 동정호 경내의 군산에 자리 잡은 철군도鐵群島라는 수채水寨다.

六. 강동삼수의 셋째 양무청은 바로 그 철군도에 수감되어 있다.

"그 요녀의 자백은 솔직히 믿기 어려운 데가 많지. 무엇보다도 관부의 기관인 비각이 무슨 이유로 강호에서 혈겁을 자행한단 말인가? 게다가 남궁월 같은 마인을 거느리고 있다니, 나로선 쉽게 받아들일 수 없는 이야기라네."

방령이 표정과 목소리 모두에 의구심을 담아 말했다.

물론 석대문이라고 이 같은 의구심을 느끼지 않은 것은 아니었다. 죽삼랑의 자백에는 분명 상식에 어긋나는 부분들이 많았다. 하지만 석대문의 눈에 비친 그녀는 그녀 스스로도 밝힌 것처럼 일개 하수인에 불과했다. 그런 그녀에게 끔찍한 고통을 감수하면서까지 조직을 보호하려는 충성심 같은 것은 기대하기 힘들 터였다.

철썩! 철썩!

물결이 바위에 부딪치는 소리가 부쩍 가까워져 있었다. 검은 하늘을 배경으로 흐릿하기만 하던 섬의 윤곽이 어느덧 검고 뚜렷한 그림자로 다가와 있었다.

"시간이 흐르면 더 명확해지겠지요."

석대문이 중얼거렸다.

인간이 노력하는 한 모든 것들은 점점 더 명확해질 것이다. 점점 뚜렷해지는 저 섬처럼 말이다.

(2)

"석 아우, 여기네."

잡목림 아래에서 낮은 부름이 들렸다. 석대문 일행은 소리가 울린 곳으로 신속하게 다가갔다.

잡목림 아래에는 많은 수의 사내들이 모여 있었다. 어두운 밤이 아니라도 금방 알아볼 만큼 차림새가 남루한 사내들이었다. 그럴 수밖에 없었다. 저들 모두가 개방의 제자들이기 때문이었다.

"우리가 늦었나 보군요."

석대문은 선두에 선 중년 남자에게 말했다. 동료들과 마찬가지로 남루한 차림새임에는 분명하나, 그 남자에겐 한 가지 매우 특이한 소품이 달려 있었다. 금빛 매듭이 묶인 진귀해 보이는 허리띠가 바로 그 소품이었다. 바로 개방의 방주 우근이었다.

"아닐세, 우리도 방금 도착했네."

우근이 웃으며 대답하자 석대문이 물었다.

"인원은 얼마나 동원하셨습니까?"

"악양岳陽 분타에서 열다섯, 소주 분타에서 셋을 데려왔지.

나까지 합쳐 모두 열아홉 명이네. 자네 쪽은 어떤가?”

“사자검문에서 검술 교두 다섯 분을 새로 모시고 왔습니다.”

거기에 석대문과 방령 그리고 유태성이 있으니 도합 여덟 명이 온 셈이었다. 개방에 비하면 적은 인원이지만 우근은 개의치 않는 것 같았다.

“사자검문의 검술 교두라면 하나같이 일당백의 검객들이란 소문을 들었지. 천군만마의 지원이 어찌 따로 있겠는가.”

그때 방령이 앞으로 나서며 우근에게 물었다.

“철군도에 대한 조사는 끝났소?”

“물론입니다.”

우근이 빙그레 웃은 뒤 손짓을 하자 뒷전에 모여 있던 개방 제자들 중에서 한 사람이 걸어 나왔다. 희끗희끗한 머리카락을 새끼줄로 질끈 동인 그 사람은 석대문 일행을 향해 포권을 올렸다.

“개방의 악양 분타를 맡고 있는 상위지라고 합니다. 강동의 여러 영웅들을 뵙게 되어 영광입니다.”

그 거지를 바라보는 석대문의 두 눈에 이채가 어렸다.

개방의 간부 중에는 상씨 성을 지닌 대단한 형제가 있는데, 그 형은 지략에 능했고 그 동생은 무용이 뛰어났다. 지무양걸智武兩傑이라 불리는 상위지尙偉智, 상위무尙偉武 형제가 바로 그들이었다. 개방 방주 우근은 그들 형제의 능력을 높이 여겨, 각각 악양 분타와 무창 분타를 통솔하게 했다.

“시간이 없으니 본론을 말씀드리겠습니다.”

상위지는 차분하고 조리 있게 자신이 조사한 바를 설명하기 시작했다. 이를 요약하면 다음과 같았다.

동정호 일대에서 활약하는 문파 중 이름난 곳으로는 창술로 유명한 악양의 동방무장東方武場과 수적들의 집단인 군산 철군도가 있었다. 세력의 규모도 비슷한 데다 우두머리의 능력도 우열을 가리기 힘들어서 이들 두 문파는 오랜 세월 동안 누구도 상대를 압도하지 못하는 팽팽한 균형 관계를 유지해 올 수 있었다.

그러나 그것은 과거의 판도, 정확히는 지난해까지의 판도였다.

올해 초 철군도의 도주 해일풍海一風이 호수용왕湖水龍王이란 명호에 어울리지 않게 의문의 익사체로 동정호에 떠오른 뒤, 철군도의 실권은 외부에서 굴러 들어온 한 사람의 수중으로 넘어갔다. 그리고 그 사람은 도주 등극 세 달 만에 오랜 앙숙 관계이던 동방무장을 격파하는 놀라운 능력을 발휘했다.

그 사람의 이름은 곽인郭寅, 별호는 칠보추혼七步追魂이라고 했다.

"곽인? 곽인이라……."

그 이름을 뇌까리던 방령이 눈썹을 찌푸리며 상위지에게 물었다.

"그자라면 혹시 태행산 칠성노괴의 아들놈이 아닌가?"

상위지는 고개를 끄덕였다.

"그렇습니다."

"허! 일조령에 나타났던 무리 가운데에도 칠성노괴의 고목인을 쓰는 자가 있더니만, 이젠 그 아들놈까지?"

일조령 전투에 관해서는 이미 전해 들은 듯 상위지는 그리 놀라는 기색 없이 말했다.

"아마도 일조령에 나타났던 자는 칠성노괴가 마지막으로 거둔 적살귀 오독추일 겁니다. 곽인은 칠성노괴의 진전을 거의 대부분 이어받았다고 하니, 오독추 따위와는 비교할 수 없으리라 생각합니다."

들고 있던 유태성이 끼어들었다.

"칠보추혼 곽인이라면 저도 들은 바 있지요. 열 자루의 비도飛刀를 잘 던지는 자라고 알고 있습니다."

상위지가 낮게 한숨을 쉬었다.

"그냥 잘 던지는 정도라면 별로 걱정할 문제가 아니겠지요. 동방무장의 장주 동방곤東方坤도 재주가 범상한 위인은 아닌데, 곽인이 던진 비도 앞엔 변변한 저항 한번 못 해 보고 꼼짝없이 황천길에 오르고 말았습니다. 게다가 놈이 이번에 새로 부도주副島主로 영입한 자도 만만치가 않습니다. 그자의 별호는 음양쌍구陰陽雙鉤 조휴曹休라고 하는데……."

"그런 건 문제가 되지 않네!"

우근은 자꾸 길어지려는 상위지의 말을 잘랐다. 그는 석대문을 향해 말했다.

"내 능력을 과대평가하는 것은 아니지만, 만일 곽인이 이곳의 최고 책임자라면 이번 작전을 성공하는 데엔 큰 어려움이 없을 것이네. 내가 우려하는 것은 비각에서 파견한 다른 자들이 이곳에 와 있을 경우라네. 비각에도 머리를 쓸 줄 아는 자가 있다면, 소주의 문제를 해결한 우리가 곧바로 이곳을 치리라는 것 정도는 충분히 예견하고 있지 않겠는가?"

석대문은 무겁게 고개를 끄덕였다.

"저도 같은 생각입니다."

두 사람의 견해에 반박한 사람은 방령이었다.

"그건 방주께서 너무 깊이 생각하신 것 같소. 일조령에서 달아난 놈들이 관부에서 나온 게 분명하다면 필시 황성에 가까운 북쪽 지방에 본거지를 두었을 터. 그자들이 그 본거지로 올라가서 보고를 올리고 거기에서 다시 이 군산으로 지원을 파견한다면, 그 기간이 아무리 빨라도 스무 날은 넘게 소요될 거요. 놈들의 대처가 촌음을 아껴 가며 움직인 우리를 앞선다는 것은 불가능한 일이외다."

하지만 그 불가능이 상황에 따라 얼마든지 가능으로 바뀔 수 있다는 사실을 석대문은 잘 알고 있었다.

백부를 상대로는 감히 하기 힘든 말이지만, 방령은 이미 낡은 세대였다. 낡은 세대의 공통적인 특징은 자신이 경험하지 못한 새로운 요소들을 받아들이는 데 인색하다는 점이었다. 세상은 방령이 활약하던 시대와는 또 다르게 발전되고 변모되어 있었다. 인간이 강구해 내는 수단도 마찬가지였다. 방령이 스무 날이 넘을 거라 단정한 시일은, 어떤 수단을 동원하느냐에 따라 얼마든지 단축될 수 있는 것이다.

그러나 석대문은 방령을 설득하려 들지 않았다. 세대 간의 견해차를 좁힐 만한 훌륭한 설득은 고금을 막론하고 드물었다.

"주의를 기울이는 일은 아무리 심해도 손해가 없는 법입니다. 비록 선수先手가 우리에게 있다 하여도 신중을 기하는 일은 나쁘지 않을 겁니다."

석대문의 일반론에 우근과 방령은 모두 만족한 눈치였다.

대화의 중심부에서 잠시 밀려나 있던 상위지가 다시 설명을 이어 나갔다.

"철군도는 하나의 거대한 요새라고 할 수 있습니다. 외곽 담장의 높이가 자그마치 이 장이 넘지요. 양무청 대협이 계신 곳으로 추정되는 뇌옥은, 철군도의 중심부에 위치한 삼층탑의 지하에 있습니다. 그곳에 가기 위해선 정문과 내원문과 탑의 입구, 이렇게 세 곳의 관문을 연달아 돌파해야만 합니다.”

“이 인원으로는 무리가 있겠군요.”

석대문의 말에 대부분의 사람들이 고개를 끄떡였다. 여기 모인 사람들 중 재주 없는 이 없고, 그중 몇 사람은 천하를 놀라게 할 만한 절정의 고수임에 분명하지만, 그럼에도 정면으로 쳐들어가는 것은 어리석은 짓이었다. 이른바 중과부적. 한 주먹은 열 주먹을 당해 내기 어려운 법이다.

“그래서 세운 계획이 성동격서의 수법입니다.”

상위지의 말에 사람 좋은 유태성이 무릎을 치며 나섰다.

“동쪽을 치는 척하면서 서쪽을 친다? 참으로 좋은 계책이오.”

유태성의 호응에 상위지가 빙긋 웃으며 말했다.

“저희 분타에서 입수한 정보에 따르면, 이 철군도에는 존재해서는 안 되는 물건들이 존재하고 있었습니다. 바로 화기지요.”

유태성이 크게 놀라며 물었다.

“일개 수적 무리가 국법으로 금하는 화기를 보유하고 있단 말씀이오?”

상위지는 고개를 끄덕였다.

“그것도 상당한 양이라고 알고 있습니다. 곽인은 철군도 남쪽 야산의 동굴에 그 화기들을 보관하고 있다고 합니다. 이곳에 잡혀 있다가 얼마 전 기적적으로 탈출한 인부로부터 확인한 사실이지요. 그 화기고에 들어가 불을 지를 수만 있다면 놈들을 혼비백산 놀라게 만들기에 부족함이 없을 겁니다. 다만 철군도 내에서도 중지重地로 여기는 장소인 만큼 잠입이 수월하지 않을 터이니, 그 점이 심히 우려됩니다.”

석대문이 지체하지 않고 나섰다.

"제가 가겠습니다."

이번 구출 작전에 참가한 사람들 가운데 무공의 고강함으로 말한다면 그와 우근이 능히 선두를 다툴 수 있을 것이다. 그가 성동聲東을 맡고 우근이 격서擊西를 맡는다면, 실로 적절한 분담이 아닐 수 없었다.

"석 가주의 능력을 의심하는 것은 아니지만 혼자 해내시기엔 분명 어려운 점이 있을 겁니다. 한 분만 더 석 가주를 도와 드리면 좋겠는데……."

상위지가 이렇게 말하며 주위를 둘러보았다. 그러자 개방 제자들의 맨 뒤에 구부정 웅크리고 있던 누군가가 비척거리는 걸음으로 앞으로 나왔다.

"내가 석 가주를 돕겠소."

그 사람이 개방의 소주 분타주인 삼각풍 위백임을 알아본 석대문은 책망 어린 시선을 우근에게 던졌다.

죽삼랑이 위백에게 사용한 매혼대법은 인간의 영혼과 육신을 동시에 황폐하게 만드는 극악무도한 사술이었다. 비록 추면 밀승에게서 얻어 낸 비방을 통해 해약을 조제하는 데엔 성공했지만, 그래도 위백이 온전한 몸으로 돌아오려면 제법 시간이 필요했던 것이다.

ㅡ어쩔 수 없었네.

석대문의 귓전에 우근의 전음이 흘러들었다. 데려오지 않을 수 없었다는 뜻이리라.

석대문은 위백을 돌아보았다. 그의 눈에 비친 위백은 거의 송장 같았다. 퀭한 눈과 핼쑥한 안색 그리고 윤기를 잃은 거친 피부. 그러나 이런 위백에게서도 살아 있는 것이 최소한 한 가지는 있었다. 악과 독기로 똘똘 뭉친 새파란 눈빛이 바로 그것이었다. 하여 석대문은 한숨을 쉬지 않을 수 없었다. 우근으로 하여금 위백을 데려오지 않을 수 없도록 강요한 것도 바로 저 눈빛이었을 것이다.

아니나 다를까, 위백이 갈라진 입술을 벌려 말했다.

"양무청 형이 악인들의 마수에 떨어진 것은 모두 내 탓이오. 몸뚱이가 천참만륙이 되는 한이 있더라도 반드시 임무를 완수해 내겠소."

위백의 목소리에는 죄의식과 자책감이 짙게 어려 있었다.

석대문은 위백을 말릴 수 없었다. 세상의 그 누구도 위백을 말릴 수 없을 것 같았다.

"위 대협께서 동행해 주시겠다니 마음이 놓이는군요."

석대문이 위백에게 포권하며 말했다.

이를 지켜보며 흐뭇한 미소를 짓던 우근이 갑자기 눈알을 부라리며 석대문에게 주먹을 흔들어 보였다.

"위 형님까지 나서서 도와주시는데, 번개같이 끝내고 돌아오지 않으면 재미없을 줄 알라고."

"어이쿠, 꽁지에 불붙은 개처럼 달려갈 테니, 그 주먹은 제발 나쁜 놈들에게나 휘두르시길."

석대문은 짐짓 겁먹은 체 어깨를 움츠렸다.

우르릉!

밤하늘을 덮은 먹장구름 너머에서 은은한 우렛소리가 울려왔다. 정말 큰비라도 내릴 모양이었다.

(3)

똑!

목덜미로 떨어진 선뜻한 기운에 고당高堂은 오줌을 누다 말고 부르르 진저리를 쳤다. 그는 밤하늘을 올려다보았다. 습기를 머금은 먹장구름이 손을 뻗으면 닿을 것처럼 낮아져 있었다.

"육시랄, 초저녁부터 하늘 꼬락서니가 심상치 않더니만."

고당은 욕설을 내뱉었다. 비를 피할 만한 변변한 지붕도 없는 야지野地에서 서는 번이었다. 비가 오면 오는 대로, 우박이 쏟아지면 쏟아지는 대로, 꼼짝없이 몸으로 때워야 하는 것이다.

'감기라도 걸리지 않게 조심해야겠군.'

감기 아니라 세상없는 병에 걸렸다 해도 간호해 줄 사람 하나 없는 서러운 조무래기 신세였다. 제 몸은 제가 챙기는 게 상책이라고 생각하며, 고당은 오줌발을 다 뽑아낸 물건을 툭툭 털었다.

바로 그때, 고당의 목덜미에 또 하나의 선뜻한 기운이 떨어져 내렸다. 그것은 아까 떨어진 빗방울과는 비교할 수 없을 만큼 치명적이었다.

고당은 더 이상 자신의 몸을 챙길 수 없는 신세가 되었다.

"저 친구가 왜 저러지?"

화기고 입구에서 번을 서던 장과莊果는 곁에서 들려온 주소팔周小八의 목소리에 시선을 돌렸다. 화기고로부터 십여 보 떨어진 곳에 있는 수풀에서 누군가 배를 움켜쥔 채 비틀비틀 걸어나오고 있었다.

조금 전 그 수풀로 들어간 사람이 함께 번을 서던 고당임을 기억하는 장과는 대수롭지 않다는 듯이 웃었다.

"자식, 오줌을 누고 나니 똥도 싸고 싶어진 모양이군."

그때 비틀거리던 고당이 앞으로 풀썩 고꾸라졌다. 곧이어 터져 나온 것은 요란한 비명 소리였다.

"아이쿠!"

장과의 얼굴에 걱정스러운 기색이 떠올랐다.

"저놈이 저녁을 잘못 먹었나? 곽란이라도 일으킨 모양이군."

"그러게 말일세. 얼른 가 보세."

두 사람은 새우처럼 등을 구부린 채 땅바닥에 엎어져 있는 고당에게로 달려갔다.

"이봐, 괜찮은가?"

장과가 손을 뻗어 고당의 어깨를 흔들었다. 그러자 고당은 바닥을 향하고 있던 고개를 슬쩍 치켜 올렸다.

"어?"

장과는 순간적으로 멍해졌다. 눈앞에 드러난 얼굴이 자신이 알고 있는 고당의 것과는 너무도 판이했던 것이다.

다음 순간, 장과의 가슴에 벼락같은 일 권이 날아들었다. 양쪽 갈비뼈를 단숨에 함몰시키고 그 안의 장기들을 모조리 찢어 버리는 무시무시한 일격이었다.

"으악!"

장과가 비명을 터뜨리며 뒤로 날아갈 때, 그가 고당이라 알고 있던 남자는 날쌔게 몸을 솟구치며 창끝처럼 세운 수도로 주소팔의 목을 찔러 가고 있었다. 사내의 손끝에 목젖을 가격당한 주소팔은 비명조차 지르지 못한 채로 눈동자를 까뒤집고 말았다.

화기고는 철군도 내에서도 중지로 꼽히는 장소였다. 자연 그 경비도 엄중하여 다른 곳과는 달리 보초를 이중으로 운용하고 있었다. 화기고 입구를 지키던 장과 등 세 사람이 드러난 보초라면, 그들이 훤히 바라보이는 높은 나무에 몸을 숨기고 있던 두 사람은 감춰진 보초였다.

입구의 세 조무래기들과는 달리, 나무의 두 사람은 산전수전 다 겪은 노련한 수적들이었다. 아래에서 벌어진 변고를 목격한 그들은 크게 놀란 와중에도 신호용 호각을 입으로 가져가는 것을 잊지 않았다.

그러나 두 사람 중 어느 누구도 호각을 불지는 못했다. 눈앞을 가득 메우며 떠오른 커다란 그림자 때문이었다.

허공에 한 줄기 시커먼 호선이 피어올랐다. 그에 화답하듯 두 개의 수급이 솟구쳐 올랐다.

시신들로부터 흘러나온 핏물이 소리 없이 지면으로 스며들고 있었다.

위백은 걸치고 있던 짙은 녹색 윗도리를 벗었다. 목뼈를 부러뜨려 죽인 첫 번째 보초에게서 벗겨 낸 옷이었다. 단순한 것치고는 효과가 매우 괜찮은, 칠흑 같은 어둠 속이기에 가능한 위장술이었다. 그리고 그 위장술로써 유인한 보초 둘을 해치우기란, 아무리 몸 상태가 정상이 아니라도 위백 정도 되는 사람에겐 식은 죽 먹기였다. 개방이 자랑하는 파옥권破玉拳과 신전수神電手는 수적 조무래기들이 감당할 수 없는 절학이었다.

위백은 바닥에 쓰러진 두 구의 시신을 뒤졌다. 하지만 기대한 물건은 나오지 않았다. 그가 눈살을 찌푸리는데, 누군가 다가와 물었다.

"무엇을 찾으십니까?"

나무에 숨어 있던 두 명의 보초를 해치우고 돌아온 석대문이었다. 그의 오른손엔 조금 전만 해도 볼 수 없던 새카만 연검한 자루가 들려 있었다.

위백은 석대문을 올려다보며 난처한 표정을 지었다.

"열쇠를 찾는 중이오."

"입구가 잠겼나요?"

"그렇소. 입구엔 빗장처럼 생긴 자물쇠가 걸려 있는데, 그게 예사 물건이 아니라서 열쇠 없이는 들어가기 어려울 것 같소. 혹시 나무에 있던 자들에게서 열쇠 같은 것을 발견하지 못하셨소?"

석대문은 위백의 질문에는 대답하지 않고 입구 쪽을 힐끔쳐다본 뒤 말했다.

"제가 한번 열어 보지요."

위백이 눈을 끔뻑거렸다.

"어떻게……?"

"이래 봬도 꽤 잘 드는 검이거든요."

석대문은 들고 있던 연검을 슬쩍 흔들어 보이며 말했다. 그러나 버들가지처럼 낭창거리는 연검의 검신은 위백에게 별다른 신뢰감을 주지 못했다.

그런 위백의 심정을 아는지 모르는지, 석대문은 연검을 들고화기고 입구를 가로막은 철문 앞으로 걸어갔다.

위백의 말대로 그 철문에 걸린 것은 빗장처럼 길쭉한 자물쇠였다. 검푸른 빛이 감도는 재질도 범상치 않거니와, 가장 가는 부위라고 해도 웬만한 장정의 허벅지만큼 굵은 탓에, 그저 보는 것만으로도 기가 꺾이는 굉장한 물건이었다.

그러나 그 앞에 선 석대문은 전혀 위축된 것처럼 보이지 않았다. 아니, 자물쇠를 노려보는 그의 눈길에선 오히려 모든 외물을 제압하는 막강한 기세가 뿜어 나오고 있었다.

우우웅ㅡ.

힘없이 늘어져 있던 석대문의 연검에서 굵고 낮은 검명劍鳴이 울려 나오기 시작했다. 검신에 어린 묵광이 부지불식간에 더욱 요요해진 것 같았다.

그런 상태로 석대문은 연검을 머리 위로 천천히 들어 올렸다. 몇 근 안 나갈 연검의 무게가 갑자기 수천 배로 불어나기라도 한 것일까? 그의 두툼한 목덜미에 지렁이 같은 힘줄들이 도드라지고 있었다.

연검의 검극이 천중을 지나쳐 다시 하방을 가리켰다. 한껏 당긴 활을 닮았다 하여 궁신弓身이라 일컫는 자세였다. 다음 순간…….

"합!"

짧고 강렬한 기합이 울리고, 위백은 석대문의 머리 위를 휘돌아 떨어지는 환상과도 같은 묵광을 목격할 수 있었다. 마치 천의무봉의 경지에 오른 화공이 먹물을 듬뿍 머금은 붓을 허공에 대고 힘차게 뿌려 내는 듯한 광경이었다.

"음!"

신음이 절로 나왔다. 한 줄기 오싹한 전율이 위백의 등골을 따라 치달렸다. 인간에게 허용되지 않은 궁극의 경계 안쪽을 엿본 기분이랄까? 비록 찰나에 불과했지만, 묵광이 그려 낸 반원의 궤적은 그의 뇌리에 정으로 새긴 것처럼 뚜렷이 각인되었다.

"다행히 해낸 것 같군요."

석대문이 연검을 거두며 말했다.

빗장 모양의 자물쇠는 이전과 마찬가지로 철문에 걸려 있었다. 그 굉장한 물건은 여전히 단단해 보였다. 하지만 위백은 그것이 이미 제 기능을 잃어버린 뒤임을 믿어 의심치 않았다.

검이 움직이기 시작한 시각과 정지한 시각, 처음 겨눈 자세와 마지막 거둔 자세 사이에는 바늘 끝이 파고들 틈도 찾을 수 없었다. 검은 그 시공을 완벽히 지배하고 있었다. 그 안에 존재하는 물체는 그것이 무엇이든 검의 의지를 거스를 수 없었다. 그것이 설령 부단不斷을 덕목으로 삼는 물이라 할지라도 말이다.

이른바 '단천斷川'의 경지.

"솔직히 말하리다. 강동제일인이란 명호는 숱하게 들었지만 단 한 번도 진심으로 인정한 적은 없었소. 하지만 오늘 이후로는 인정하지 않을 수 없을 것 같구려."

위백의 말에 석대문은 겸연쩍은 듯 웃었다.

"날씨가 심상치 않습니다. 이러다 비라도 내리기 시작하면 낭패일 터이니 서두르는 편이 좋겠습니다."

"알겠소."

위백은 고개를 끄덕였다.

끼이익!

철문이 육중한 소음을 내며 안쪽으로 열렸다.

위백은 콧등을 찡그렸다. 매캐한 냄새가 코끝으로 훅 밀려들었기 때문이다. 화약 특유의 냄새였다.

위백에겐 웬만한 어둠에는 구애받지 않는 고절한 안력이 있었다. 하지만 동굴 안에 웅크리고 있는 농밀한 어둠과 익숙해지는 데에는 어느 정도 시간이 필요했다.

그 시간이 지났을 때, 위백은 입을 딱 벌리고 말았다.

"설마…… 이게 다……?"

넓은 동굴의 벽면은 층층이 쌓아 올린 포대로 가득 차 있었다. 매캐한 화약 냄새는 바로 그 포대들로부터 흘러나오고 있었다.

위백은 가까운 벽면으로 다가가 포대들을 열어 보기 시작했다. 대부분 유황과 초석과 목탄 등 화약을 만들 수 있는 재료들이 담겨 있었고, 개중에는 이미 완성된 흑색화약이 담긴 것도 찾아볼 수 있었다.

위백은 놀라움을 넘어 어처구니가 없어졌다. 대체 이 섬에 사는 놈들은 무슨 생각을 하는 것일까?

"위 대협, 이것 좀 보십시오."

석대문의 부름에 위백이 다가갔다.

석대문의 앞엔 커다란 관처럼 생긴 궤짝 하나가 놓여 있었다. 궤짝 바닥의 네 귀퉁이에는 기이한 쇠붙이가 붙어 있었는데, 이동 시 흔들림을 방지하는 완충장치인 듯했다.

궤짝의 뚜껑은 이미 석대문에 의해 열려 있었다. 그 안에는 목침처럼 생긴 물체들이 차곡차곡 쌓여 있었다.

위백은 그중 하나를 꺼내 보았다. 꼬리처럼 길게 딸려 나오는 것은 삼실을 꼬아 만든 도화선이었다.

"휘이유!"

위백은 자신도 모르게 휘파람을 불었다.

"석 가주, 이 물건 하나가 저런 포대 열 개분의 흑색화약보다 훨씬 무서운 폭발력을 지녔다면 믿으시겠소?"

석대원의 두 눈이 휘둥그레졌다.

"믿기 어렵겠지만 사실이오. 이 물건의 이름은 팔열호八熱號,

불의 왕국이라 불리는 동해의 뇌문雷門이 만들어 낸 금단의 마물이오."

한동안 말을 잊었던 석대문이 한숨을 쉬며 중얼거렸다.

"전쟁이라도 벌이려는 것일까, 그들은?"

천붕天崩이라 함은 세상에서 가장 큰 슬픔, 즉 부모를 여읜 자식의 슬픔을 가리킨다.

천붕지성天崩之聲이라 함은 세상에서 가장 큰 소리, 즉 하늘이 무너지는 소리를 가리킨다.

옛날 기杞나라 사람은 하늘이 무너질까 두려워 허리를 펴지 못하고 다녔다는데, 텅 빈 하늘이 어찌 사람 사는 세상으로 무너지겠는가. 그러니 사람이 어찌 하늘이 무너지는 소리를 들을 수 있겠는가.

하지만 팔월이 지나가는 어느 날, 군산 남쪽 한 야산에서 드디어 천붕지성이 터지고 말았다.

극한의 굉음은 극한의 정적과도 같았다.

때문에 우근은 자신이 들은 것이 대체 얼마나 큰 소리인지, 아니 실제로 무슨 소리를 듣기나 했는지조차도 장담할 수 없는 벙벙한 상태가 되어 버렸다.

그래도 뭔가가 분명 벌어졌다는 사실은 짐작할 수 있었다. 오금을 저리게 만드는 바닥의 진동은 굳이 들먹일 필요도 없이, 주변에 있는 사람들의 얼굴만 봐도 알 수 있는 일이었다. 하나같이 우근의 것을 닮은 벙벙한 표정들. 성동격서 운운하던 상위지의 표정은 특히 볼만했다.

쿠아아아앙!

폭음이 다시 들려왔다. 처음의 것보다 작은 탓에 오히려 선명하게 들리는 폭음이었다.

우근은 남쪽 하늘을 바라보았다. 작렬하는 불기둥과 무서운 기세로 솟구치는 검은 연기는 마치 저쯤 어딘가에서 화산이라도 터진 것 같았다.

"쳇, 적당히 소란만 일으키라고 그랬지 섬을 통째로 날려 버리라고 그랬나?"

우근은 이렇게 투덜거리며 먹먹해진 귓구멍을 손가락으로 후볐다. 물론 그렇다고 해서 정말로 불만스러운 것은 아니었다. 기왕 일으킬 소란이라면 작은북보다는 큰북을 치는 편이 효과적일 것이기에.

"우리도 질 수 없지. 어서 갑시다."

우근은 대기하고 있던 이십여 명의 무인들을 이끌고 철군도의 정문을 향해 달리기 시작했다.

정문과 내원 문을 통과하기란 그리 어려운 일이 아니었다. 천붕지성의 충격은 그곳들을 지키던 보초들을 마치 족제비가 침입한 닭장 속의 닭들처럼 만들어 놓은 뒤였다. 우근 일행은 정문과 내원 문을 차례차례 돌파, 단 한 사람의 희생자도 내지 않은 상태로 철군도 중심부에 위치한 삼층탑 앞에 당도할 수 있었다.

삼층탑의 입구를 지키는 자들은 앞선 두 관문을 지키던 자들과는 확실히 다른 구석이 있었다. 그들은 전력 면에서 자신들보다 앞서는 침입자들을 상대로도 조금도 위축되지 않는 치열

한 투지를 보여 주었다. 우근과 상위지, 방령과 유태성 등 개방과 사자검문의 철중쟁쟁鐵中錚錚한 고수들이 맹활약을 펼친 끝에 그들의 저지선을 돌파할 수 있었지만, 그 과정에서 개방의 제자 세 사람과 사자검문의 검술 교두 한 사람을 잃고 말았으니, 입구 돌파에 지불한 대가치고는 결코 가볍다 할 수 없을 것이다.

그러나 슬퍼할 겨를은 없었다. 우근은 네 명의 제자들로 하여금 희생자들의 시신을 들춰 메도록 한 뒤, 곧바로 삼층탑으로 진입했다.

"흐윽!"

한 사내가 쩍 갈라진 목을 움켜쥔 채 옆으로 쓰러졌다. 지하로 통하는 계단 끝을 지키던 네 명의 간수들 중 마지막 사내였다.

귀머거리가 아닌 바에야 간수들도 계단을 내려오는 이들의 기척을 알아차렸을 것이다. 나름대로 대비를 하고 있었을 터. 그럼에도 불구하고 단신으로 돌입, 그들을 순식간에 베어 버린 유태성의 난분검법亂雰劍法은 '흩날리는 눈보라'라는 이름만큼이나 현란하고 쾌속한 것이었다.

계단을 뒤따라 내려온 우근이 그곳에 당도했을 때, 유태성은 간수 하나의 몸에서 찾아낸 열쇠로 계단 끝을 막고 있는 쇠살문을 열고 있었다.

"유 총관의 손 속이 이리 신속하니 우리는 그저 뒤만 따라가도 되겠소이다."

우근이 말하자 유태성은 빙긋 웃었다.

"그래 봐야 조무래기인걸요. 진짜 강적이 나타난다면 제가 방주님의 꽁무니를 따라야겠지요."

쇠살문이 열렸다. 그 너머는 장정 세 사람이 나란히 지나갈 수 있을 만한 폭의 암도가 길게 뻗어 있었다.

부우우우!

밀폐된 공간 특유의 기분 나쁜 공명음이 암도 안을 유령처럼 떠돌고 있었다.

"기관機關이 장치되어 있을지도 모르니 제가 앞장서지요."

이렇게 말하며 유태성의 앞으로 나선 사람은 개방의 악양 분타주인 상위지였다. 그는 지략에 능한 사람답게 토목지술土木之術에도 조예가 있었다.

"그렇게 하시지요."

유태성은 들고 있던 십리화통十里火筒을 상위지에게 넘겼다.

상위지의 발길이 멎은 것은 암도를 따라 십여 장의 거리를 전진한 다음이었다.

"왜 그러는가?"

뒤따르던 우근이 물었다. 상위지는 십리화통 끝에서 피어오르는 불꽃을 가리켰다.

"불꽃의 흔들림이 갑자기 커졌습니다. 이 부근에 공기가 통하는 구멍이 있다는 증거입니다."

"구멍?"

"예. 대개의 경우 그런 구멍은 함정에 이용됩니다."

주위를 둘러보던 상위지가 어느 순간 눈을 빛내며 말했다.

"아무래도 저 균열이 수상하군요."

상위지가 바라보는 곳은 돌로 만들어진 암도의 바닥이었다. 그 위에는 웬만한 눈썰미로는 발견하기 어려운 한 줄기 가느다란 균열이 길게 그어져 있다. 길이는 사 장 남짓.

우근은 미간을 찌푸렸다. 사 장이면 신법을 발휘하여 뛰어넘지 못할 거리가 결코 아니었다. 그러나 그것은 높이의 제한이 없는 트인 공간에서의 얘기고, 팔만 쭉 뻗어 올려도 천장이 닿는 이런 암도라면 상황은 전혀 달라지는 것이다.

그때 누군가 앞으로 나섰다. 상체에 비해 다리가 유난히 길쭉한 말라깽이 거지였다.

"방주님, 제자가 한번 시험해 보겠습니다."

은곡殷縠이라는 이름을 가진 그 거지는 악양 분타의 제자들 중에서 신법이 가장 뛰어나다고 알려진 자였다.

"어떤 일이 벌어질지 모르니 조심하게."

"알겠습니다."

우근의 허락이 떨어지자 은곡은 신중한 걸음걸이로 앞으로 나아가기 시작했다. 그렇게 대여섯 발짝이나 나아갔을까?

무엇을 발견했는지, 상위지가 다급한 목소리로 부르짖었다.

"방주님, 저, 저기를!"

상위지의 손가락이 가리키는 방향으로 시선을 던진 우근은, 그가 발견한 것이 무엇인지를 알 수 있었다. 균열 건너편의 바닥. 그 위에 정으로 쪼아 놓은 듯한 흔적들이 어지러이 새겨져 있었던 것이다.

"조심해!"

우근의 외침과 동시에 암도 바닥이 가느다란 균열을 중심으로 좌우로 덜컹, 꺼져 내렸다. 바닥이 보이지 않는 시커먼 구멍이 거대한 입을 쩍 벌린 것이다.

사전에 마음의 준비를 단단히 하고 있던 덕분에 은곡은 곧바로 위험에 빠지지 않았다. 그는 바닥이 갈라지기 직전 전방으로 몸을 날렸다. 지나온 거리가 짧지 않았던 탓에 건너편 단단한 바닥까지는 이 장에 불과했다. 그의 신법이라면 높이에 상관없이 충분히 건너뛸 수 있는 거리인 것이다.

그러나 안전지대라고 철석같이 믿었던 건너편에 더욱 치명적인 암수가 기다리고 있을 줄, 은곡은 전혀 예상치 못했다.

천장으로부터 수직으로 내리꽂힌 십여 발의 강전鋼箭들!

기관의 힘에 의해 발사된 강전들의 기세는 단단한 화강암 바닥에 뚜렷한 흔적을 남길 만큼 맹렬했다. 게다가 발사된 시기마저도 치가 떨릴 만큼 절묘했으니, 은곡은 영문도 모른 채 꼬치에 꿰인 산적 신세가 될 수밖에 없었다. 만일 후방에서 날아든 한 덩이의 경풍이 없었다면 말이다.

후웅!

은곡의 허리가 활처럼 둥글게 휘어졌다.

"어? 어?"

은곡은 양팔을 내두르며 버티려 했지만, 그의 등허리를 밀어붙인 경력 속에는 부드러운 가운데에도 쉽게 거스를 수 없는 부단한 힘이 담겨 있었다. 그는 속절없이 앞으로 밀려날 수밖에 없었다.

파파팍!

천장에서 퍼부어진 강전들이 은곡의 후면을 훑고 지나갔다. 마치 거대한 맹수의 발톱에 당한 듯, 그의 등판은 순식간에 피투성이가 되었다. 그러나 생명에는 지장이 없는 피륙의 상처에 불과했다.

고통에 겨운 신음을 흘리며 뒤를 돌아본 은곡은 그제야 자신에게 무슨 일이 닥쳤는지를 깨닫게 되었다. 그가 앞으로 밀려난 거리는 석 자도 되지 않았다. 그러나 그 석 자 거리가 그를 꼬치에 꿰인 산적 신세에서 벗어나게 해 준 것이다. 그의 목덜미에 소름이 오소소 돋아 올랐다.

"괜찮은가?"

갈라진 바닥 건너편에서 우근이 물었다.

"방주님, 감사합니다!"

은곡이 큰 소리로 외쳤다. 눈으로 확인하지 않아도 충분히 짐작할 수 있었다. 사 장의 허공을 격하여 이처럼 부드러운 경풍을 쏘아 보내는 것은 결코 아무나 할 수 있는 일이 아니기 때문이었다.

"감사는 눈썰미 좋은 자네 분타주에게나 하게. 그가 아니었다면 필시 늦고 말았을 테니까."

우근은 대방의 방주답게 아랫사람에게 공을 돌리는 너그러움을 보여 주었다.

기관은 그것 외에도 몇 가지가 더 있었지만 일행을 위협할 만큼 대단하지는 않았다. 일행은 상위지의 침착한 대처와 우근의 막강한 공력에 힘입어 암도에 장치된 모든 기관들을 차근차근 돌파해 나갔다.

그렇게 오십여 장을 전진하자 마침내 막다른 곳이 나왔다. 그곳에는 좌우의 벽을 따라 돌로 만든 문들이 쭉 늘어서 있었다.

"뇌옥에 당도한 것 같습니다."

상위지의 말에 가장 먼저 앞으로 달려 나간 사람은 의동생의 안위에 노심초사하던 방령이었다.

방령은 빠른 눈길로 석문들을 살펴보았다. 유독 하나의 석문이 그의 눈길을 끌었다. 다른 것들과는 달리 그 석문 하나에만 자물쇠가 걸려 있었던 것이다. 자물쇠가 걸려 있다는 것은 누군가가 갇혀 있다는 증거일 터.

방령은 그 석문 앞으로 달려가 들고 있던 금사신검으로 자물쇠를 힘껏 내리쳤다. 쩡, 하는 쇳소리와 함께 주먹만 한 자물쇠가 단번에 두 쪽으로 잘려 나갔다.

방령은 석문을 왈칵 밀어 젖혔다. 십리화통의 불빛이 기다렸다는 듯이 뇌옥 안으로 밀려들어 갔다. 뇌옥의 바닥을 기어다니던 쥐들이 불빛에 놀라 사방으로 흩어지는 모습이 보였다.

그리고 그 바닥에는 더럽고 남루한 장포를 입은 초로인 하나가 누워 있었다. 비록 이전과는 비교할 수 없을 만큼 초췌한 몰골이지만, 방령은 그 사람의 이목구비를 한눈에 알아볼 수 있었다.

"막내야!"

방령은 한달음에 달려가 초로인을 안아 일으켰다.

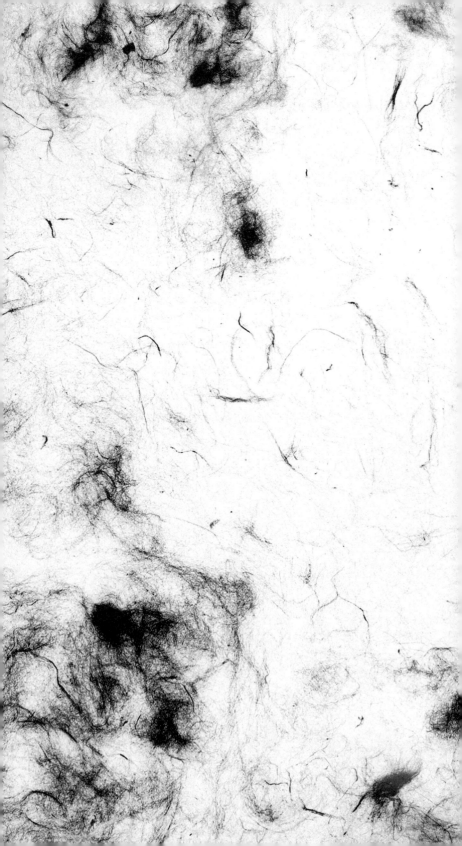

함정 陷穽

(1)

곳곳에서 솟구치는 불기둥들이 마치 이야기책 속에 등장하는 화룡처럼 보였다.

"수차水車를 가져와라!"

"나무를 베어라! 불길이 건물로 옮겨 붙지 않도록 해!"

저마다 악을 쓰며 허둥대는 사람들은 언뜻 보기에도 백 명이 훨씬 넘었지만, 그들의 힘으로 불길을 잡기란 매우 요원해 보였다.

꽝! 꽈릉! 우르르르!

감춰 둔 화약이 대체 얼마나 많았던 것일까? 첫 폭발이 있은 뒤 제법 시간이 지났건만, 화기고가 있던 장소에서 터져 나오는 폭음은 좀처럼 끊이질 않았다. 불길을 어떻게든 잡아 보려고 이리저리 뛰어다니던 사람들은 폭음이 터져 나올 때마다 목을 자라처럼 움츠리며 두려움에 떨었다.

불길은 드센 바람을 타고 순식간에 번져 철군도의 외곽 담을 타고 넘었다. 담 부근에 서 있던 몇 채의 목조 누각들이 순식간에 화마의 제물이 되었다. 솟구치는 화광을 배경으로 이리저리 날뛰는 인간들의 모습은 마치 고대의 번제燔祭를 보는 듯한 괴이한 분위기마저도 자아냈다.

혼돈의 와중을 뚫고 철군도 중심부에 자리 잡은 삼층탑을 향해 빠르게 달려가는 두 사람이 있었다. 이 엄청난 불장난을 저지른 장본인들, 바로 석대문과 위백이었다. 건물 밖에는 많은 사람들이 나와 있었지만 그들을 가로막는 사람은 하나도 없었다. 모든 이들의 정신이 불길을 잡는 데만 쏠린 탓이었다.

문자 그대로 무인지경의 질주인데, 하지만 그러한 질주는 오래 이어지지 못했다.

활짝 열린 내원 문을 통과한 순간, 두 사람은 약속이나 한 것처럼 그 자리에 신형을 세우고 말았다. 내원 안쪽, 일단의 사내들이 학익진을 펼친 채 두 사람이 들어오기를 기다리고 있었기 때문이다.

'어쩐지 너무 쉽다고 생각했지.'

석대문은 빠른 눈길로 전방을 가로막고 있는 사내들을 훑어보았다. 수는 스무 명 남짓. 복식이 통일된 것으로 미루어 이곳의 밥을 먹는 수적들인 듯한데, 눈빛이 예리하고 기세가 매서워 바깥쪽에서 불길과 씨름하는 조무래기들과는 격이 다른 것 같았다.

그들 중 한 사람이 앞으로 나서더니 오른손에 들고 있던 병기로 두 사람을 가리켰다.

"찢어 죽여도 시원치 않을 놈들! 네놈들이 바로 화기고에 불을 지른 범인이렷다!"

약삭빠르게 생긴 얼굴에 두 팔이 남달리 길쭉한, 마치 족제비와 원숭이를 적당히 섞어 놓은 듯한 중년인이었다.

석대문은 그자가 치켜 든 병기를 바라보았다. 그것은 끝이 괴이하게 구부러진 갈고리였다. 그와 똑같이 생긴 갈고리를 왼손에도 하나 들고 있었으니, 아마도 철군도주 곽인이 새로 영입했다는 음양쌍구 조휴가 바로 이자인 듯싶었다.

석대문이 아무 대답도 없이 자신을 빤히 바라보기만 하자 조휴가 두 눈을 독살스럽게 치뜨며 마구 욕설을 퍼부었다.

"아비 어미도 몰라보는 후레자식 놈이 감히 묻는 말에 대답은 안 하고 어디다 눈깔을 부라리느냐! 눈깔을 확 뽑아다가 동정호 물고기들에게 던져 주기 전에 당장……."

그때 조휴의 뒤쪽에서 질그릇 깨지는 듯한 소리가 들려왔다.

"아아! 정말 말 많은 친구로군."

석대문은 저 목소리의 주인이 누군지 몹시 궁금해졌다. 그토록 기세등등하던 조휴가 저 한마디에 주인에게 걷어차인 강아지처럼 안절부절못하는 꼴을 드러내고 있으니 말이다.

"안 보인다. 비켜라."

투박한 목소리가 다시 울렸다. 그러자 조휴를 비롯해 학익진의 가운데 부분을 이루던 사내들은 신속한 몸놀림으로 쫙 갈라서는 것이었다.

그들이 갈라서며 만든 공간으로 한 남자가 보였다. 땅바닥에 책상다리를 하고 앉은 채 무릎에 몽둥이처럼 길쭉한 물건을 올려놓고 있는 남자였다. 그런데…… 문제는 크기였다. 남자도, 그리고 몽둥이도 무지막지하게 컸다. 보는 사람으로 하여금 원근감의 혼란을 일으키게 할 만큼.

거대한 남자가 무릎에 놓아두었던 거대한 몽둥이로 바닥을 짚으며 천천히 몸을 일으켰다. 그 앞쪽에 늘어서 있는 철군도의 수적들이 남자의 가슴팍에도 미치지 못하고 있었다.

'이게…… 사람인가?'

석씨 가문의 뼈대도 보통내기는 아니었다. 석대문 본인만 해도 어디 가서 작다는 소리는 절대 듣지 않을 만큼 건장한 체구를 지니고 있었다. 하지만 저 남자와는 비교조차 할 수 없었다. 저 남자를 표현하는 가장 좋은 용어, 그것은 바로 거인이었다.

거인이 짚고 있던 거대한 몽둥이를 획 어깨에 둘러멨다. 자세히 바라보니 그것은 평범한 몽둥이가 아니었다. 전쟁터에서 적의 기마병을 공격할 때 사용되는, 최소 세 사람 이상이 달라붙어야 비로소 제대로 다룰 수 있다는 참마도斬馬刀가 바로 그 몽둥이의 정체였다.

그 순간 석대문의 눈빛이 크게 흔들렸다. 머릿속으로 불현듯 하나의 명호가 스치고 지나간 것이다.

칠 척이 훨씬 넘는 거구!

백육십 근이나 나가는 청강참마도!

천하를 통틀어 이처럼 선명한 특징을 지닌 사람은 오직 하나밖에 없었다.

일 권으로 태산을 무너뜨리고 일 도로 바다를 가른다. '패霸', '독毒', '철鐵', '음淫'의 네 자로 대변되는 강호사마, 그중에서 첫 번째 '패'에 해당하는 최강의 마두!

"거경巨鯨 제초온齊草溫!"

경악을 감추지 못한 석대문의 부르짖음에 거인 제초온은 싱긋 웃었다. 천하를 공포에 떨게 만든 마두답지 않게 천진해 보이는 웃음이었다.

"그렇게 말하는 자네는 분명 강동제일인 석대문이겠지?"

석대문은 흠칫 놀랐다. 제초온이 대뜸 자신의 이름을 맞추었기 때문이다.

"몇 년 전 모용풍이란 늙은이가 신오대고수라는 이름으로 곤륜지회 이후 세대의 서열을 매겼다고 하지? 한데 자네의 이름도 그중 한자리를 차지하고 있더군."

제초온은 큰 붓처럼 크고 굵은 손가락으로 제 볼따구니를 북북 긁은 뒤 말을 마저 끝냈다.

"그래도 나름대로는 꽤나 강하다고 자부해 왔는데 새까만 후배에게 그만 추월당하고 말았지 뭔가. 뭐, 아는 것 많기로 유명한 늙은이가 한 말이니 어련히 맞겠느냐마는…… 그래도 자네가 그의 눈이 잘못되지 않았음을 이 자리에서 증명해 줘야겠네. 그래야 자네를 만나러 온 이번 행보가 의미 있어지지 않겠는가."

제초온은 석대문을 향해 천천히 걸음을 옮기기 시작했다. 칠척이 넘는 거구를 통해 본격적으로 뿜어지기 시작한 막강한 패도에, 앞쪽에 늘어서 있던 수적들이 송사리 떼처럼 뿔뿔이 흩어졌다.

이 순간, 석대문의 사고는 무서운 속도로 돌아가고 있었다.

'그는 내가 이곳에 올 줄 알고 있었다. 그렇다면……?'

그것은 두 가지 사실을 말해 주고 있었다. 하나는 제초온이 일조령에서 패퇴한 자들과 한편이라는 사실이었고, 다른 하나는 석대문 등이 양무청을 구출하기 위해 이 철군도로 오리란 것을 저들이 사전에 알고 있었다는 사실이었다.

그렇다면 탑 안으로 들어간 일행 또한 석대문에 못지않은 함정에 빠져 있을 것이 분명했다.

석대문은 곁에 있던 위백을 향해 전음을 보냈다.

―위 대협, 우 방주가 위험합니다! 여기는 제가 맡을 테니 어서 탑으로 가세요!

석대문은 위백의 대답을 기다리지 않고 제초온을 향해 몸을 날렸다. 어느 틈에 뽑았을까? 그의 오른손에는 요요한 묵광을 토해 내는 묵정검이 들려 있었다.

"으하하! 어디 한번 신나게 싸워 볼까?"

호쾌한 웃음소리. 이어 제초온의 거대한 청강참마도가 부웅, 하는 살벌한 파공성과 함께 석대문을 향해 떨어져 내렸다.

업힌 사람이 업은 사람을 찌르기란 손바닥 뒤집는 일처럼 간단할 것이다. 때문에 양무청은 방령의 왼쪽 갈비뼈 사이에 너무도 간단히 비도 한 자루를 박아 넣을 수 있었다.

"으윽!"

바닥에서 떨어져 이제 막 펴지려던 방령의 무릎이 그 자리에 풀썩 꺾여 버렸다.

"문주님!"

유태성이 대경실색하여 모로 쓰러지는 방령에게 달려들었다.

"안 돼!"

우근이 다급하게 외치며 유태성과 방령 사이로 일 장을 때려 넣었다. 방령의 등에 업혀 있던 양무청에게서 달려오는 유태성을 향해 한 줄기 시퍼런 광채가 쏘아져 나온 것을 목격했기 때문이다.

우근의 장력은 양무청이 쏘아 보낸 광채를 본래의 궤도에서 빗나가게 만들었고, 유태성은 그 덕분에 목 한복판에 바람구멍이 뚫리는 참변을 면할 수 있었다.

"크하하하!"

귀청을 찢을 듯한 요란한 웃음소리와 함께 양무청의 신형이 방령의 등판에서 둥실 떠올랐다. 그 순간, 두 줄기 광채가 양무청의 좌우로부터 쏜살같이 뻗어 나갔다.

"큭!"

"어억!"

광채의 진로에 서 있던 개방의 제자 두 사람이 목과 가슴에 각각 비도 한 자루씩을 틀어박은 채 뻣뻣하게 넘어가고 있었다. 진정 출수의 시점조차 파악하기 어려운 쾌속하고도 절묘한 비도술이 아닐 수 없었다.

"네놈은 양무청이 아니구나!"

우근은 바닥에 내려서는, 이제껏 양무청이라 알고 있던 사내를 향해 좌장을 쭉 뻗어 냈다. 부웅, 소리가 석실 안 공기를 진동하며 개방 방주의 막강한 장력이 사내의 전신을 압박해 갔다.

사내는 일순 몸을 휘청거렸다. 하지만 곧바로 신형을 팽이처럼 회전함으로써 우근의 장력을 가닥가닥 풀어 버리는 놀라운 재주를 보여 주었다.

사내의 소맷자락이 부드러운 호선을 그렸다.

쉿!

독사의 숨소리 같은 파공성과 함께 우근을 향해 한 자루 비도가 쏘아져 왔다. 그와 동시에 사내는 열린 석문을 향해 몸을 날렸다. 방금 던진 비도로써 우근을 해칠 수 있으리라고는 기대하지 않은 듯, 달아나는 쪽에 더욱 비중을 둔 처신이었다.

　그러나 사내는 석문을 지날 수 없었다.

　"이놈!"

　분노가 가득 담긴 쩌렁쩌렁한 고함과 함께 사내의 앞길에 벼락같은 일 검이 떨어져 내렸다.

　"헛!"

　사내는 헛바람을 토해 내며 신형을 멈출 수밖에 없었다. 그의 코앞을 아슬아슬하게 스치고 떨어진 검은 단단한 돌바닥 속으로 한 뼘 가까이 틀어박혔다.

　이번 일 검의 주인공은 바로 유태성이었다. 항상 온유한 낯을 잃지 않던 그의 얼굴은 지금 이 순간 시뻘겋게 달아올라 있었다. 부친처럼 따르던 방령이 당한 횡액에 눈이 뒤집혀 버린 것이다.

　"죽여 버리겠다!"

　유태성의 맹렬한 공세가 사내를 단숨에 세찬 검풍 속으로 몰아넣었다. 물론 사내가 지닌 재간 또한 가벼운 것이 아니었다. 그는 귀신같은 몸놀림으로 유태성의 맹렬한 공격을 이리저리 피해 냈다. 하지만 석문으로부터 멀리 떨어진 구석 쪽으로 쫓겨 들어간 것은 어쩔 수 없는 일이었다.

　그때 우근이 유태성을 말렸다.

　"유 총관, 검을 멈춰 주시겠소?"

　유태성은 불만의 기색이 역력했지만 우근의 청을 거절하지 않았다. 그가 검을 거두고 물러서자 우근은 양무청으로 가장했던 사내를 바라보며 물었다.

　"네가 칠보추혼 곽인이냐?"

　사내는 우근에게로 천천히 시선을 돌렸다. 그의 눈빛이 순간적으로 크게 흔들렸다. 우근이 오른손에 들고 있는 한 자루 비도를 발견했기 때문이다.

사내는 마음 한구석이 싸늘하게 얼어붙는 것을 느꼈다. 조금 전 자신이 쏘아 보낸 바로 그 비도였다. 그 한 수로 고수로 유명한 개방 방주의 목숨을 빼앗을 수 있으리라고는 기대하지 않았지만, 아무리 그렇기로서니 맨손으로 받아 낼 줄이야!

하지만 사내의 눈빛은 곧 본래의 매서움을 되찾았다.

"네가 우근이겠군."

사내가 손을 들어 얼굴을 슬쩍 문질렀다. 얇은 외피가 한 꺼풀 벗겨지며 강인하면서도 냉혹한 인상을 풍기는 사십 대 후반의 얼굴이 나타났다. 바로 철군도의 도주인 칠보추혼 곽인이었다.

"음!"

우근은 곽인의 손에 들린 쭈글쭈글한 껍질을 바라보았다. 저 물건이 인간의 얼굴 껍질로 만든 인피면구人皮面具가 분명하다면, 그것의 본래 주인인 양무청은 끔찍한 참변을 당했을 것이 분명했다. 왼쪽 갈비뼈 사이에 비도가 꽂힌 채 쓰러진 의형 방령처럼 말이다.

"흐흐, 독 안에 든 쥐 꼴이 된 기분이 어떠냐, 우근?"

곽인이 우근을 향해 이죽거렸다.

우근의 중후한 얼굴에 살기가 차 오르기 시작했다.

뿌드득!

좋은 철을 수십 번 정련하여 만들었을 것이 분명한 비도가 우근의 억센 손아귀 안에서 마른 흙덩이처럼 으스러졌다.

바로 그때, 석문 밖 암도 쪽에서 누군가의 목소리가 들려왔다.

"곽 도주께서는 어찌하여 소생이 오길 기다리지 않고 성급하게 손을 쓰신 겁니까?"

여름 골짜기를 흐르는 계류처럼 맑고 서늘한 목소리였다. 우근의 시선이 반사적으로 석문 쪽으로 돌아갔다. 호시탐탐 기회만 노리던 곽인이 이 기회를 놓칠 리 없었다.

"죽엇!"

곽인은 양손에 뽑아 든 비도를 종횡으로 뿌려 대며 우근을 향해 달려들었다.

그러나 시선을 돌렸다 하여 주의력까지 돌린 것은 아니었다. 우근의 두 팔이 기이한 호선을 그렸다. 머리 위로 돌아간 좌장으로는 도리깨질을 하듯 힘차게 내리찍고 겨드랑이 아래로 당긴 우장은 창을 찔러 내듯 곧게 밀어내니, 무명장법 중의 진위뢰가 바로 이 수법이었다.

우르릉!

허공의 한 점에서 터져 나온 뇌성이 육합의 돌벽을 은은히 진동시켰다.

"우욱!"

곽인은 수천 근 바위덩이에 짓눌리는 듯한 무시무시한 압력을 느끼며 정신없이 뒤로 물러섰다.

우근은 곽인과의 거리를 한달음에 좁히며 왼쪽 주먹으로 개방의 절기 파옥권을 펼쳤다.

술에 취한 듯 비틀거리며 물러나던 곽인이 이를 악물며 오른손 중지를 쭉 뻗어 냈다. 껍질이 벗겨지고 손톱이 빠진 괴이한 손가락이 파옥권의 권세 한복판을 정확히 짚었다.

펑!

양강하기 이를 데 없는 권력과 음풍처럼 싸늘한 지력이 정면으로 충돌하며 둔중한 폭음이 울려 나왔다.

"고목인이로구나! 칠성노괴의 진전을 거의 이었다고 하더니만 과장은 아닌 모양이군."

뻗어 낸 왼쪽 주먹을 통해 한 줄기 괴이한 한기가 스며들자 우근은 권력을 거두며 한 걸음 뒤로 물러섰다. 그러나 그의 신색에는 어떠한 변화도 없었다. 고목인에 당한 자들이 공통적으로 드러내는 청선靑線의 기미 따위는 눈 씻고 찾아봐도 발견할 수 없었다. 반면에 그 고목인을 펼쳐 낸 곽인은…….

"후! 후욱!"

곽인은 헝클어진 내식을 급히 다스렸다. 우근의 외가공력은 정말로 초인지경에 이르러 있는 것 같았다. 정면 대결로 우근을 꺾기란 바라기 힘든 일인 것 같았다.

그때 석문 밖에서 예의 맑고 서늘한 목소리가 다시 들려왔다.

"밖에서 말학후진이 인사드리고자 하오니, 우 방주께서는 그쯤에서 싸움을 멈추시고 이리로 나오심이 어떠하신지요?"

우근은 시선을 곽인에 고정한 채 차갑게 말했다.

"물론 말학후진의 인사는 받아 주마. 하지만 그 전에 해결해야 할 일이 있으니 잠시 기다리도록. 상 아우는 그 문을 닫아 버리게."

우근의 명령이 떨어지기가 무섭게 상위지가 석문을 닫았다.

곽인을 바라보는 우근의 입가에 싸늘한 미소가 떠올랐다.

"독 안에 든 쥐 꼴이 된 기분이 어떠냐, 곽인?"

형세의 위태로움은 짐작하고도 남음이 있지만 그것은 나중 문제였다. 우근은 우선 눈앞에 서 있는 저 밥맛없는 녀석부터 때려죽일 작정이었다.

곽인의 얼굴에 비로소 공포의 빛이 떠올랐다.

"후우!"

석문 밖 통로에 서 있던 백의 청년이 한숨을 쉬었다. 뒷전의 누군가가 조심스러운 목소리로 그에게 물었다.

"사비영님, 뇌옥으로 들어가서 곽 도주를 구출해야 하지 않을까요?"

백의 청년의 관옥 같은 이마에 엷은 주름이 잡혔다. 무엇을 고민하는 것일까? 그러나 그는 이내 고개를 저었다.

"곽 도주는 나와의 약속을 저버리고 먼저 손을 썼다. 공을 독차지하고픈 욕심 때문이겠지. 모든 과욕에는 책임이 따르는 법."

촤르륵!

백의 청년의 오른손에서 새하얀 부채 하나가 영롱한 소리를 내며 펼쳐졌다.

"스스로의 운명을 구렁텅이에 빠뜨린 그를 내가 애써 구해 줄 필요는 없을 터. 우리는 예정대로 여기를 지키기로 한다."

눅눅한 지하의 공기가 답답했던 것일까? 백의 청년은 하얀 부채를 천천히 부치기 시작했다.

(2)

부웅!

백육십 근 청강참마도가 허공을 갈랐다. 회전 반경만 해도 일 장이 훌쩍 넘어가는 가공할 위세였다.

그 궤도 안에 들어 있는 것은 설령 바위나 무쇠라 할지라도 무사할 리 없었다. 하물며 피와 살로 만들어진 사람일진대, 바보가 아닌 이상 정면으로 맞설 까닭이 없었다.

그리고 석대문은 물론 바보가 아니었다.

나동와상懶童臥床.

게으른 동자중이 하라는 일은 안 하고 자꾸 드러누우려고만 한다는 이름이 달린 괴상한 신법이었다. 하지만 석대문의 몸을 통해 구현된 나동와상은 청강참마도의 무지막지한 공격을 피하기에 더할 나위 없이 적절한 것이었다.

수평으로 누운 석대문의 허리 한 뼘 아래로 청강참마도의 살벌한 도풍이 스쳐 지나갔다. 동체의 후면을 통째로 쭉 훑는 선뜻한 느낌이 석대문의 눈가를 일그러지게 만들었다.

"하앗!"

허공에서 재차 몸을 튕겨 신형을 똑바로 세운 석대문은 힘찬 기합과 함께 묵정검을 내리찍었다. 목표는 눈앞에 활짝 드러난 제초온의 뇌문腦門.

쐑!

묵정검의 무게는 불과 여섯 근, 백육십 근 청강참마도와는 비교할 수조차 없는 가벼운 병기였다. 그러나 역벽화산力劈華山의 수법으로 떨어져 내린 묵정검의 기세는 조금 전 청강참마도가 드러낸 것에 비해 조금의 손색도 없어 보였다.

까가각!

어느새 회수한 것일까? 묵정검의 낙하를 가로막은 것은 청강참마도의 두툼한 날이었다.

묵정검은 크게 휘어지고 청강참마도는 부르르 진동했다. 한 사람은 허공에 몸을 띄운 채, 그리고 다른 사람은 땅을 디딘 채, 힘과 기세를 팽팽히 겨루는 양상이었다.

그러나 그러한 대치는 금방 깨어졌다.

"이익!"

제초온의 이마에 굵은 힘줄이 불뚝 일어섰다.

"헉!"

석대문은 두 눈을 부릅떴다. 몸뚱이가 마치 누군가에게 던져진 작은 돌멩이처럼 너무나도 간단히 허공으로 밀려 올라갔기 때문이었다. 몸을 뒤집어 지면에 내려앉은 그의 얼굴엔 어처구니없다는 식의 표정이 떠올라 있었다.

"철든 이후로 누군가로부터 이렇게 던져지긴 처음이오. 정말 대단한 힘이오."

석대문은 칭찬할 사람을 보면 반드시 칭찬을 해야만 직성이 풀리는 성격이었다, 상대가 친구든 적이든 간에.

"하하! 자네도 분명 보통은 아니야. 이 참마도가 아직도 떨리는 게 보이는가? 웬만한 자들은 흉내도 내지 못하지. 자! 어디 이번에는 맨손으로 겨뤄 볼까?"

콱!

제초온은 들고 있던 청강참마도를 땅바닥에 거꾸로 꽂아 넣더니 오른쪽 주먹을 천천히 앞으로 밀어냈다.

석대문은 무거운 안색으로 사당의 청동 향로만큼이나 커다란 제초온의 주먹을 바라보았다. 비록 주먹의 움직임은 매우 완만했지만 거기서 뿜어진 경력은 전혀 완만하지 않았다.

후우웅!

긴 바람 소리가 울린 순간, 석대문의 전방은 바늘 끝 하나 빠져나갈 수 없을 만큼 빽빽한 권풍에 뒤덮여 버렸다.

'위험하다!'

석대문은 밀려드는 권풍을 향해 좌장을 뻗어 냈다. 솜덩이처럼 부드럽게 피어오르는 기운은 석가비전의 태을장. 유능제강

柔能制剛이라 하여 부드러움으로써 굳셈을 풀어 버리려는 속셈이었다.

그러나 두 줄기 기운이 서로 충돌하는 순간, 석대문은 태을장의 부드러움으로도 온전히 풀어 버릴 수 없는 절대적인 굳셈이 존재한다는 사실을 인정하지 않을 수 없었다.

픽!

거대한 충격이 석대문의 가슴을 두드렸다. 비록 태을장의 부드러움으로 많은 부분을 해소시키긴 했지만, 인간의 오장육부를 뒤흔들어 놓기에 부족함이 없는 충격이었다.

석대문은 이런 충격을 받을 때 어떻게 행동해야 하는지 잘 알고 있었다. 그는 밀려온 충격에 저항하는 대신, 일신을 최대한 가볍게 하여 힘의 진행 방향에 슬쩍 얹어 주었다. 덕분에 그는 무인으로서는 참으로 꼴사납게 삼 장이나 밀려나고 말았지만, 타격에 따른 별다른 손해를 입지 않을 수 있었다.

그런 석대문을 바라보던 제초온이 고리눈을 번득거렸다.

"내 거령권巨靈拳을 그렇게 해소하는 방법이 있었나? 자네는 무공 못지않게 머리가 잘 돌아가는 친구 같군."

거경 제초온에게는 두 가지 절기가 있었는데, 방금 펼친 거령권이 그중 한 가지였다.

석대문은 왼쪽 손목을 가볍게 돌려보았다. 접질린 듯 새큰거리는 느낌이 좀처럼 가시지 않고 있었다. 그는 눈살을 찌푸리며 제초온에게 물었다.

"선배는 어릴 때 무슨 음식을 좋아하셨소?"

제초온은 눈썹을 쫑긋거렸다.

"그건 왜 묻나?"

"뭘 드시고 자랐기에 그리 힘이 좋으냐 이 말씀이오. 가르쳐 주시면 잘 기억해 두었다가 나중에 아들놈에게 꼭 먹이리다.”

“으하하하!”

제초온은 하늘을 올려다보며 크게 웃었다.

단신으로 스무 명이 넘는 적들에게 둘러싸인 채 강호사마 중의 최강자인 제초온과 싸우는 석대문이었다. 거기에 함께 온 일행의 도움을 바랄 수도 없는 처지였으니, 그가 지금의 난국을 헤쳐 나가기란 지극히 어려운 일이 아닐 수 없었다.

그런데도 석대문을 보라!

자신의 운명은 오직 자신만이 결정할 수 있다는 양 한 점의 흔들림도 보이지 않고 있지 않은가!

그래서 제초온은 크게 웃었다. 그는 호탕한 사람을 보면 반드시 웃어야 직성이 풀리는 성격이었다, 상대가 친구든 적이든 간에.

“우리가 왜 이제야 만났을까?”

제초온은 석대문을 만난 것이 진정으로 기뻤다. 그는 땅에 꽂아 두었던 청강참마도를 뽑아 석대문에게 겨누었다.

“자네와 더 싸워 보고 싶네.”

이 말이 끝나기가 무섭게 칠 척이 넘는 거구가 석대문을 덮쳐 왔다.

그드득!

둔중한 소음과 함께 석문이 다시 열렸다. 뇌옥 안에 있던 사람들이 통로로 걸어 나왔다.

선두에 선 사람은 우근. 그가 걸친 남루한 의복의 왼쪽 어깨

부근엔 붉은 혈흔이 번져 있었다. 그러나 그는 전혀 개의치 않았다. 그 상처를 남긴 자에게 이미 충분한 대가를 치르도록 만들었기 때문이다.

우근은 부리부리한 눈동자로 자신들이 아까 지나온 암도를 바라보았다. 그곳은 많은 사람들에 의해 이미 봉쇄되어 있었다. 그들의 선두에는 눈처럼 새하얀 백의를 입은 청년 한 사람이 그림처럼 단아한 자세로 서 있었다.

톡. 톡. 톡.

가슴 앞에 모인 청년의 두 손엔 백옥으로 만든 부채가 들려 있었다. 청년이 손가락을 놀릴 때마다 그 백옥선으로부터 맑은 소리가 규칙적으로 울려 나오고 있었다.

우근은 청년의 얼굴을 지그시 노려보았다.

나이는 스물하고도 서넛쯤 더 되었을까? 군계일학이란 말은 아마도 저 청년을 가리켜 나온 말인 듯했다.

조각한 듯 편편한 이마, 곧고 선명한 눈썹, 별처럼 빛나는 눈동자, 주사를 머금은 양 붉은 입술, 고고해 보이는 목, 바위처럼 단단한 어깨, 잘 균형 잡힌 상체와 늘씬하게 뻗어 내린 하체.

취해 올라탄 수레가 젊은 규수들이 던진 꽃으로 가득 찼다는 저 유명한 두목지杜牧之가 환생한다 한들 이 청년의 풍모는 따르지 못할 것 같았다.

"자네가 내게 인사하겠다던 말학후진인가?"

내공을 실은 우근의 목소리가 밀폐된 공간을 쩡, 울렸다. 청년은 우근을 향해 천천히 포권을 올렸다.

"그렇습니다. 소생은 태원부에 사는 이군영이라 합니다."

청년 이군영에겐 상대의 마음을 저절로 안정시키는 기이한 능력이 있었다. 동료는 물론이거니와 적의 마음까지도 안정시켜 주는 기이한 능력. 그런 능력은 결코 후천적으로 얻어지는 것이 아니었다. 하늘로부터 부여받지 않으면 안 되는 천품인 것이다.

우근은 이군영을 물끄러미 바라보다가 불쑥 물었다.

"자네도 비각의 주구인가?"

이군영은 담담히 웃었다.

"주구라는 말씀은 조금 듣기 거북하군요. 소생은 만세야의 녹을 받는 관원입니다."

"관원? 웃기고 있군!"

우근은 차갑게 코웃음을 친 뒤 뒤쪽을 향해 소리쳤다.

"상 아우, 그 개 같은 놈을 이리로 끌고 오게!"

상위지에 의해 개처럼 끌려나온 것은 철군도의 도주인 칠보추혼 곽인이었다. 곽인은 눈알이 툭 튀어나오고 혀를 길게 빼어문 것만으로는 부족했는지, 허리가 기이한 각도로 꺾이는 끔찍한 몰골까지 동시에 연출하고 있었다.

우근은 곽인을 가리키며 물었다.

"이놈도 만세야의 녹을 먹는 관원인가?"

이군영은 나직이 한숨을 쉰 뒤 혼잣말을 중얼거렸다.

"칠성노조가 무척 슬퍼하겠군, 한 달도 안 되는 짧은 기간에 제자는 반신불수가 되고 아들은 송장이 되었으니."

그 차분함이 우근의 분노를 불러일으켰다. 우근은 이미 목숨이 끊어진 곽인의 멱살을 잡아 올렸다.

"헛소리 집어치워라! 만세야의 녹을 받는 관원이라는 놈들이 왜 멀쩡한 사람에게 사악한 요법을 걸고, 왜 무고한 사람을 납치하여 감금한단 말이냐!"

이 호통과 함께 곽인의 시신이 이군영을 향해 날아갔다.

이군영은 쏜살같이 날아드는 곽인의 시신을 향해 백옥선을 가볍게 휘둘렀다. 곧게 세운 부채가 슬쩍 눕혀지는 순간, 한 줄기 은은한 기운이 일어나 시신에 담겨 있던 힘을 가볍게 풀어 버렸다.

추진력을 잃은 곽인의 몸뚱이는 이군영의 발치에 살짝 내려앉았다. 넉 냥의 힘만으로 천 근의 기세를 다스린다는 사량발천근의 수법이 바로 이것이었다.

이군영은 목불인견이라 할 만한 곽인의 시신을 담담한 눈으로 내려다보다가 뒷전을 돌아보며 조용히 말했다.

"비록 공을 탐해 일을 어렵게 만들긴 했지만, 어쨌거나 만세야를 위해 목숨을 바친 충신이다. 시신을 수습함에 있어서 예의를 다하도록."

이군영의 지시가 떨어지기가 무섭게 두 사람이 달려 나와 곽인의 시신을 거둬 갔다. 우근은 냉랭한 눈길로 그 광경을 바라보기만 했다.

"우 방주께서는 본 각의 행사에 대해 불만이 많으신 모양이군요."

이군영의 말에 우근은 콧방귀로 대답을 대신했다.

"흥!"

하지만 이군영은 안색은 여전히 평온했다.

"본 각의 행사에 대해 조금 더 상세히 알고 싶으시다면 소생과 함께 각으로 가시는 것이 어떻겠습니까? 섭섭지 않게 대접해 드릴 것을 약속드리겠습니다."

부드러운 말이지만 그 안에 담긴 뜻은 투항을 종용하는 것이 분명했다.

"저 새끼가!"

개방의 제자 중 성질이 급한 몇몇이 이군영을 향해 달려 나가려 했다. 하지만 우근은 손을 들어 그들을 만류했다. 이군영이 저렇게 자신만만하게 나오는 데엔 반드시 이유가 있을 터. 그것이 무엇인지 정확히 모르는 상황에서 함부로 움직이는 것은 매우 위험했다.

"자네는 이 우근과 개방의 거지들을 너무 만만하게 보는군."

우근은 이군영을 향해 한 걸음을 내디뎠다. 그리 크지 않은 그의 체구로부터 산악 같은 위압감이 뿜어 나오기 시작했다. 그러나 이군영은 담담히 웃었다.

"우 방주께서 미거한 후배에게 한 수 지도해 주신다면, 소생으로서는 일생일대의 광영이 되겠지요. 하지만 무공의 고하를 논할 만한 상황이 아닌 듯하여 소생의 마음, 무척 안타깝습니다."

이군영은 오른손을 슬쩍 들었다. 그러자 그의 뒷전에 서 있던 사람들 중 청의를 입은 노인 하나가 움직였다.

그 청의 노인이 향한 곳은 암도의 벽면 중 어느 한 부분. 그곳에서 몸을 세운 청의 노인이 이군영 쪽을 바라보았다. 이군영은 청의 노인에게 고개를 끄덕여 보였다.

덜컹!

청의 노인이 어딘가를 건드리자 벽면이 활짝 열리며 사람 하나가 들어갈 만한 구멍이 하나 드러났다. 그 구멍 속에는 검은 쇠사슬 십여 가닥이 드리워져 있었다.

이군영은 미소를 지으며 우근을 바라보았다.

"이리로 오다 보니 암도에 설치된 기관들을 훌륭히 파훼하셨더군요. 일행 중에 필시 고명지사高明之士가 계신 모양입니다.

하지만 이 지하의 진정한 힘은 바로 저 쇠사슬에 달려 있습니다. 저것들과 비교하면 암도의 기관은 한낱 눈속임에 불과하지요. 제 말을 입증하기 위해 일단 하나를 보여 드리겠습니다."

이 말이 끝남과 동시에 청의 노인이 쇠사슬 하나를 잡아당겼다.

덜컹!

우근의 머리 위에서 묵직한 소리가 터져 나왔다. 우근이 반사적으로 올려다보니 천장의 일부가 쩍 갈라지며 뿌연 가루가 그의 머리 위로 쏟아져 내리고 있었다.

"엇?"

우근은 신법을 발휘하여 일 장 뒤로 물러섰다. 천장에서 쏟아진 뿌연 가루들이 그가 서 있던 곳을 두드렸다. 매캐한 냄새가 코를 찔렀다.

"독사毒砂?"

우근은 깜짝 놀랐다.

독사는 강호에서 좀처럼 찾아보기 힘든 독암기였다. 매개체의 크기가 작은 만큼 많은 양의 독을 품기 어렵다는 단점이 있지만, 일단 살갗을 뚫고 들어가면 그 작은 크기로 인해 순식간에 인간의 목숨을 앗아 가 버리는 위험하기 짝이 없는 물건이 바로 독 모래, 독사였다.

"끝까지 비열하게 구는구나!"

우근이 이군영을 향해 으르렁거렸다.

"이 정도는 맛보기에 불과하지요. 방주께서 서 계신 자리 부근에는 독사 외에도 열한 가지의 위험한 기관이 장치되어 있습니다. 아마도 그것들은 이번처럼 간단히 피하실 수 없으리라 사료되는군요."

이군영의 차분한 말에 우근은 귀가 빨개질 정도로 화가 났다. 그러나 이 위기를 벗어날 뾰족한 방도는 떠오르지 않았다. 지금은 칼자루를 쥔 자와 칼날을 쥔 자가 너무도 확연히 나뉘는 형국이었다.

빗물에 젖은 머리카락이 자꾸만 눈앞을 가리고 있었다. 석대문은 그제야 비가 내리고 있다는 사실을 깨달을 수 있었다.

언제부터 내리기 시작한 걸까? 온몸이 흠뻑 젖도록 그 사실을 깨닫지 못하고 있었으니, 이만하면 가히 몰아의 경지라고 할 수 있었다.

석대문은 흠뻑 젖은 앞머리를 왼손으로 한 움큼 틀어잡은 뒤 오른손에 든 묵정검으로 썽둥 잘라 버렸다. 그러고는 자른 머리를 어깨 너머로 휙 던지며 제초온을 향해 호기롭게 말했다.

"비가 오니 시원해서 한결 낫구려. 자, 또 덤벼 보시오."

제초온은 빗물이 뚝뚝 떨어지는 얼굴에 함지박만 한 웃음을 떠올렸다.

"즐겁군! 너무 즐거워!"

화등잔 같은 제초온의 두 눈이 광기에 가까운 희열로 번들거리고 있었다. 그는 아무런 취미도 없는 사람으로 알려져 있었다. 술이나 도박은 물론 여색도 즐기지 않았다. 그가 좋아하는 것이라고는 오직 하나, 강자와의 싸움이었다.

거경이라는 별호를 얻은 뒤, 제초온이 싸움다운 싸움을 벌여 본 것은 손으로 꼽을 정도였다. 게다가 그 싸움들조차도 그의 투쟁 욕구를 완벽하게 충족시켜 주진 못했다. 그래서 그는 항상

갈증을 느꼈다.

모든 것을 불사를 만한 일생일대의 통쾌한 싸움을 나는 대체 언제쯤에나 할 수 있을까?

그런데 마침내 오늘, 제초온은 그토록 갈망하던 통쾌한 싸움을 할 수 있게 된 것이다. 그러니 이 싸움 미치광이가 어찌 즐거워하지 않겠는가!

창! 차차창!

질풍 같은 십여 초가 다시 지나갔다. 두 사람이 일으키는 기세가 어찌나 맹렬한지 하늘에서 떨어지는 거센 빗발도 그들의 몸 주위는 애써 피해 가는 것 같았다.

얽혀 있던 두 사람이 다시 떨어졌다. 석대문은 그사이 더 거칠어진 호흡을 가다듬다가 제초온에게 물었다.

"선배 같은 사람이 어쩌다 비각 같은 곳에 적을 두게 되었는지 몹시 궁금하외다."

제초온 역시 숨을 헐떡이며 물었다.

"비각이 어디가 어때서?"

"비각이 이런 공작을 벌이는 이유는, 강호의 균형을 무너뜨림으로써 결국은 자신들의 입맛대로 좌지우지하기 위함이란 것을 선배는 정녕 모르시오?"

제초온을 이해가 안 된다는 듯이 고개를 갸우뚱거리더니 픽 웃었다. 다음 순간, 그의 거대한 몸뚱이가 석대문을 향해 벼락같이 밀려들었다.

"모르는 소리!"

청강참마도가 한 차례 뒤집어지는가 싶더니 허공에 다섯 줄기의 매서운 도기刀氣가 만들어졌다. 백육십 근 중병重兵으로 이런 조화를 부릴 수 있다는 자체가 신기했다.

석대문은 묵정검을 둥글게 휘감아 청강참마도의 다섯 줄기 도기를 받아 냈다. 이 화선옹국花仙雍菊의 방어식은 매우 적절하여 청강참마도의 날은 이번에도 적을 상하게 만들지 못했다.

하지만 제초온은 화수분처럼 마르지 않는 패도로 청강참마도를 계속 휘둘러 왔다. 그러면서…….

빵!

"자네는 강호가 뭐라고 생각하나?"

투캉!

"강호 자체는 누구도 무너뜨리지 못해! 자네와 나처럼 무공을 익힌 자들이 존재하는 한 이 강호는 영원히 존재할 테니까!"

깡! 까가각!

"자네가 진정으로 염려하는 일은, 현 강호에서 자네가 이미 확보해 둔 기득권이 무너지는 게 아닌가? 자네가 비각의 존재를 꺼리는 진정한 이유 또한 비각이 그 기득권을 위협하기 때문이 아닌가?"

제초온의 질타가 끝난 것은 이미 열 번이 넘는 무시무시한 칼질이 퍼부어진 뒤였다.

석대문은 묵정검을 중단으로 겨누고 있다. 매서운 눈빛에 물샐 틈 없는 자세. 그러나 머릿속으로는 제초온이 한 질타를 되새기고 있었다. 어쩌면 그 말이 옳을지도 모른다. 그가 진정으로 염려하는 일은, 그와 그의 친인이 기존에 확보한 영역이 무너지는 것일지도 몰랐다. 하지만 그것이 어때서? 그는 악행과 궤계로써 그의 영역을 쌓아 올리지 않았다. 그러므로 영역을 지키려는 그의 행위는 정당하다고 볼 수 있었다. 반면에 비각이란 자들은 아니었다. 저들은 가면을 쓰고, 사술을 부리고, 사람을 죽이고, 혈겁을 일으킨다. 중요한 것은 행위의 도덕성이지 말하기 좋은 명분이 아닌 것이다.

문득 한 가지 의문이 떠올랐다. 석대문은 제초온에게 물었다.

"이제는 왜 혈랑을 가장하지 않소? 철수객 남궁월처럼 늑대 탈이라도 쓰고 나타났다면 더 재밌지 않았겠소?"

"혈랑?"

제초온은 돌연 껄껄 웃었다.

"이제는 그럴 필요가 없어졌지. 진짜가 나타났으니 가짜들은 사라져 줘야 하지 않겠나?"

석대문은 제초온의 말을 곰곰이 되씹다가 어느 순간, 멍한 표정을 짓고 말았다. 그러니까 저 말의 의미인즉…… 혈랑곡이 진짜로 존재한단 것일까? 하지만 제초온은 자신이 뱉은 말에 대해 더 이상 부연하지 않았다.

"우습군. 자네 같은 사람과 싸우면서 내가 왜 이따위 골치 아픈 이야기를 늘어놔야 하는 거지? 다 집어치우고, 자! 이번엔 이것을 한번 받아 보게나!"

그러면서 백육십 근 청강참마도로 전개한 것은 거령권과 더불어 거경의 양대 절기로 꼽히는 풍백도법風伯刀法이었다.

붕! 부웅! 부우우웃!

풍백은 바람의 신, 그 이름을 빌린 도법은 숫제 그 바람마저 잘라 버리는 듯했다. 석대문은 더 이상 다른 생각을 품을 여력이 없었다. 묵정검이 어두운 허공에 검은 호선을 그렸다.

깡! 까강! 끼깃!

두 자루 병기가 부딪칠 때마다 시퍼런 불똥들이 쉴 새 없이 튀어 올랐다. 풍백도법에 담긴 역도는 과연 대단한 것이었다. 그 역도를 효과적으로 해소시키기 위해 석대문은 좋든 싫든 뒤로 물러날 수밖에 없었다.

그런데 이즈음에 이르러서 석대문은 한 가지 사실을 간과하고 있었다. 제초온과의 일대일 싸움에 너무 몰입한 나머지, 두 사람의 주위에 멀찍이 둘러선 사람들의 존재를, 정확히는 잠재적인 적들의 존재를 잠시 망각하고 만 것이다. 그 대가는 결코 가볍지가 않았다.

"윽!"

등줄기를 파고든 섬뜩한 통증에 석대문은 두 눈을 부릅떴다. 그 와중에도 묵정검을 번개처럼 돌려 후려침으로써 등줄기를 파고든 물체가 더 이상 전진하지 못하도록 한 것은, 그의 반사 신경이 남다르다는 것을 보여 주는 좋은 증거일 것이다. 그러나 아무리 굳건한 장부라도 한쪽 무릎이 빗물 젖은 바닥에 풀썩 꺾이는 것만큼은 어쩔 수 없었다.

고통으로 일그러진 석대문의 시선 속으로 족제비와 원숭이를 함께 닮은 남자의 의기양양한 웃음이 담겼다. 후방에서 행한 암습을 통해 기대 이상의 효과를 얻은 이 섬의 부도주, 음양쌍구 조휴였다.

조휴의 공격은 거기서 그치지 않았다.

"뒈져랏!"

두 자루 뾰족한 갈고리가 석대문의 정수리를 찍어 왔다. 방어할 능력을 순간적으로 상실한 석대문으로선 피할 엄두조차 나지 않는 치명적인 공격이었다. 그 같은 일세의 장부가 순간적인 방심으로 인해 소인배의 암습 아래 목숨을 잃는다면 이 어찌 통탄할 일이 아니겠는가!

다행히도 석대문의 목숨은 그렇게 허무하게 끝나지 않았다. 그의 목숨을 구해 준 것은, 놀랍게도 거대한 청강참마도였다.

콰직!

석대문의 정수리를 찍어 오던 조휴의 음양쌍구가 횡으로 벼락처럼 날아든 온 청강참마도에 의해 썩은 새끼줄처럼 토막이 났다. 한쪽 무릎을 바닥에 댄 자세 그대로 이 뜻밖의 광경을 바라보기만 하는 석대문과 백짓장처럼 질린 얼굴로 주춤주춤 뒷걸음질을 치는 조휴 사이에는 산처럼 거대한 사내가 서 있었다. 바로 제초온이었다.

"왜……?"

석대문의 입술 사이로 신음을 닮은 외마디가 흘러나왔다. 그러나 제초온은 석대문을 등진 채 시선조차 돌리지 않았다. 횃불을 담은 듯 이글거리는 그의 두 눈은 조휴의 얼굴에 고정되어 있었다.

"유, 육비영님?"

조휴는 뭔가 확실히 잘못됐다고 생각했을 테지만, 그것이 무엇인지 정확히 알지 못하는 눈치였다.

"쥐새끼 같은 놈."

제초온의 굵은 입술을 비집고 으스스한 목소리가 흘러나왔다.

"저, 저는 그저……."

……육비영님을 도와 드리려고 했을 뿐입니다.

아마도 조휴는 이렇게 말하려고 한 것 같았다. 그러나 제초온은 그의 말을 기다려 주지 않았다.

청강참마도가 천중天中을 향해 솟구쳐 올랐다. 공간을 아래로부터 위로 단호하게 갈라 버리는 그 서슬 푸른 궤도 안에는 족제비와 원숭이를 합쳐 놓은 듯한 조휴의 몸뚱이가 들어 있었다.

쏵!

한 사람의 몸뚱이가 사타구니부터 정수리까지 거꾸로 갈라질 때 울린 소리는 물 한 동이를 끼얹는 소리와 별반 차이가 없었다. 장내에 있던 모든 사람들은 숨소리도 내지 못한 채 오직 두 눈만을 찢어져라 홉뜬 채 그 광경을 지켜보고 있었다.

청강참마도를 내린 제초온은 천천히 몸을 돌렸다. 석대문을 내려다보는 그의 시선에는 마치 고향 후배를 대하는 듯한 친근한 기운이 어려 있었다.

"어떤가?"

석대문은 한 손으로 바닥을 짚고 힘겹게 몸을 일으켜 세웠다.

"견딜 만하오."

이것은 물론 사실이 아니었다. 그가 입은 상처는 평범한 사람이라면 운신조차 못할 만큼 위중한 것이었다. 그러나 적에게 동정받을 수는 없는 노릇이었다.

"계속합시다, 선배."

석대문은 묵정검을 비스듬히 치켜들었다. 그러나 제초온은 고개를 저었다.

"아니, 나는 더 이상 싸울 마음이 없어졌네."

모든 이들이 자신의 귀를 의심하게 만든 발언이었다.

"선배, 이 석 모가 비록 필부에 불과하지만 싸구려 동정에 기대어 목숨을 연명하는 졸자는 아니오!"

석대문은 결연한 목소리로 부르짖었다. 그러나 제초온의 바위 같은 표정엔 한 점의 변화도 없었다.

"자네 같은 사람과 싸울 수 있다는 건 나로선 큰 행운이자 즐거움이라네. 그 행운과 즐거움을 찜찜하게 마무리 지을 수는 없는 일."

제초온은 아래로 내리고 있던 청강참마도를 휙 들어 올려 어깨에 둘러메었다.

　"조급해하지 말게나. 나는 운명을 믿네. 우리는, 결국 다시 만나게 될 걸세."

　제초온은 이 말을 끝으로 석대문으로부터 몸을 돌렸다. 둘러선 사내들 중 누군가가 떨리는 목소리로 물었다.

　"사, 사비영님의 명령을 거역하실 셈입니까?"

　빗속으로 걸음을 옮기던 제초온의 발길이 우뚝 멎었다.

　"사비영의 서열이 비록 내 위이긴 하나 감히 내게 명령을 내리지는 못하지. 하하!"

　제초온이 다시 걸음을 내디뎠다. 호탕한 웃음소리가 그의 거대한 몸과 함께 빗속으로 잠겨들었다.

　'저 남자…… 몸뚱이뿐만 아니라 마음도 고래군.'

　석대문은 탄복하지 않을 수 없다. 잔인무도한 마두로만 알려진 제초온에게 저렇듯 당당한 장부의 풍모가 있다니. 직접 겪어 보지 않았다면 절대로 믿지 않을 일이었다.

　"이렇게 된 이상 우리만으로라도 네놈을 없애야겠다!"

　주위에 둘러섰던 철군도의 수적들이 부상당한 호랑이에게 몰려드는 들개 떼처럼 석대문을 향한 포위망을 서서히 좁혀 오기 시작했다.

　'그렇군. 모두가 거경 같을 수는 없겠지.'

　한 줄기 차가운 미소가 석대문의 입가를 가로질렀다. 진기는 거의 고갈되었고 육신에 입은 외상 또한 가볍지 않았다. 그러나 들개 떼에 물려 죽을 수는 없는 노릇이었다. 그는 이번에 만난 훌륭한 적수, 거경 제초온의 기대를 저버릴 수 없었다.

3

"자, 어떻게 하시겠습니까?"

이군영이 우근에게 물었다. 그의 얼굴에 떠오른 미소는 천하의 모든 여인들을 매료시킬 만큼 매력적인 것이었지만, 우근에게는 오직 가증스러울 따름이었다.

바로 그때였다.

"끄으으!"

우근의 바로 뒤에 서 있던 상위지가 눈을 하얗게 뒤집으며 바닥으로 쓰러졌다. 그러더니 간질이라도 일으킨 사람처럼 손발을 뒤틀면서 더러운 침과 거품을 토해 내는 것이었다.

"상 아우, 왜 그러나?"

우근은 깜짝 놀랐다. 아까 쏟아진 독 모래에 당한 것은 아닌가, 걱정이 덜컥 든 것이다.

"으아악! 끄아아!"

상위지의 발작은 점점 더 심해졌다. 그는 손톱으로 제 얼굴을 마구 긁으며 고래고래 비명을 지르기 시작했다. 살점이 파여 나간 자국에 붉은 핏물이 금세 차올랐다. 그 모습이 얼마나 처참했던지 멀찍이 떨어져 있던 이군영조차 눈살을 찌푸릴 정도였다.

"이 사람아! 정신 차리라고!"

더 놔두었다간 무슨 꼴을 보게 될지 몰라 우근이 상위지의 양손을 덥석 붙잡았다. 상위지가 고개를 들고, 두 사람의 눈길이 마주쳤다. 그 순간 우근은 깨달았다, 전신을 경련하는 상위지의 눈빛만큼은 지극히 안정되어 있다는 사실을.

―독 모래를 놈에게 날리세요!

상위지의 전음이 우근의 고막 속으로 흘러들었다.

이것저것 생각할 겨를이 없었다. 우근은 상위지에 숨였던 상체를 힘차게 틀면서, 독 모래가 수북하게 쌓인 바닥에다가 맹렬한 일 장을 때려 보냈다.

펑!

단단한 바닥이 움푹 파이며 그 위에 있던 독 모래들이 황사바람처럼 이군영을 덮쳐 왔다.

"앗!"

코끝으로 밀려든 매캐한 냄새 앞에서는 제아무리 침착한 이군영이라도 적잖이 당황할 수밖에 없었다. 그러나 초인에 가깝게 발달된 그의 육체는 생각에 앞서 반응하고 있었다. 번쩍 치켜 올린 백옥선이 촤라락 펼쳐지는가 싶더니 팔선개동八煽開洞의 절묘한 수법이 그를 향해 날아드는 독 모래의 한복판을 갈랐다.

그러나 이군영은 이때까지만 해도 독 모래의 공격이 그저 눈가림을 위한 것임을 깨닫지 못했다.

'음?'

이군영은 누군가 자신의 곁을 빠르게 스쳐 지나갔음을 깨달았다. 그것이 누구인지를 확인하려 하는 찰나…….

우르릉!

전방으로부터 무거운 압력이 밀려들었다. 우근이 재차 장력을 쳐 낸 것이다. 이군영은 감히 경시하지 못하고 백옥선을 활짝 펼쳐 밀려드는 압력에 대항해 나갔다.

"크억!"

누군가가 터뜨린 비명이 암도를 따라 달려갔다.

이군영의 우뚝한 콧잔등에 잔주름들이 잡혔다. 비명이 울린 사실 자체는 그다지 중요하지 않았다. 중요한 것은 비명이 울려온 방향이었다. 울려서는 안 되는 방향에서 울린 것이다.

이군영은 시선을 재빨리 돌려 비명이 울린 곳을 바라보았다. 그는 곧바로 자신의 예감이 들어맞았음을 확인할 수 있었다.

기관을 조종하던 청의 노인은 암도의 벽에 등을 기댄 채 앉은 자세로 절명해 있었다. 그의 얼굴은 본래의 형체를 알아볼 수 없을 정도로 짓이겨져 있었다. 기관을 조종하던 청의 노인을 그렇게 만든 장본인이 그 자리를 대신 차지하고 있었다. 조금 전까지 숨넘어갈 것처럼 발작을 일으켰던 바로 그 반백의 거지였다.

"허, 허허."

이군영은 헛웃음이 나왔다. 두 거지가 합작으로 짜낸 기만술에 꼼짝없이 당한 것이다. 하지만 기관을 파괴하는 것까지 멍청히 보고만 있을 이군영은 아니었다.

"기어이 손을 쓰게 만드는가!"

이군영의 몸이 연기처럼 흐릿해졌다. 다음 순간, 그의 신형은 기관 앞에 서 있는 거지의 코앞에 솟아나고 있었다.

"엇?"

그 거지는 경호성을 터뜨리면서도 주먹을 매섭게 내질렀다. 둥글게 뭉쳐지는 양강한 기운은 아마도 개방의 절기 중 하나인 파옥권인 듯했다.

그러나 이군영의 백옥선이 훨씬 빨랐다. 파옥권의 권력이 채 절반도 형성되기도 전, 그의 백옥선은 수십 개의 선영扇影으로 갈라지며 거지의 전신을 단숨에 가둬 버렸다.

따다다닥!

요란한 격타음이 거지의 몸뚱이에서 터져 나왔다. 거지는 철비박鐵臂膊의 외공을 수련한 듯 양 팔뚝으로 신체의 중요 부위를 막아 내려 했지만, 한 호흡 안에 서른여섯 대를 후려갈길 수 있는 이군영의 간선삼십육타間迅三十六打의 선법扇法 앞에선 속수무책으로 전신을 격타당할 수밖에 없었다.

열두 번째의 타격이 좌완골左腕骨을 꺾어 놓았고, 열세 번째의 타격이 명치를 송곳처럼 찔렀다. 거지는 더 이상 견디지 못하고 두 무릎을 풀썩 꿇고 말았다.

앞으로 무너지려는 거지의 머리채를 잡아 일으켜 올린 이군영은 그 거지를 우근 쪽으로 돌려 앉혀 놓았다. 본래 서 있던 자리에서 다섯 걸음가량 다가서 있는 우근의 모습이 그의 시선에 담겼다. 하지만 이군영의 차가운 한마디가 떨어졌을 때, 우근은 그 자리에 멈춰 설 수밖에 없었다.

"소생은 피를 좋아하지 않습니다. 이 정도로 그치시는 것이 어떻겠습니까?"

"끄응!"
우근은 무거운 신음을 토해 냈다.

이군영이 상위지에게 덮쳐 가는 순간, 우근은 앞으로 달려가 상위지를 도우려 했다. 그러나 이군영의 손 속이 너무나도 빨랐다. 자신이 채 세 걸음을 떼기 전 이군영의 백옥선은 상위지의 전신을 난타하고 있었고, 다시 두 걸음을 떼기 전 상황은 그의 개입을 허락하지 않을 만큼 깨끗이 마무리되어 있었다.

상위지가 비록 지략을 장기로 여기는 위인이라고는 하지만, 일신에 수련한 공력이 천박하다면 방 내에서 높이 쓰이지 않았을 터였다. 한데 그런 상위지를 어린아이 팔 비틀듯 가볍게 제압해 버렸으니, 나이를 초월한 저 놀라운 무공은 대체 어디서 연유되었는지 궁금하지 않을 수 없었다.

이군영은 막대기처럼 접어 쥔 백옥선으로 상위지의 정수리를 툭툭 두드리며 말했다.

"여러분들을 각으로 모셔 가기로 한 결심에는 변함이 없지만, 반드시 살아 있어야 한다고는 생각하지 않습니다. 여러 목숨들이 걸린 문제이니, 부디 순간의 만용으로 천추의 한을 남기는 일이 없길 바랍니다."

정중하고 차분한 목소리였지만, 담고 있는 의미는 이군영의 인내심이 얼마 남지 않았음을 보여 주고 있었다.

우근은 입술을 꾹 깨물었다. 물론 투항할 생각은 추호도 없었다. 그러나 상위지의 정수리 위로 이군영의 백옥선이 어른거리고 있는 이상 경거망동을 보일 수 없었다. 이러지도 저러지도 못하는 상황. 대체 이 난국을 어떻게 타개해야 한단 말인가!

그런 우근을 바라보던 이군영의 눈썹이 살짝 일그러졌다.

"기관을!"

이군영의 입에서 짧은 지시가 떨어지자 기관을 조종하는 쇠사슬들 앞으로 새로운 사람이 다가섰다. 명령만 떨어지면 당장이라도 기관을 작동시킬 태세였다.

'빌어먹을…….'

철담을 자부하는 우근이지만 이 순간만큼은 깊은 무력감에 사로잡힐 수밖에 없었다.

그런데 바로 그때였다.

"한 놈도 꼼짝하지 마라!"

암도를 쩌렁 뒤흔든 커다란 외침이 있었다. 그 외침은 뜻밖에도 이군영의 뒤쪽에서 들려온 것이었다.

'이 목소리는……?'

우근은 깜짝 놀랐다. 이군영의 일행에 가로막혀 모습은 확인할 수 없었지만 너무나도 익숙한 목소리였던 것이다.

"위백 형님이십니까?"

우근이 외쳤다. 그러자 그 목소리가 다시 들려왔다.

"흐흐, 애송이 하나 때문에 아우님이 고생이 많구먼."

목소리의 주인공은 석대문과 함께 화기고로 갔던 개방의 소주 분타주 위백이었다.

위백은 지금 웃고 있었다. 그러나 그는 웃기 위해 죽을힘을 다해야만 했다. 그의 온몸은 상처투성이였다. 칼에 베인 상처, 검에 찔린 상처, 화살에 꿰인 상처……. 대체 인간의 몸뚱이에 얼마나 많은 상처가 들어찰 수 있는지 시험이라도 해 보려는 것 같았다. 그러나 위백은 오히려 그 고통을 즐기는 것 같았다.

"이제부터 이 못난 형이 아우님께 애송이를 어떻게 다뤄야 하는지 가르쳐 주지."

위백의 시선이 이군영을 향했다. 그의 입가에 미소가 맺혔다.

"아이야, 벽 앞에 세워 놓은 놈을 치우지 않으련?"

이군영의 눈빛이 매서워졌다. 그는 농담과 허세를 좋아하지 않는 진지한 사람이었다. 어느 누구도 그 앞에선 저런 식으로 말하지 못했다.

이군영의 눈빛이 강렬해지자 위백은 키득거렸다.

"어? 눈깔에 힘을 줬다 이거지? 흐흐, 어디 이걸 보고도 눈깔에 계속 힘을 줄 수 있는지 보자."

위백은 품에서 뭔가를 꺼내 들었다. 그러더니 오른손에 들고 있는 횃불에 가져다 댔다.

치이익!

위백이 꺼낸 물건의 꽁지 부분에서 새파란 불똥이 튀어 올랐다.

"팔열호?"

어떤 경우라도 평정을 잃을 것 같지 않던 이군영이지만, 이 번만큼은 눈에 띄게 안색이 변할 수밖에 없었다. 방금 위백에 의해 점화된 물건이 얼마나 위험한 화기인지, 그는 이 자리에 있는 누구보다도 잘 알고 있었기 때문이다.

대륙과 해동 사이의 바다에는 해도에도 나와 있지 않은 신비한 섬이 하나 있었다. 멀리서 보이는 모습이 마치 바다에 뜬 한 폭의 비단 같다 하여 사람들은 그 섬을 금부도錦浮島라 불렀다.

사람의 발길이 오랫동안 닿지 않았던 그 금부도에는, 언제부터인가 몽고족에 의해 중원에서 쫓겨난 여진女眞의 일족인 청응부靑鷹部가 둥지를 틀게 되었다

과거 여진이 융성하던 시절, 청응부의 전사들은 타고난 용맹과 뛰어난 화기술로 이름을 떨친 바 있었다. 금부도에 정착한 그들은 하나의 문파를 만들고 동해를 무대로 해적질을 일삼았다. 뱃사람들은 그들을 뇌적雷賊이라 부르며 항해 중에 만나지 않기를 손 모아 기원했으니, 강호에 동해뇌문으로 알려진 무리가 바로 그들이었다.

이군영은 비각의 각주 잠룡야가 강호 공작을 위해 문파들을 포섭하는 과정에서 가장 공을 들인 곳이 바로 그 동해뇌문이란 사실을 잘 알고 있었다. 그렇게 공을 들인 이유는 간단했다. 잠룡야는 귀신도 울고 간다는 동해뇌문의 신묘한 화기술이 진심으로 탐났던 것이다.

팔열호는 바로 그 동해뇌문이 자랑하는 최강의 화기였다.

"아까 화기고에서 하나 슬쩍 했지. 어차피 몽땅 불 질러 버릴 것, 기념으로 하나 가질까 해서 말이야. 어? 저놈을 아직도 불러들이지 않았나? 그러면 곤란한데."

도화선의 심지가 무서운 속도로 타들어 가고 있었다.

"이처럼 꽉 막힌 곳에서 그 물건을 터뜨린다면 누구도 무사하지 못할 텐데?"

이군영이 말했다. 그러나 위백은 코웃음만 칠 뿐이었다. 그러는 동안에도 심지는 점점 짧아지고 있었다.

"좋소. 말대로 따르리다."

이군영의 손짓에 기관 앞에 서 있던 사내가 뒤로 물러섰다.

"흐흐! 좋았…… 쿨룩! 쿨룩!"

흡족한 듯 키득거리던 위백이 기침을 토해 냈다. 그는 신형을 휘청거리다가 등을 벽에 기댔다.

"흐…… 착한 아이로군. 가정교육이 제대로 됐어."

위백은 이렇게 중얼거리며 한 뼘쯤 남은 심지의 끄트머리를 이빨로 물어 끊었다. 조마조마한 눈길로 심지를 바라보던 모든 사람들의 얼굴에 안도의 기색이 어렸다.

"착한 아이가 해 줘야 할 일이 한 가지 더 있지."

위백은 심지 끝을 다시 횃불 쪽으로 가져다 댔다. 상처들로부터 흘러내린 피가 얼마나 많은지 그의 발밑에 찰랑찰랑 고일 정도였다. 그러나 위백은 그런 몸으로도 웃고 있었다.

"인질로 잡은 사람을 풀어 줘라."

이군영의 얼굴이 일그러졌다.

"어허."

위백은 팔열호를 든 왼손을 두어 번 까딱거렸다.

이군영은 분통이 터질 지경이었지만 어쩔 수 없었다. 저 위백이란 자는 이미 모든 것을 포기한 사람 같았고, 팔열호에 남겨진 심지는 너무 짧았다.

이군영은 축 늘어진 상위지를 들어 우근에게로 던졌다.

"이제 됐소?"

위백은 만족스러운 표정으로 고개를 끄덕였다. 그러고는 힘을 다한 듯 석벽에 뒤통수를 기댔다. 그는 그렇게 기대선 자세로 우근을 불렀다.

"아우님."

우근은 급히 대답했다.

"예, 형님!"

"한 가지만 물읍시다. 거기 정말로 뇌옥이 있소?"

"예, 있습니다."

"뇌옥 문은 뭐로 만들었소?"

우근은 위백이 이상한 것을 묻는다고 생각했지만 곧바로 대답했다.

"돌로 만들어졌지요."

"흐으."

의미를 짐작할 수 없는 괴이한 웃음을 끝으로 위백은 더 이상 우근에게 말을 걸지 않았다. 그는 벽에 기대고 있던 몸을 천천히 떼어 암도 가운데로 나왔다. 한 손에는 목침을 닮은 팔열호를, 다른 손에는 횃불을 든 그의 모습이 기이하리만치 허허로운 느낌을 주었다.

어느 순간, 위백의 말라붙은 입술을 비집고 하나의 이야기가 흘러나왔다.

"나는 말이야…… 비록 이날 이때까지 비럭질로 살아온 거지지만 스스로 목숨을 끊고 싶었던 적은 한 번도 없었어. 정말이야, 한 번도 없었다고. 내 말이 무슨 말인지 알아들어?"

위백의 이야기에 귀를 기울이던 우근의 눈이 조금씩 커졌다. 갑자기 불길한 예감에 사로잡힌 것이다.

"하지만, 하지만 말이야…… 너희들이 내 마누라를 조종해 내 몸에다가 무슨 수작을 부리고, 그것 때문에 내 친구가 몹쓸 일을 당한 것을 깨달았을 때…… 나는 그 자리에서 죽고 싶었어, 정말로 죽고 싶었다고."

"형님, 안 됩니다!"

우근이 크게 외치며 앞으로 내달리려고 했다. 이제는 위백이 무슨 짓을 하려는지 확연히 알 수 있었기 때문이다. 때문에 그의 뒤에 서 있던 유태성이 화들짝 놀라며 그의 몸을 부둥켜안아야만 했다.

건너편에서 그런 일이 벌어지는 줄 아는지 모르는지, 위백의 이야기는 계속 이어졌다.

"흐흐, 지금 생각하니 그때 목숨을 끊지 않은 건 정말 잘한 일이었어. 덕분에 속죄할 수 있는 이렇게 좋은 기회를 만나게 되었으니 말이야."

위백은 눈을 심하게 깜빡거리고 있었다. 눈앞이 가물거리는 게 시력이 사라지려는 것 같았다. 하지만 그는 활짝 웃었다. 그래…… 형제들은 무사할 것이다. 그들의 뒤에는 튼튼한 석문이 달린 뇌옥이 있으니 말이다.

"예쁜 아이야, 이 할아비랑 같이 가자꾸나."

위백은 횃불을 든 손을 치켜들었다.

모든 사람들의 안색이 급변했다.

"안 돼!"

이군영의 손으로부터 백색 섬광이 쏘아져 나갔다.

파-앗!

섬광은 이군영의 손을 떠남과 동시에 위백의 가슴을 뚫고 들어갔다. 아직도 흘릴 피가 남았는지, 위백의 가슴에서 붉은 핏줄기가 솟구쳤다.

"형님!"

우근은 울부짖듯이 외치며 앞으로 달려 나가려 했지만, 그를 부둥켜안은 유태성은 요지부동이었다.

"흐…… 하나도…… 안 아픈걸……."

위백은 나직이 중얼거리며 그 자리에 무너지듯 주저앉았다. 그러나 백옥선에 관통당한 그의 가슴에는 사발만 한 구멍이 뚫려 있었다.

부릅뜬 위백의 눈이 잿빛으로 굳어졌다. 그의 상체가 서서히 뒤로 넘어갔다. 손가락에 힘이 빠지며 들고 있던 팔열호가 바닥에 툭 떨어졌다. 그리고…….

치이익!

그 꽁지에 바짝 붙어 타들어 가는 새파란 불꽃이 모든 사람들의 망막 속을 송곳처럼 파고들었다. 팔열호의 심지는 이미 점화되어 있었던 것이다!

"으아아아!"

"방주님, 어서요!"

유태성은 알아들을 수 없는 고함을 지르며 몸부림을 치는 우근을 뇌옥 안으로 잡아끌었다.

❧

석대문은 탑 앞에 서 있었다.

지금 이 순간 석대문의 얼굴은 극심한 피로감으로 물들어 있었다. 하기야 그를 괴롭히는 건 피로감만이 아니었다. 음양쌍구 조휴가 남긴 등줄기의 상처에선 아직도 핏물이 흘러나오고 있었다. 그리고 그 피 냄새에 끌려 그에게 달려든 스무 명의 수적들은 그의 몸뚱이 곳곳에 크고 작은 흔적들을 새겨 놓았다.

그러나 석대문은 쓰러지지 않았다. 그는 호랑이였고, 아무리 지치고 다쳤어도 들개 떼의 밥이 될 수는 없었다.

탑 입구에는 시신들이 즐비했다. 그들 대부분은 뼈가 으스러지고 근육이 뭉개져 있었다. 석대문은 그것이 강맹한 외가공력의 작품임을 어렵지 않게 알아볼 수 있었다. 먼저 들어간 우근의 솜씨든 나중에 들어간 위백의 솜씨든, 개방의 권장 공부에는 과연 기특한 면이 있었다.

석대문은 탑 안으로 들어갔다. 처음에는 우근이, 나중에는 위백이 발견한 지하로 내려가는 통로를 그 역시 어렵지 않게 발견할 수 있었다. 그는 벽에 걸린 횃불들 중 하나를 뽑아 들고 계단을 따라 내려가기 시작했다.

그동안 이 안에선 어떤 일이 벌어졌을까?

과연 무슨 광경이 지치고 상처 입은 그를 기다리고 있는 것일까?

바로 그때, 갑자기 계단 전체가 진동하기 시작했다.

우웅!

지진이라도 일어난 듯 천장과 바닥이 세차게 흔들렸다. 이어 뒤따른 것은 엄청난 폭음이었다.

콰앙!

횃불의 불꽃이 뒤쪽을 향해 파라락 드러누우며, 누가 양쪽에서 잡아당기기라도 한 듯 귀 아래의 살갗이 팽팽하게 당겨졌다.

몸을 가눌 수 없는 막강한 압력이 무서운 기세로 전방으로부터 밀려왔다.

그와 동시에 통로를 가득 메우며 계단 위쪽으로 밀고 올라오는 것은 지옥에서나 볼 수 있을 것 같은 화염의 노도였다.

'아!'

신체의 모든 기관이 일시에 마비된 듯, 석대문은 어떤 생각도, 어떤 행동도 할 수 없었다.

빛 그리고 열기.

몸이 훨훨 날아가는 것이 느껴졌다. 석대문의 의식은 빛과 열기의 물결 속으로 서서히 가라앉았다.

유태성은 온 힘을 다해 석문을 버티고 있었다. 팔열호의 폭압은 그의 상상을 초월한 것이어서, 석문은 통째로 안으로 밀려들어 올 것처럼 심하게 요동치고 있었다.

만약 이 석문이 없었다면 뇌옥 안으로 피한 사람들은 그 자리에서 잿더미가 되는 운명을 피할 수 없었을 것이다. 문 밖에 있던 자들이 맞이했을 운명처럼 말이다.

석문을 밀어붙이는 압력은 얼마 후 사라졌다. 유태성은 석문으로부터 두 손바닥을 떼어 냈다. 석문은 한 뼘이 넘는 두꺼운 돌판으로 이루어진 것이지만 그럼에도 그의 손바닥은 불그스름하게 익어 있었다. 하지만 타 죽는 것보다는 나았다.

유태성은 시선을 돌려 우근을 찾았다.

우근은 뇌옥의 석벽에 기대앉은 채 망연자실한 표정을 하고 있었다.

"방주님."

유태성이 불러 보았지만 우근은 전혀 듣지 못하는 듯했다.

"형님……."

우근의 입에서 신음 같은 한마디가 새어 나왔다. 그의 두 눈에서 어느 순간 닭똥 같은 눈물을 주르륵 흘러내렸다.

"방주님, 어서 나가셔야 합니다."

유태성이 다시 말했지만 우근은 머리를 무릎 사이에 파묻은 채 움직이려 하지 않았다.

"위 대협의 희생을 개죽음으로 만들 생각이십니까? 살아남은 제자들을 생각하셔야지요."

유태성은 마음이 아팠지만 애써 모질게 말했다. 축 처진 우근의 어깨가 순간적으로 부르르 떨렸다.

"외람되게 들렸다면, 죄송합니다."

유태성의 사과에 우근은 천천히 고개를 흔들었다.

"아니, 유 총관의 말씀이 옳소."

우근은 굳은살 박인 두 손바닥으로 눈물로 얼룩진 얼굴을 쓱 문지른 뒤 자리에서 일어섰다.

"내가 잠시 슬픔에 빠져 본분을 잊고 있었소. 깨우쳐 주셔서 감사하오."

감정을 다스릴 줄 아는 능력이 없다면 많은 방도들을 거느릴 수 없을 터. 우근은 개방 방주로서의 위엄을 회복하고 있었다. 그러나 유태성은 그의 얼굴을 똑바로 바라볼 수 없었다. 두 뺨을 가로지른 선명한 눈물 자국을 대하고 싶지 않았기 때문이다.

뇌옥의 구석에는 방령이 누워 있었다. 곽인의 암습에 당해 기식이 엄엄한 늙은 문주를 사자검문의 검술 교두 둘이서 돌보고 있었다. 우근과 유태성이 그리로 다가갔다.

"어떠신가?"

유태성의 물음에 교두 중 하나가 비통한 표정으로 고개를 저

함정 293

었다. 살아날 가망이 그리 높지 않다는 뜻이리라.

　우근은 입술을 꾹 깨물었다. 이번 구출 작전은 완전히 실패였다. 구출하려는 양무청의 얼굴은 구경하지도 못한 채, 아니 얼굴 껍질만 구경한 채, 아까운 목숨들만 덧없이 희생된 것이다.

　마침내 석문이 열렸다.

　후끈한 열기가 기다렸다는 듯이 뇌옥 안으로 밀어닥쳤다. 통로는 자욱한 연기가 꽉 들어차 있었다. 매캐한 화약 냄새, 구역질나는 고기 타는 냄새에 사람들은 숨조차 제대로 쉴 수 없었다.

　우근은 두 손을 흔들었다.

　후릉―.

　가벼운 바람이 일어나며 통로를 꽉 메운 연기와 악취가 바깥쪽을 향해 밀려 나갔다.

　통로의 벽면은 시커멓게 그을려 있었다. 군데군데엔 사람의 형상을 한 희끄무레한 그림들이 새겨져 있었다. 팔열호가 뿜어낸 악마 같은 화염은 인간을 구성하는 모든 요소들을 깡그리 태운 것으로도 모자라, 최후로 짜낸 진액과 재로써 저렇듯 벽면에다가 도배를 해 놓은 것이다.

　아마 위백 또한 저 그림들 중 하나로 사라졌을 터.

　'형님!'

　우근의 눈시울이 다시금 뜨거워졌다. 그는 차마 벽면을 더 쳐다보지 못하고 고개를 돌렸다.

　우근의 일행이 떠난 암도는 암흑만이 감돌고 있었다. 그 암흑 속에서 뭔가가 열리는 둔탁한 소리가 울려 나왔다.

"쿨룩! 쿨룩!"

누군가 기침을 하는 소리. 잠시 후 암흑의 한 부분이 허물어졌다. 누군가 횃불을 밝힌 것이다.

횃불을 들고 통로에 서 있는 남자는 모발과 머리카락이 그슬린 데다 시커먼 그을음을 온몸에 뒤집어쓴 탓에 본색을 알아보기 힘들었다. 하지만 그 외에 특별히 상한 데는 없어 보였다.

불빛에 비친 석벽 한 군데에는 사람 하나가 들어갈 만한 구멍이 열려 있었다. 기관을 조종하던 쇠사슬들이 들어 있던 구멍이었다. 지금 통로에 나타난 남자는 바로 그 구멍 덕분에 목숨을 구할 수 있었다. 물론 벽의 두께가 뇌옥의 석문보다는 얇아 이런 흉한 몰골이 되긴 했지만 말이다.

"카악!"

남자는 가래침을 뱉었다. 입속에도 검댕이 들어갔는지 내뱉는 가래조차 시커멓게 변해 있었다.

재와 그을음으로 더러워진 검은 얼굴 한가운데 새하얀 금이 그어졌다.

"과연 뼈대가 강한 거지들이야."

남자는 고개를 절레절레 흔든 뒤, 통로를 따라 걸음을 옮기기 시작했다.

그렇게 몇 발짝이나 걸어갔을까? 남자의 눈이 반짝 빛났다. 벽의 굽도리 부근에 떨어진 시커먼 덩어리 하나를 발견한 것이다.

남자는 그 덩어리를 집어 손바닥으로 탁탁 털었다. 몇 번 털어 내자 표면에 달라붙어 있는 재와 검댕이 떨어져 나가고 새하얀 본모습이 드러나기 시작했다. 그것은 바로 백옥으로 만든 부채였다. 천잠사로 짠 천은 보푸라기 하나 찾아볼 수 없이 타 붙었지만 한옥으로 만든 부챗살만큼은 그토록 무서운 화염 속에서도 온전히 보존되어 있었다.

"오늘은 내가 진 셈인가?"

촤라락!

남자는 살만 남은 부채를 경쾌하게 펼치며 우근 일행이 사라진 암도 저편을 바라보았다.

다음 권으로 이어집니다